黄冈艺术基金文学精品创作扶持项目

鄂东

黄梅风情

雷有德 著

北京日报出版社

图书在版编目（CIP）数据

鄂东黄梅风情 / 雷有德著. —北京： 北京日报出版社，2024.12
　　ISBN 978-7-5477-4420-8

Ⅰ.①鄂… Ⅱ.①雷… Ⅲ.①散文集－中国－当代 Ⅳ.①I267

中国国家版本馆 CIP 数据核字（2023）第 009455 号

鄂东黄梅风情

出版发行：	北京日报出版社
地　　址：	北京市东城区东单三条 8-16 号东方广场东配楼四层
邮　　编：	100005
电　　话：	发行部：（010）65255876
	总编室：（010）65252135
印　　刷：	武汉鑫佳捷印务有限公司
经　　销：	各地新华书店
版　　次：	2024 年 12 月第 1 版
	2024 年 12 月第 1 次印刷
开　　本：	787 毫米×1092 毫米　1/16
印　　张：	13.25
字　　数：	252 千字
定　　价：	78.00 元

版权所有，侵权必究，未经许可，不得转载

序一

  黄冈历史悠久，底蕴深厚，文脉恒昌。在漫长的历史发展进程中，勤劳智慧的黄冈人民创造了辉煌的文化成就，呈现出特有的人文风貌，给我们留下了宝贵的精神财富并且世代传承。李白、杜牧、王禹偁曾流连于此，纵情山水、吟咏诗篇。特别是苏轼贬谪黄州期间，不仅获得"苏东坡"的雅号，留下"两赋一词"和《寒食帖》等名篇佳作，更是为这片土地注入了千古风流。李贽、吴承恩、冯梦龙、梅之焕等大儒在此著书立说，名垂青史。及至近现代，黄冈走出了爱国诗人闻一多、京派文学鼻祖废名、新现实主义代表作家秦兆阳、儿童文学家叶君健、文艺理论家胡风、国学大师黄侃等文学巨匠。当代有四大农民作家享誉全国，有姜天明获全国优秀短篇小说奖、熊召政获"茅盾文学奖"，更有刘醒龙一人先后获得"鲁迅文学奖"和"茅盾文学奖"两项大奖，还有何存中、周濯街等人传承薪火、续写风流，一大批从黄冈走出去的作家如谢克强、邓一光等人的实力和影响都不容小觑，夏元明、沈嘉达、汤天勇、许晓武、陈旭红、陈章华等一大批中青年文学评论家、作家活跃于楚天文坛。

  一直以来，中共黄冈市委宣传部对文学创作的组织引导和激励工作高度重视。在中共黄冈市委的正确领导下，组建了黄冈市文艺评论家协会，建立了全国地市州级首个非公募性公益文化艺术基金会，出台了黄冈市文艺精品创作项目扶持办法，建立了黄冈市文化艺术基金会专家评委库，出台了专家评委库管理办法。截至2022年，黄冈市文化艺术基金会扶持的文艺精品创作项目和文学期刊、文艺传播平台已达42个。其中肖德梅的篆刻作品集《红色印记》、黄梅戏《我的乡村我的亲》

等被扶持作品荣获"屈原文艺奖",首批扶持出版的郑能新散文集《乡愁里的世界》入围"鲁迅文学奖"。

  本轮扶持出版的这套书目,有长篇小说、中短篇小说集、散文集、诗歌集等。其中,散文集《鄂东黄梅风情》系统挖掘阐释和弘扬地方特色文化,书写黄梅风土人情、风景名胜和历史人文,讲得清地域故事,让人记得住乡愁。本轮扶持的这些作品有筋骨、有道德、有温度,思想性和艺术性高度统一,代表了当下黄冈文学创作的实力和水平。实践证明,黄冈市文化艺术基金会的建立,是黄冈文艺事业发展史上的重大创举,为黄冈文艺出作品、出人才,起到了强有力的推动作用。

  一方水土养育一方人,一个时代激荡一种回响。开展文艺创作,为时代放歌,为人民抒怀,是实现中国梦的文化根基、文化纽带、文化动力,是思想、精神和价值观的绽放与表达,在实现"两个一百年"的奋斗进程中有着重要意义。

  我深信,在党的文艺方针的指引下,只要广大作家和文学工作者共同努力,做到胸中有大义、心里有人民、肩上有责任、笔下有乾坤,黄冈的文学创作一定会"江山代有才人出",一定会有更多优秀作品精彩呈现,黄冈的文学事业一定会从高原走向高峰。

  是为序。

李修文

湖北省作协主席

"鲁迅文学奖"获得者

2022 年 8 月 29 日于翠柳街

序二

  由黄冈市文化艺术基金会支持的文学精品即将公开出版,在此表示热烈的祝贺。这套文学精品收有长篇小说、中短篇小说集、散文集、诗歌集等,是从51部申报扶持的文学作品中经三轮评审选出的,我想是可以很好代表黄冈当下的文学创作水准的。

  我们黄冈是一片有着深厚文学底蕴的土地。苏东坡在黄冈留下了千古名篇"两赋一词",著名理学家"二程"在黄冈出生成长,李贽、吴承恩、冯梦龙、梅之焕等文化名人在此著书立说,李白、杜牧也都在这里留下了灿烂的诗篇。黄冈现当代文学更是在全国产生了巨大影响。像闻一多、废名、秦兆阳、叶君健、胡风等现代文学大师都是从这片土地上走出去的。在当代文坛,丁永淮、熊召政、姜天明、刘醒龙、何存中等著名作家享誉全国,刘醒龙更是"鲁迅文学奖"和"茅盾文学奖"的双奖得主。

  黄冈最重要的地域象征就是大别山,当代几乎所有重要的黄冈作家的创作灵感都源自这片土地。如丁永淮的《杜鹃红》,刘醒龙的《圣天门口》《凤凰琴》,何存中的《太阳最红》等代表作,都是在书写大别山的情感和传奇。这次收入的作品里面,几乎都是与这片土地相关的作品。可以说,这套丛书延续了黄冈作家"大别山人爱大别山、写大别山"的传统,他们像老一辈黄冈作家一样,饱含着深情书写大别山,无论怎样的体裁、题材,都浸润并表达着对这块土地深深的热爱。

的确，深深植根脚下这片土地的创作传统和文学品质，是值得我们关注和传承的，也期待从黄冈这片壮丽的土地上走出更多的优秀作家。

阎志

黄冈市文化艺术基金会会长

卓尔公益基金会创始人

2022年9月4日于卓尔书店

序三

别样"爱情"的结晶
——散文集《鄂东黄梅风情》之我见

  很早便认识雷有德。《浔阳晚报》在2016年5月21日发表雷有德的《浔阳，浔阳》，这让我对他刮目相看了一回，并且在网上给予了较高的评价，然而我却认为他作为在职的科局级干部，偶尔有一两篇有分量的文章见报，并不足为奇。2017年，《长江文艺·黄梅专号》上发表雷有德的散文《初读黄梅》，时任《长江文艺》杂志社常务社长的胡翔老师在编辑前言中评价雷有德的散文："……字里行间充盈着可贵的文化自信，流露出诗意般的激情，是我们认识黄梅、品读黄梅难得的文本。"对此我着实有些出乎意料。

  雷有德出版的第一本散文集是《品读黄梅》，胡翔老师在为雷有德的散文集《品读黄梅》写的序言中说："雷有德笔下的黄梅，是有历史维度、有时间坐标的黄梅。这得益于他征引有据。黄梅的星野、沿革、疆域、山川、古迹、风俗、物产，通过他有声有色以'我'的视角的再现，让人印象深刻，但又处处有来历，篇篇有根据。他的黄梅是没有走样的原汁原味的黄梅。然而雷有德不囿于此，他往往又能在爬梳史料时，触摸到历史细节，感知到时间缝隙处的肌理温度以及超越时空的联系。"当我读完评语后，这才发现：雷有德居然有我当年一头扎进黄梅人文、风俗、山水之中的痴劲、呆劲和傻劲！

  今年，雷有德又一本散文集《鄂东黄梅风情》，获黄冈市2021年文艺精品创作扶持项目，我一口气读完了《鄂东黄梅风情》，且一边读，一边反问自己：雷有德凭什么能写出这些熔黄梅星野、沿革、疆域、山川、古迹、风俗、物产于一炉，聚资料性、故事性、史料性、可读性、可考性于一体的好文章来呢？周火雄老师给出了两个答案，一是"业余之闲，徜徉故园，放眼黄梅，采撷不息，写作不休。每有佳作，必与友人斟酌切磋，在探讨中寻不足，在成功处觅成因，冀望新的更大的进步。一个个晨昏，一个个双休日，埋头伏案，写得刻苦，写得愉悦……让人惊羡，让人感叹"；二是"雷有德，果真是黄梅才俊，文坛有心人"。"远山雪线"给出的一个答案是：沉心静气，厚积薄发。

三个人几乎把我想说的话，全说出来了。我发现《鄂东黄梅风情》能够得到方方面面的认可，虽然离不开作者的勤奋、离不开作者的才能与厚积薄发，还有一个不可或缺的原因就是：作者对家乡的无比爱恋，对故土的一往情深。经验告诉我，爱好是最好的老师，它强于一切责任感与事业心。俗话说：千金难买我喜欢！

"从小在大别山南、雷池岸边长大的我，走遍天南海北，总是浮现少年时家乡的记忆；吃遍山珍海味，总也吃不出妈妈做的饭菜的味道。黄梅人，乡愁的味道，是那一道道家乡特色菜。"

如果不是对家乡的无比爱恋，雷有德不可能写好乡愁。在《家乡的味道》中他写道："我推崇的，有这么十道……"如果不是对故土的一往情深，就算是能够罗列出一道道家乡特色菜名来，也不可能写得如此生动具体。雷有德说太白湖藕："相传，明代皇帝朱元璋当年大战陈友谅，有一次兵败，至太白湖，吃藕充饥，终生难忘。登基后，命将太白湖藕年年进贡京城御用。"说老祖参："传说李时珍做御医时，将黄梅紫云山的老祖参带进宫中，嫔妃们食用后，个个风姿靓丽，皇帝钦定老祖参为贡品。"说三元及第："是吉庆话，指接连在科举考试中的乡试、会试和殿试中获得第一名。黄梅美味说的三元，指的是蓑衣圆、芋头圆、萝卜圆。"如果不是对于"家乡的味道"念念不忘，更不可能写得如此有滋有味，写得如此活色生香。

"酸菜炒野鸭。在黄梅，制作酸菜是将白菜整颗晒蔫，捆放在缸水里浸泡，用石头压住，叫压菜。"因此，这道菜又叫"压菜熇野鸭"。因为在黄梅方言中"压"与"鸭"同音，只要一提到"压菜熇野鸭"，立即就能勾出了我儿时的记忆，给我一种野鸭湖上飞的意境！又如在《禅源》中，有一个疑问句这样写道："以天下之大，当年禅宗这只燕子，何以选择在黄梅开山，栖于黄梅这个'金窝'呢？"雷有德从地利、气脉、人和、天时四个方面回答了这个问题。如果说前文提到的家乡十道特色菜是仅仅停留在"舌尖"上的小爱，那么这一问便问出了作者"心尖"上对家乡故土的大爱！有道是"金窝银窝，不如自己的狗窝"——自己的狗窝，尚且都爱，更何况自己的家乡，本来便是"金窝"。

有异曲同工之妙的，还有《黄龄洞，黄龙潭》，作者开门见山地写道："相传，西汉时期的司马迁登上现今横跨鄂皖豫三省，且为长江和淮河分水岭的大别山，感叹山南山北气象浑然不同，'山之南山花烂漫，山之北白雪皑皑，此山大别于他山也'。"乍一看这个大别山得名的传说与作者的家乡关系并不紧密。但是作者笔锋一转，立即"转"出了家乡的奇迹："然而，大别山更有一道大别于他山的景致，在大别山南缘，就是鄂东黄梅考田山，有天造地设的'有山皆北向，无水不西流'。黄河西来，大江东去。自古九州江河均东流入海，西流水罕见。且一众山系千泉万溪皆向西流，堪称奇观。"

其实，据我所知，在中国"无水不西流"的山脉并非黄梅独有，就是在黄冈，黄梅也不是"无水不西流"的唯一县市，但是能将"无水不西流"写得如此可爱，写得如此令人神往者，目前仅发现雷有德一人。唯其如此，才更加难能可贵；唯其如此，才无阿谀奉承之嫌；唯其如此，才是对家乡、故土的一份真热爱、真感情的流露！正因为这样，我才越发觉得，《鄂东黄梅风情》真的是"爱情"的结晶，爱得执着，爱得深沉，爱出了作家讲黄梅故事的格调，爱出了黄梅人文高地所特有的风采。当然，此"爱情"非彼"爱情"，所以，它准确的解读，也许应该是一部"别样爱情的结晶"！

周濯街

中国作家协会会员

黄冈市作协名誉主席

湖北省民间文艺家协会原副主席

目录

第一章　鄂东黄梅

黄梅初读……………………………………………………… 001
樱花树下……………………………………………………… 008
东山雪………………………………………………………… 011
浔阳一脉……………………………………………………… 014
天鹅的家园…………………………………………………… 016
黄梅花………………………………………………………… 020
大美龙感湖…………………………………………………… 022
鄂东山寨……………………………………………………… 026
我眼中的遗爱湖……………………………………………… 029
李时珍与黄梅紫云山………………………………………… 031
水袋子的变迁………………………………………………… 033

第二章　风景名胜

故乡素描：这一方山水别样美……………………………… 037
蔡山晋梅……………………………………………………… 041
桃花洞外，那一湾山里日月………………………………… 045

古道禅冬……………………………………………… 047

深山变成大花园…………………………………… 049

千年古塔…………………………………………… 053

太白岸边是家乡…………………………………… 055

黄梅，百里花海舞天鹅…………………………… 057

梨园十里，多云樵唱渡河美……………………… 060

第三章 古迹钩沉

寻阳，浔阳………………………………………… 062

九派盛景…………………………………………… 065

古雷池……………………………………………… 069

逍遥蔡山…………………………………………… 071

鼓角悠悠…………………………………………… 074

古道幽幽南北山…………………………………… 077

牌楼湾古戏楼……………………………………… 081

墨庄书院梅源寺…………………………………… 083

焦墩遗址摆塑龙…………………………………… 086

苐一山……………………………………………… 088

黄梅秤锤树………………………………………… 090

第四章 人文高地

谒鲍照……………………………………………… 092

木鱼山上说陶侃…………………………………… 095

天下猛将英布……………………………………… 097

陶渊明隐居黄梅…………………………………… 104

不废禅名万古流…………………………………… 107

清廉第一汪静峰…………………………………… 112

国学大师汤用彤…………………………………… 116

黄梅东山东坡亭	119
寻阳屯田	121
家风	124

第五章　非遗文化

禅宗祖师传说	128
乡野歌舞黄梅戏	134
奇幻的黄梅挑花	137
精忠报国岳家拳	140
禅源	142
晨钟暮鼓　千载紫云	145
慧远在黄梅	148
地藏王与蔡山	151
黄龄洞，黄龙潭	154
鄂东第一泰源观	158

第六章　乡土风情

家乡的味道	161
黄梅禁忌	165
土地会	168
三月三，菜粑香	171
端午	173
划龙船	175
南北山的涅槃	178
七夕	181
中秋	184
九九重阳	186
黄梅年味	189

南街风情…………………………………………………… 191
士别三日　语出黄梅…………………………………… 192

后记………………………………………………………… 195

第一章　鄂东黄梅

黄 梅 初 读

一、千年古县

黄梅，一个千年古县。

一座大别山，是长江、淮河的分水岭，黄梅，就在大别山南缘。如果将大别山比作一架青藤，黄梅就是大别山这架藤上生长的一只巨大的葫芦。

西汉文帝十六年（前164年），境内始置寻阳县，这是黄梅县前身。隋开皇初改名新蔡，因县境内有黄梅山、黄梅水，开皇十八年（598年），改称黄梅县。唐武德四年（621年），析黄梅为义丰、长吉、塘阳、新蔡四县，置南晋州领之。八年（625年），废州，省四县复为黄梅县。之后，这名字一直伴随这片土地一千四百多年，再也没改。

黄梅，北高南低，呈三级阶梯状地形。人们习惯把北部山地丘陵，称为"上乡"。上乡山地育有四条河流：古角河、垅坪河、小溪河、考田河。四条河将上乡划出五支山系。山上的树多是马尾松、杉木。马尾松迎风而立，杉木主干挺拔。高地种芋，也种茶，茶叶早年是贡茶。田里种稻、种荸荠，荸荠被喻为地下雪梨，黄梅荸荠是华夏四荠之一。

上乡与"五水蛮"相挨，风俗近于楚。男子说话嗓门儿大，语气重。女人的头发绾成鬏髻，三月三会做菜粑，秋收会烫豆粑，过节会做捶肉、蓑衣圆子孝敬老人。上乡的文化属于山文化。下乡人称上乡人"山佬壳"——吃菱角不吐壳。先民在艰苦荒僻的山区筚路蓝缕，信奉神人可通，神巫之风盛行。看似不拘礼法，但诚实笃厚，对客人从不慢待。民风剽悍，血性尚武，早年大小山堡几百座，有名的四座属于蕲黄四十八寨。

一条长江，托举起黄梅这只葫芦。亿万年前的燕山运动，地质大断裂产生了巨大的洼地——彭蠡泽，与云梦泽齐名。其襟雷池，含鄱阳，连长江。传说大禹治水，将九派横流疏通成一条"北江"，贯串太白湖、杨柳湖、龙感湖，与"南江"汇合于安徽华阳。公元前164年，汉文帝将雷池周边立为一个县，叫寻阳。成语"不敢越雷池一步"中的"雷池"就与此地相关。长江是移动的，将彭蠡泽隔开，北雷池，南鄱阳。寻阳县治，从江北蔡山南迁九江，江南属于寻阳县的领地，随着大江南移不断缩小，黄梅县地域不断向南延伸。直到民国划江而属，黄梅囊括了全部江北老寻阳。

黄梅南境，部分为水域，形成沿江、滨湖的平原地形，刚好约占黄梅这只葫芦的一半。人们习惯称其为"下乡"。

下乡滨浔阳江畔，河湖纵横，属于水文化，灵动而善变。长江故道上，现在是一串断续的湖泊，似明珠，镶嵌于纵横交错的水网间。东南有约十万亩的感湖，与安徽宿松的龙湖合称龙感湖——在古代是大雷池的中心，如今是湖北省第五大湖泊，国家级湿地保护区。每年候鸟迁徙越冬，冬伴雪花，春伴菜花，让黄梅百里花海舞天鹅。感湖之北有大源湖、小源湖。西南有约四万亩的太白湖，承接大别山系青林山之水，沿杨柳湖、张家湖一线而成，如古代大雷水，流入大雷池。

下乡是鄂赣皖三省交界，更接近吴地，更多受吴文化影响。做房子是粉墙黛瓦马头墙，说话多卷舌、声音柔和像是嘀嘀咕咕的，上乡人就叫下乡人"嘀咕佬"，抑或山高为上，在水为下，称呼"地咕佬"。水乡风俗，端午会做粽子、祭屈原、划龙船。周边三省七县，黄梅龙舟赛最盛，且比潜水抓黄鳝，江面捉活鸭。直到清末因观众太多常常淹死人才被官方禁止。下乡地里种棉麦、池塘养鱼虾，是鱼米之乡，黄梅青虾全国知名。下乡女子会纺纱织布挑花，冬天进九会打鱼面，鲜而不腥。下乡水陆便捷，达海通江，商品集散繁忙，经济历来活泛，人也开放包容，行为精当。

黄梅是上乡、下乡合成的大葫芦。

巍峨大别山，浪漫雷池水，自古相亲相伴，水绕山抱，摇曳多姿。有人说它头顶大别山，上半是山区丘陵，腰系太白、龙感二湖，下半一马平川，脚踏长江。控大山，扼长河，历代决战之区，吴楚相争之地。历史上，英布抗秦有功，筑城寻水。吕蒙、黄盖、诸葛恪屯田寻阳。东晋雷池之战，卢循大败。黄巢起义，王仙芝战死多云山。岳飞精忠报国，留下岳家拳。明初，朱元璋大战陈友谅。红十五军在这里成立。抗日战争时期，有黄广战役。解放战争时期，有百万雄师过大江。

黄梅，曾属楚，又属吴，吴头楚尾，山水相缪之区；鸡鸣三省，夷夏交接之域。蒙昧与文明、自由与专制、神与人，都奇妙地交合在这片神奇的葫芦地。吴楚文化在这里交融激荡。

二、九祖十三仙

吴楚文化交融，产生了黄梅福地仙乡。

荆人信鬼，越人信祀。大别山南，因为地槽走向，人说黄梅"有山皆北向，无水不西流"。释道找到这片原始宗教、神巫风行的宝地，开始大放异彩，有了"九祖十三仙"之说。

禅宗六大祖师有三代聚于黄梅，是禅界的传奇，造就了"蕲黄禅宗甲天下，佛教大事问黄梅"的佳话。最早看中这块葫芦地的是千岁宝掌和尚。传说他住世千年，踏遍天下八百州，从庐山望得黄梅一片紫云盘旋，那里是古代伏羲演画卦爻的地方，也就是黄梅北部第一峰云丹山系的紫云山。东汉末年，宝掌和尚在黄梅结茅卓锡，是为湘鄂第一僧庵，被尊为老祖。他在山上种茶，民间纷纷仿效，于是他被尊为黄梅禅茶的始祖。

东晋支遁。当时般若学六家七宗，支遁是即色宗的代表人物。这位名僧善清谈、好鹤养马，更大的喜好是禅游山水，崇尚老庄的逍遥人生。他中年南行布道，欲渡彭蠡赴豫章，经过黄梅这块葫芦地。望蔡山兀立大泽中，云蒸雾绕，缥缈虚幻如仙境，可以任心逍遥于沧浪之间，遂选中黄梅沧浪之水中的蔡山挂锡留居。募建江心寺和摘星楼，寺旁辟梅园，手植梅花，玉树琼瑶。晋梅是我国梅之瑰宝，至今传有"支遁栽梅尚著花"。

紧接着是佛教净土宗创始人慧远大师。相传其经荆州、鄂州一路开山建寺，路经黄梅张家湖，见后河"北江"汩汩东流，古雷池一望无际，地阔天高，赞叹不已，感慨若在此开辟道场，实属难得。遂在张家湖港北初建柘林寺。

相传，与慧远为佛友的朗公禅师，从庐山辞别慧远，来到江北黄梅一片荒湖的段窑,后沿湖北上东观山、马鞍山、马尾山一线山脉遍游讲学,一路寻觅"息心"之地。在马鞍山遇乡人祈雨,朗公插芦于黄土地,说"花开即雨"。水生的芦花在干硬的黄土地上开放之时,大雨滂沱,果然花开即雨。朗公禅师在黄梅建了五座寺庙,最后于马尾山东永福寺"永驻"。

达摩,禅宗西天第二十八祖,传说其于南北朝时期渡海东来至南京,与梁武帝机缘不合,以一苇渡江,赴北魏少林寺面壁九年,传灯二祖慧可。中国禅宗尊达摩为初祖。县志载,达摩来中国传教,曾宿于黄梅大河长安湖口的青莲庵,传灯二祖、三祖之后,四祖还是卓锡黄梅,而且五祖传六祖,六祖永不传。禅宗在中国五次传灯,三次传来或传自黄梅。

菩提流支,这个译名道希的印度人,来到北魏洛阳,受魏宣武帝礼遇,敕居于永宁寺译经。天平年间(535年),菩提流支竟然秘密离开魏都,也寻来黄梅觅"静心"之所。在黄梅多云山建菩提寺、广福寺,塔碑镌文"临济正宗三十二世天峰真性和尚"。

好山好水禅家占。早期的禅师不约而同远道寻来黄梅卓锡,或路过留居建寺,都说明吴楚融合的黄梅文化与禅有缘,是天然禅修场所,黄梅山水的奇异瑰丽,是修禅的理想之地。后来黄梅成为禅宗文化发源地,有黄梅禅文化之说,就不足为奇了。

四祖道信,承接三祖僧璨的衣钵,不忘蕲黄故里,于鄂东各地寻建道场。一路觅来黄梅,见双峰山"有好泉石",初建茅庵幽居寺,又继续山行。唐武德三年(620年),黄梅僧俗不远千里迎请四祖回归故里。那时黄梅人就会筑巢引凤,在双峰山麓献给四祖大片的燕窝地,幽居寺迁下山来。大规模重建的四祖寺成为天下丛林第一寺院,有"小天竺"之称。聚众修禅改变了一对一传承衣钵的"单传"局限,农禅双修结束了托钵乞食、不事劳作的陈旧传统,四祖道信成为中国禅的伟大开创者。

五祖弘忍,是个地道的黄梅人。承道信衣钵,从双峰山东寻,得冯茂老人献山,建起东山寺,继承农禅双修,弘扬"五祖大法"。又不拘一格选人才,南能北秀,顿悟渐悟,禅宗成为主流。中国宗教界郑重认定,是五祖弘忍成就了中国禅。

六祖慧能,从岭南寻来黄梅,拜弘忍为师,做了八个月的伙头僧,在碓坊舂米时开悟。弘忍命门徒作偈选拔传法继承人时,慧能作偈:"菩提本无树,明镜亦非台。本来无一物,何处惹尘埃。"领悟了大乘教派的顿悟精髓,在黄梅继承了五祖衣钵，去南方开创南宗，弘扬顿悟禅法，成就"六祖坛经"，使中国禅发扬光大。

十里三座庙，无处不逢僧。来黄梅的高僧大德还有很多，南北山有圆证、无迹祖师，宋代五祖寺有法演禅师，明代挪步园白云洞有香林祖师，考田山高山寺有静鉴祖师，他们不约而同选定来黄梅修行、建庙、弘法，是因为黄梅是海水几番浸泡过的净土。黄梅注定就是一个禅修场、禅都，八方朝觐者川流不息。

释道相通。在禅宗祖师的传说里，就有栽松道人化作仙桃投胎，继承四祖衣钵的故事。道教在黄梅也很兴盛，全国影响颇大。来黄梅修道的，也远远不止十三仙。江西道人罗致福，西晋时来黄梅观音砦建凤桑观。他医道高明，为皇帝治愈顽疾，拒受官爵，得赐封号"真人"，敕观名为泰源观。福建汀州道人宋益，东晋时辞官游历至黄梅考田山，住黄龙潭黄龄洞。相传他屡显道艺，数次被各朝加封。黄梅当年很多福主庙，供奉宋益。

三、神奇宝葫芦

长江故道，黄梅太白湖边出土了一处推测为用以祭祀的遗迹——焦墩卵石摆塑龙，证明长江流域早在六千年前就有先民生息，考古学家认为此发现可能会将华夏文明史向前推进一千年。神奇葫芦地产生了悠久灿烂的禅文化，黄梅禅宗祖师传说成了国家级非物质文化遗产。吴楚文化交融，也融合产生了黄梅戏。

三省交界之地，楚歌吴语交汇，黄梅歌风很盛，是著名歌乡。大别山楚文化的浪漫奔放与吴文化的柔美精致，融合出黄梅戏这朵奇葩。黄梅是歌乡，县志载太白湖中"渔舟千艇，朝暮歌声不绝"。歌乡的情景是："老稚相与歌于野，商贾相与歌于途。"歌生戏。黄梅戏萌芽于唐宋，形成于明末清初，旧称黄梅调、采茶戏。那时"信鬼而好祠，其祠必作歌乐鼓舞以乐诸神"。采茶戏就是乡野歌舞，早先以锣配音，只听"哐当哐当哐当……哐"，就见乡场围着一堆人在看乡戏。有一首《黄梅竹枝词》云："多云山下稻菽多，太白湖中鱼出波。相约今年酬社主，村村齐唱采茶歌。"多云山浪漫的山歌与太白湖水乡的渔歌融汇成采茶戏。一去二三里，村村都有戏。听不够，古戏楼里平词、花腔黄梅调；看不够，万年台上乡戏水袖舞街头。黄梅是黄梅戏的发源地。凡是庙会节日、民俗喜庆，都要演黄梅戏。是发大水让黄梅下乡人外出逃荒，把黄梅戏流传到安徽、江西，融合吴文化和弦乐，"唱"成全国五大剧种之一。黄梅戏如今已被列入国家级非物质文化遗产名录。

吴楚文化交融，创造了黄梅挑花。下乡女子既有吴侬软语般的温婉，也有楚地女子的浓烈和梦幻。一根针，把荆楚神话、戏曲故事，把理想和希望，勾勒在元青大布上。荆楚的丝绣融合吴越的苏绣，在黄梅创造出神奇的挑花针法，获得万国博览会金奖。黄梅有女皆挑花，不用"绷子"用针法，两边一样架子花。黄梅挑花不求逼真，但求神似，将楚文化高度变形夸张，淋漓尽致地展现了浓郁的色彩和奇幻的想象，又融会了吴文化的几何化简练，精雕细琢，匠心独运。居家过日子，用挑花"缝穷补破"；登台作背景，获舞美设计金奖；入室作装饰，走进人民大会堂。人们惊叹：黄梅挑花是无声的楚辞，是立体的国画。黄梅挑花，也被列入国家级非物质文化遗产代表性项目名录。

吴楚文化融合，传承了岳家拳。抗金名将岳飞遇害后，四子岳震和五子岳霆潜避于黄梅大河之滨，二十年整理岳家拳秘籍，后经传人贡献给国家。岳家拳也深深融进了民众生活，黄梅四时八节都要隆重举行文武活动，文场是黄梅戏，武场就是岳家拳。黄梅戏不少传统剧目中的武打戏，便是由岳家拳招式套路演变而来的。如今，岳家拳已被列入国家和湖北省非物质文化遗产名录。黄梅一带岳家军后人很多，他们文拜孔子，武拜岳王，家家挂岳飞像。在民间，岳飞已同关公一样，几成神灵。

一县有四项国家级"非遗"，本就非常罕见，加上有诗词之乡、楹联之乡的美名，此外其美誉还有中国白头鹤之乡——湖北龙感湖国家级自然保护区的候鸟天堂，黄梅真的是一只宝葫芦，梅山梅水，百宝闪亮。

四、钟灵毓秀

黄梅在大别山以南，属于中国南方；黄梅又在长江以北，是南方的江北。得造化钟爱，山川迤逦，风物灵秀，吴头楚尾灵动奇谲的文化，引来多少诗人墨客、文坛巨匠。

李白仗剑逐浪，登临黄梅蔡山摘星楼，留下"不敢高声语，恐惊天上人"；柳宗元来到黄梅四祖寺探禅，在破额山前遥驻木兰舟，"欲采蘋花不自由"；苏轼来黄梅东山，赞五祖白莲"千古指人迷"，于禅寺飞虹处题下"流响"。白居易、张祜、裴度、宋之问，多少文人抒发不尽对这值得大写之地的热爱。

东晋辞赋家、散文家、田园诗鼻祖陶渊明，传说其祖籍为黄梅，他曾踏寻曾祖陶侃的足迹，邀约好友慧远偕行黄梅。慧远居柘林寺，陶渊明居于相邻的太白湖中舒城寨，躬耕陇亩，写下诗句行行。

南朝大诗人鲍照，客居黄梅经年。鲍照的一组乐府诗代表作《拟行路难》十八首彪炳千古；他还在途经雷池时，写下著名的《登大雷岸与妹书》，倾尽多少雷池风光。至今黄梅存有鲍公墓，让鲍参军的文灵守望在第二故乡。

黄梅本土民风重教，学风浓郁，人杰地灵。一有明末进士石昆玉，为官有清誉，以清廉、刚正名满天下；二有石昆玉的弟子汪可受，累官至蓟辽总督，时誉"天下清廉第一"；三有帅承瀛，高中清嘉庆元年探花，后为一代名臣；四有石美玉，是中国最早一批留学海外的女性之一。

黄梅文星璀璨也是受吴楚文化融合的影响。明代出了个哲学家瞿九思，曾讲学于湖南岳麓书院、庐山白鹿洞书院，应巡抚之请纂修楚志。据说"士大夫过楚，均以未能亲领九思教诲为憾"。他的著述更是把家乡文化上升到哲学层面。现代不仅出了著名国学大师汤用彤，其著作《汉魏两晋南北朝佛教史》广搜精考，至今闪熠辉煌；还有文学巨匠冯文炳，笔名废名，他出生在黄梅县城南街，在北大求学时参加浅草社，全面抗战时回家乡任教，其作品多写故乡普通劳动者，充满了黄梅禅的味道。他还是我国第一个田园小说家，现代诗化小说创始人，"京派文学"的鼻祖。当代出了一位神话大师周濯街，他为神仙立传，已经著作等身，尚在笔耕不辍，正是这片巫风神话的沃土，孕育出黄梅"神话周"。

我爱黄梅，这块三省交界的葫芦地；我爱黄梅，这片多种文化交会的家乡。

原作发表于 2017 年 12 月《长江文艺·黄梅专号》，选入本书时有修改

樱 花 树 下

别致的请柬，流程笺上印有一枝山樱开得正艳。落英一瓣瓣缤纷于山泉流韵。樱花树下，两个白胡老僧对席品茶……

接到天下祖庭五祖寺的邀请，我竟莫名地激动。我激动，不是又见樱花，而是在寺院里赏樱花，品禅茶。

五祖寺有一处绝妙的四合院，名为小天竺。江南三月底，两株大樱花树在小天竺里花枝盛放。场院内摆置几十张茶几，每张茶几四周摆放蒲团。受邀嘉宾由义工一一引至茶几前。各桌早有两名茶师跪候于蒲团上，春风扑面，阵阵花香。桌对面的白衣女子我认识，是国家二级茶艺师，在城里一家有名的禅茶坊主茶。茶会的层次，只看这一袭白衣棉袍服的茶师便知。

见其他人均作跏趺坐，我也盘膝打坐，双眼微闭，作入定状。轻悠悠传来"当"的一声，是鸣磬止静。偌大场院，数十桌宾客随即安静肃穆。法师引众祈福，口念心静，但闻樱花清香淡淡，沁入心肺，像露珠渗润到泥土里，又如夏天喝一掬泉水，清凉迅即传导到每一根神经。

禅台的供茶，是上好的普洱茶。法师们行供茶礼，同时供上新鲜的樱花一枝。樱花红如桃，白如梨，与禅界的象征莲花有共通之处。樱花柔美、宁静，它的花语是高雅、质朴纯洁，清亮照人，正合供禅。

花前供香，各席静坐七分钟。脊直、肩张、头中正，是禅坐必修的。一切静悄悄，静修内功，涵养心性。茶房开始上茶，各席茶师施展茶艺泡茶。五祖寺小天竺里的樱花树，与寺院红墙黛瓦的楼阁齐高。灰干褐枝，叶柄密被柔毛，先花后叶，我们往往见花不见叶。层层珠玑，如满树珍珠开得轰轰烈烈；团团簇绣，像雪花球一样美得耀眼。每枝三到五朵，有的含苞待放，蕾开之际，花已发光，有独特的空灵。花瓣椭圆形，先端下凹，如牛奶一样洁白可爱，一尘不染。阳光照耀下，如繁星闪烁。黑球形、指头大小的果实却是苦的，鸟雀亦弃之。这正应了清静苦修的禅意。

静坐结束，禅乐开始，各席来宾开汤品饮。说起来全世界的野生樱花树，起源喜马拉雅山脉地区，后来一部分经由中国传往其他国家。两千多年前的秦汉，樱花在中国宫廷内有栽培。唐代，樱花从宫苑廊庑走向民间，普遍出现在私家庭院里。白居易有诗："且厮山樱满院栽。"后来日本培育出冠绝世界的品种，樱花被尊为日本国花。日本政府将每年三月十五日至四月十五日定为樱花节（祭）。春天的樱花如一片彩云，由南往北次第盛开。赏花季，人们带上亲属，邀请友人，携酒带肴，席地而坐在樱花树下，举杯高歌，谈笑春日，举行大大小小的樱花盛宴，这在日本叫作"花见"。我们赏樱花，品禅茶，既是樱花祖地的古习，也是体悟禅与花，因为，禅就是一枝花。

寺院里有樱花，也许在古习植樱的中国，也还不算特别。五祖寺的樱花，感人处还在于它有着别样的记忆和怀念。

那是1965年，我国著名作家老舍率团访问日本。他专程到东京看望日本著名的进步作家水上勉先生。致力于中日文化交流的水上勉先生激动不已，二人交谈甚欢，他向老舍先生表示自己有个心愿：想参拜六祖慧能烧过饭的寺庙。老舍先生随笔写下那首名偈："菩提本无树，明镜亦非台。本来无一物，何处惹尘埃。"郑重赠给水上勉，并表示如果他来中国，一定给他当向导……

这个跨越国界的约定，因为老舍先生去世，黄梅并未迎来两位作家的探访。水上勉含泪写下《蟋蟀葫芦》的文字，纪念老舍先生。直到1979年，水上勉才迟迟来到黄梅，可惜老舍先生已经不能同行。水上勉只身履行二人的约定，带来二十四株珍贵的樱花树苗。直到现在我才理解，日本樱花以粉红居多，水上勉却偏偏带来白色的樱花树苗，是因为樱花美而易落，年年樱花祭，祭奠令人尊崇的老舍先生。早前从中国传往日本的樱花，现又从日本传回中国，而此次是为纪念。当时五祖寺大雄宝殿尚是日军侵华时炸塌的一片废墟，水上勉先生的樱花树苗在五祖寺的弹坑旁边生根，多年来枝繁叶茂，见证着中日民间的交往和文坛交流的深情厚谊。五祖寺中樱花的花语是友情。

跏趺在樱花树下的我不禁感慨，同样的土地上此前被投下炸弹，它满目伤痕，记录着军国主义者的侵略行径；如今种上樱花，它绚烂和美。

五祖寺的樱花不只是有纪念意义，也不只是让我得以在樱花树下品茶，更让我感到新颖激动的，还在于在樱花树下听禅乐、诵禅诗。

禅乐渐起，禅箫幽幽。樱花树下，儿童合诵慧开禅师的《无门关·平常是道》："春有百花秋有月，夏有凉风冬有雪。若无闲事挂心头，便是人间好时节。"樱花以娇艳著称，风中摇曳的樱花，极尽芳华，如盛唐仕女，风姿绰约，最让人怦然心动。正如南朝王僧达诗中所描写的："初樱动时艳，擅藻灼辉芳。"和着琵琶与洞箫合奏的节拍，东方山佛教协会来宾朗诵，诵的是五祖寺住持正慈大和尚的《事茶人咏叹》："茶是一壶，放下心来，有甚欲求。"如那樱花，一棵树从开花到全谢约十六天，一朵花从开放到凋谢只有七天，民谚有"樱花七日"之说。樱花边开边落，丝丝如雨，像唐诗，首首飘逸；舞动时片片如雪，无忧无虑，像宋词，句句迷人；凋落时欣然飘向大地，不污不染。禅笛响起，仿佛春天的鸟儿飞过禅院。诗人们自由唱和，禅诗朗朗。漫天飞舞花吹雪，樱花越发显得灵动，身边不时有花瓣随风掠过，一地芳尘。远眺楼角，红墙黛瓦的寺院飘浮起两片粉白的云团，阳光下艳如云霞，小天竺充满樱花的味道、禅诗的韵律。

赏花的诗友，认识的不认识的，都点头招呼，大家友好相处，分享欢喜。我的心如诗如梦，恍如进入诗人们描述的境界：登白莲峰顶，望匡庐云气。密密匝匝的樱花如莲，放光于太华山顶，花开十丈，"最白一朵谁采取，插向楚尾吴头间"。

本文发表于2019年《人民文学》增刊，获人民文学杂志社第七届观音山杯"美丽中国"海内外游记征文大赛三等奖（名为《樱花树下的五祖寺》），选入本书时有修改

第一章 鄂东黄梅

东山雪

北风呜呜地响,巨兽一般呼号。大块深灰色云团,氤氲成倒金字塔形状,向时空无限伸展。宇宙寥廓,天地间云蒸雾绕,混沌一片。

大雪将至。蛰伏已久的心,让我在这个冬季,独自山行。

黄梅东山,天下禅关。景仰先贤的哲思,行走在古道上,凛冽的寒风用它冰冷的大手,狂野地抓乱我的头发,针一般扎人脸庞,呼出的团团热气,瞬间化作一股股影影绰绰的白烟,随风飘散。

走进一天门,无人的旷野,万木萧瑟,收割了稻谷的原野沉静如禅。冬日的草木褪去了红花绿叶,小草有些枯黄,蜷缩进泥土里,像僧人打坐时的跏趺状。草木内心的翠绿,也许从未枯萎。这时候,我看到一朵小花,静静地,独自伫立在无边的空旷里,像时光深处凸现出来的一方净土。昨夜的冻雨给它裹上晶亮的凌冰,没有言语。它是在聆听自己内心的声音吗?

古道弯弯,古木森森。冬天看山,山显得很寂寞,很清冷,苍凉得让你出神。山风穿过森林蓦然窜出,沿着古道奔跑,窸窸窣窣的声息,刮开石板路面的树枝落叶,填满石缝沟壑。寒冰包裹着像风化石一样斑驳裸露的树皮,枝丫光秃秃的,瘦高银亮,在冷风中没有摇曳,然而它绝非枯死。

数百只麻雀成团成阵,绕着道场喳喳地叫唤,嘈雪呢。它们飞过来,飞过去,一会儿东,一会儿西,倏忽间飞向云端。嘈着嘈着,一场大雪果然就下来了,纷纷扬扬,像漫空飞星,铺天盖地,不一会儿就涂满山野。地上、树上、房顶上都变成了蓬松松的银白一片。远处菩提小镇的屋檐、陌上的池塘和蜿蜒的渡河,本在昨夜都结了冰,所有的草木藤蔓都穿上冰衣,岩边悬石都挂着老长的冰柱,今早下雪了,晶莹剔透之上又披一层雪绒。大地霎时白茫茫、亮晶晶的,成了童话般的琉璃世界。

啊,禅景如冬。

通往禅宗五祖寺的路,是用一块块花岗石依山就势拼铺而成,歪歪扭扭的。从一天门、二天门,到山门,到通天路,直铺到白莲峰顶,讲究的不是阔大云梯,而是曲径通幽、柳暗花明的禅意。

　　我走在千年的朝觐之路上。东山像一位沉静的老者，发似霜雪，栖于无垠的冰雪之海，空灵静逸。雪地古道上，一个绛黄色僧影，沿着石板路杵杖而行，阶石上洇湿一路淡青的凹印。古往今来，朝圣者的灵魂，何惧千山万水的跋涉，仿佛在这里找到生命的火把。博览经史的陈留人神秀，五十多岁来东山寺参谒，当被弘忍接纳为弟子时，潸然泪下。岭南青年慧能，三十多天走到黄梅，深深地跪在这石阶上，涕泗滂沱。多少人顶礼膜拜，匍匐在这条石板路上。他们如何不是怀揣信念，在梦想的道路上攀援。雪花插着梦的羽翼，掠过迷惘的心田。寂寥的时空，变成一片梦幻净土。

　　古道边，有近百座寺塔，那是高僧终老的坟墓。五祖寺和尚圆寂却是坐于缸内，上面覆盖一缸，造塔，刻石纪志，以昭功德。岁月风化着古朴的石塔，虽无一言半语，却让人肃然起敬。正如世上没有两片相同的树叶，雪花作为洁白美丽的天使，也绝没有两片相同的。雪花的形态万千，有菱形、星形、草叶形、多边形。仔细看，即便多数是六边形，亦是精制多样。方寸之间有浩瀚。我知道，每一座石塔下，都蕴含着智慧的灵魂，就像每一片雪花里藏着一个世界，藏着另一个银河系。

　　塔林之路是非凡的。无论开山佛祖抑或文坛巨匠，都从这里走过，留下深深浅浅的足迹。北宋初年，一代文宗苏轼被贬黄州，治东坡，筑雪堂，常来五祖寺礼佛。传说他前世是当过五祖寺住持的师戒禅师，自称"戒和尚"。他在师戒禅师墓塔前搭茅棚参禅。每在五祖寺焚香默坐良久，自觉身心皆空，物我两忘，精神怡然。闻一山溪叮咚有声，流路通透，顿然进入"也无风雨也无晴"的境界，遂挥毫题下"流响"二字，至今镌刻溪旁，那不是一般人听到的泉水的声音，是禅的声音，是天外宇宙的声音。此后苏东坡写出一系列上乘禅诗。

　　攀上二天门，白雪皑皑，白蜡做的树木，白银堆成的山。冬日的老藤缠着高横的树干，别有一番古韵。蜡枝伸向哪里，哪里就冰灯透明，玉树银花。此时的二天门，风从任何方向俱可吹入门楼，不再是夏天休憩的"此间乐"。隆冬不凋的只有雾凇，尽管冰挂枝干，但香松和香雪一起给人清凉的抚慰，禅意悠然。

　　聆听寂静的空山，脚踩东山石板路的深雪，嘎吱嘎吱地响。只有在安静的冬天，你才听得到自己的足音。冬天是一个沉思的季节。没有夏虫，没有秋蝉，穴居冬眠的生灵躲进洞里，守候冬季，在寒冷的风雪中正在进行死亡般的蜕化。是死亡吗？不，它们是在积蓄力量。生命需要沉积，一如冬季，将冰雪淡然收纳于心，才能有春的重启。

东山古道的山腰，一泓清泉从峭壁淌出，起伏跌宕的线条，像东坡居士的羊毫书法，每一笔都独特恣意，横竖撇捺都自自然然，潺潺诠释着淡定的禅意。雪能肥山，亦能瘦水。冰雪在溪涧两边结成没有封顶的拱渠，原本不甚丰盈的冬溪，变成窄窄的涓涓细流。川流与拱边构成五线谱，我听到溪水像钢琴一样弹奏流动的音符。溪边小石头大石头上覆盖的雪花，像一群大大小小的白羊，在伏渠饮水。雪下潭心小，瀑布下的潭口没有跳波飞溅，倒是冒着热气，圈圈涟漪唛喋悬冰，静观默照。

接近禅宗五祖寺的时候，我看到空中出现天鹅的翅影。几十只、成百只一阵，雁鹅南飞。它们逾越云荒，迁徙万里寻觅的湖，就在东山下的大雷池，它们是龙感湖湿地特有的精灵。喔——哦——，喔——哦——，冬天的上空全是鸿鹄的呼唤。盘旋于佛国上空，时而飞过来，像巨大机群嘹嘹从头顶掠过；时而消失在远方，留下寂静的空蒙……

禅机处处。放下来，跨过飞鸿桥便是山门，莫错过，千年菩提在微笑等你。

原作发表于《渤海风》2021 年第 4 期，选入本书时有修改

浔 阳 一 脉

长江出武穴口洪波滚滚，铺天盖地而来。站在浔阳江头，想象古时浔阳江段茫茫九派的盛景，感叹浔阳一脉，共饮一江水，同是浔阳人。

山相望，水同源。亿年前的燕山运动、地质大断裂产生了巨大洼地，形成了与云梦泽齐名的彭蠡泽。经过漫长的岁月，这里变成了长江与大雷池和鄱阳湖相连的状态，浩渺寥廓。公元前164年，汉朝在彭蠡泽一带立了一个县——寻阳县，县城设在今黄梅县蔡山。据史载，寻阳涵盖今天的黄梅县全部、九江和武穴大部等三省六县的沿江地区。这些地方的人都可以说自己是寻阳人。从那时起，九江和黄梅就同属寻阳这一行政区域。《中国古今地名大辞典》载："寻本水名，在江北，南流入大江，汉因以名县，而江遂得浔阳之称。"唐代才改称浔阳。除去中间少数年份改叫彭蠡县、楚城县等名称外，大多还是称寻阳县或浔阳县。千年浔阳，地不分南北，一直是跨江而治。公元304年，以长江故道北江为界，分寻阳县、柴桑县于江南立寻阳郡，隶属江州。寻阳县治渐由江北蔡山迁往江南九江境内，虽仍在一个行政区内，但江北寻阳人要上县城就得下江南了。浔阳在公元939年改名德化县，意为南唐道德教化之地。与福建的德化同名了几百年，直到1914年才改称九江县。即便改名，庐山蔡山，山不变，水亦不变，人们还是认可"浔阳"一说，仍称浔阳江不变。民国时期，德化在黄梅地域，仍占小半个县，与黄梅犬牙交错。直到1936年，以长江为界，江北才全部划属黄梅，如此分属也才不过八十余年。在长达两千余年的时光里，浔阳黄梅一江两岸，同是一家人。

文同脉，德同化。三国时期的诸葛亮，据说多次从寻阳过江，联吴抗曹。接任周瑜大都督的鲁肃路过寻阳，看望任寻阳令的大将吕蒙，成语"士别三日，当刮目相待"的典故就与江北寻阳有关。中国田园诗鼻祖陶渊明的曾祖陶侃，年轻时曾在寻阳县任职多年，当时县城在今天的黄梅蔡山，陶侃可以说是入籍寻阳的黄梅人。陶侃母亲湛氏是中国古代四大贤母之一，陶母责子的故事就发生在陶侃任寻阳鱼梁吏的时候，九江今建有陶母馆，在中华贤母园内。陶侃的亲家周访是寻阳人，当时任寻阳县功曹，他荐举陶侃任庐江郡主簿，两家联姻，二人协作，建功立业。"不敢越雷池一步"这个成语家喻户晓，也是语出黄梅。平南将军温峤驻兵寻阳，当历阳苏峻起兵谋反时，庾亮作《报温峤书》："吾忧西陲，过于历阳，足下无过雷池一步也。"也就是这个温峤将军，从军事需要的角度将寻阳县治由江北迁往江南。《晋书·隐逸卷》载，陶渊明追崇曾祖陶侃，曾偕同佛教净土宗始祖、庐山东林寺的慧远渡江北上。陶渊明在黄梅舒城寨躬耕隐居，慧远则在距舒城寨不远的柘林寺卓锡。南朝宋文学家鲍照，赴江州时望其周边壮丽，写下著名的《登大雷岸与妹书》，可与《岳阳楼记》齐美。隋末唐初，四祖道信承接衣钵后，编籍在江西吉安寺，后在庐山大林寺修学七年，才回到黄梅开创中国禅宗第一丛林。明代，黄梅有一代大儒瞿九思，江西督学徐燿延请瞿九思到庐山白鹿洞书院讲学。明清时期，起源于黄梅的黄梅戏形成，黄梅下乡人因大水外出逃荒，将黄梅戏流传到安徽、江西，后融合吴文化和弦乐，成为全国五大剧种之一。直到现代，黄梅不少人才还出自九江市同文中学。

民同俗，人同宗。江西填湖广，很多黄梅人的先祖由江西迁来。一座九江城，半城黄梅人。也有很多黄梅人经商安家在九江或迁至九江生活。两地你中有我，我中有你，江北每人都有几个江西老表，九江每人都有几个江北亲戚，所以互称老表，亲连亲，就连语言也同属江淮官话，口音相近。江北三月三做菜粑的习俗，传至江南；江南习俗包粽子，传往江北。端午时节做发粑、煮盐茶蛋、插艾叶、挂菖蒲、划龙船；中秋登高，同上蔡山庐山，同看浔阳秋荻，山川相望，赏秋月、吃月饼；过年穿新衣、唱大戏、舞龙玩灯，许多风俗两地相传相近。

兄弟情，邻里亲。九江是黄梅出门的必经之地，是黄梅发展的城市依托，所幸九江将黄梅小池纳入了发展规划；黄梅是九江的菜篮子、后花园，是两地携手发展、合作共进的热点。自古邻里和睦，多记友情。当年轮渡互通，两桥互通，17路公共汽车是全国首例跨省公交，九江解放军一七一医院是湖北首家跨省定点医院，两地一次次共创跨省合作的典范。多少年一江两岸，两桥相拥，兄弟手足情深。1998年抗洪，兄弟同心，黄梅人民紧急驰援九江；2020年抗疫，守望相助，九江纷纷增援湖北。忘不了为交接抗疫物资，九江多次解开管控的黄丝带；为接送急诊病人就医，专车往返不辞辛苦；为黄梅兄弟外出复工，九江点对点精准接送。江河相连，心脉相通。抗疫取得初步胜利后，九江带头四门全开，绿码畅通。

浔阳黄梅，一衣带水，唇齿相依，手足之情。朝前看，向未来，团结必将更加紧密，合作更有前景。

原作发表于2020年3月31日《浔阳晚报》，选入本书时有修改

天鹅的家园

白露秋分，鸟儿南奔。每年九月到十一月，是候鸟南迁的季节。它们从西伯利亚，从内蒙古，从华北，成群结队地向南飞，向南、向南……

迁徙中的天鹅，白天在深山密林中休憩，在大湖滩涂上觅食。夜晚，从天空嘹嘹飞过，一夜千里。

我和鸟叔喜欢摄影，我们常常在黎明前赶到雷池隐蔽点。这雷池可不是一口池塘。古时候神州大地有两处大泽，一个是云梦泽，一个是彭蠡泽。西晋以后，泥沙沉积，长江改道南移，彭蠡泽被长江分割成两片：一片是江南鄱阳湖，一片是江北大雷水，它是以龙感湖为主的一串湖泊。大雷池横贯三省，雷池之首坐落在鄂东黄梅。

初冬的夜色，给人一种空旷静寂的感觉，很清凉，很澄澈。湖面的上空，群鸟一阵一阵的，呈斜形或人字形队列迁徙而来。飞翔时的天鹅长颈前伸，徐缓地扇动翅膀，不时发出一两声头鸟的鼓舞："跟上""跟上"。静听天鹅的呼唤，像流动的音乐从高空掠过，让人臆想着天街圣籁，飘飘欲仙。圣鸟来仪，吉祥所至。每天数万只候鸟飞来，有的停歇几天，补充能量再向南。这时候，雷池成了亚洲最大的候鸟中转站，还有许多候鸟就选择在雷池越冬。

夜晚，水鸟在浅水处栖息。为了不惊动鸟群，我们总是划一条小船，走深水区，腰弯得低低的，轻轻划到湖心洲。说是湖心洲，其实是连着大别山南麓的一座山咀，半岛形状。连接山与岛屿的地带较低，在发水季节，低处会被淹在水里，岛就像活螺蛳，"游"在湖心，当地人把这湖心洲叫螺蛳墩。我们选好一处深草地，架好炮筒一样的相机，用绿色草衣草帽伪装，蒙好拍摄架子，单等天光。

候鸟中的白头鹤、黑鹳、野鸭、大雁、白鹭，尤其是天鹅，很喜欢来雷池，来这螺蛳墩附近，在浅水区觅食休憩。这里湖泊众多，滩涂广阔，湿地草甸肥美，水下草藻丰厚，生物多样，特别是人烟稀少，环境幽静，是鸟类难得的天然家园。

太阳出来的时候，我们放开快门，用镜头欣赏冬日暖阳下的候鸟聚会。茫茫雷池，大群大群的雁、野鸭和天鹅，在湛蓝湛蓝的水面优雅地游弋。许多叫不来名字的鸟儿，在草地、在树枝上无拘无束地嬉戏。它们共处一片天地，不分种属，没有歧视，百鸟和鸣，其乐融融。天鹅是最美丽的天使，有着高贵的气质、优美的身姿，在水中滑行的神态庄重，碧浪烟波中，像船队一样有序。它们相互点头问安，一个昂起头问："好喔？"

"噢好！"一个挺起胸，响亮应答着召唤的信号。

更多的是曲项向天，沐浴着清晨的阳光歌唱：

"喔——噢——"

"喔——噢——"

嘹唳高亢尖锐，叫声动人，清悠的旋律飘荡在雷池上空。蓝宝石般的湖面上的天鹅，像地里熟爆的棉球。湖面上分布着密密麻麻的小白点，白茫茫一片。

堤坝上，早早地来了一群又一群看鸟的人。游客们何曾见过几万只、几十万只候鸟聚集在一片湖滩的盛况。各式照相机、摄像机架起，就像列阵的长枪短炮，观鸟人眯起眼不停地咔嚓咔嚓。有的仰起头用手机录下近空飞翔的一群。不少人激动地沿湖岸乱走，总想靠近水鸟看明白些。水鸟呢，人近一些，它们就飞远一些，不远不近。鸟叔知道，这得用不同的相机、不同的长短镜头和拍摄技巧来拍照，因为远了拍不清楚，近了会吓跑它们，候鸟这是怕人呢。

湿地是大自然恩赐给人类璀璨的瑰宝。专家评估，雷池龙感湖一带，是长江中游众多淡水湖泊中保持完好、极具代表性的湖泊湿地之一。新时代建设生态文明，讲究人与自然和谐共处，湿地周边清除了所有污染源，禁捕禁猎，雷池更成了鱼儿的乐园，鸟儿的天堂。我和鸟叔隐藏在草丛中，幸运地抓拍到许多鸟儿的无拘态。雷池的鸟类真多啊，真可谓花花绿绿，鸟类大全。更为幸运的是，我们拍到了一群鹤。鸟叔长年累月拍鸟，可以称专家学者了，一看大惊，这是稀有的白头鹤群。他用高超的技巧，拍下白头鹤定格的靓影。白头鹤是国家一级保护的珍稀动物。人们喜爱白头鹤，不单图鹤寿千年的寓意，还图个以鹤为媒、白头偕老的寓意。鹤被称为爱情鸟。毫无疑问，我们此行所拍，将会立即引起轰动。

当太阳爬到树梢的时候，我们准备归岸。在湖心的小船上观看毕竟比在岸上离得近些，可以看清楚天鹅的优美动作：有的天鹅在踏水起飞，一路溅起水花；有的伸展翅膀，翩翩起舞，跳着水上芭蕾；有的大摇大摆，踏着八字步悠闲上岸；有的钻进水里，用喙寻觅食物。一只天鹅在扎猛子，两只脚掌在水面拍打着，尾翼翘起来，叼着一尾活蹦乱跳的小鱼，引得几只天鹅戏抢。叼鱼的那一只伸长脖子，赶紧吞吃下去，这一群才算安静。让人看入迷的，是天鹅出双入对，交缠着颈项，互相梳理着羽毛，相亲相爱。它们是忠贞爱情的象征。看着这优美的图画，人们都会强烈地爱上雷池这片天地。此时，鸟叔不着边际地唱起了黄梅戏老调：

"十指尖尖我搭上姐的肩，心里有话不好言……"

拍摄到了罕见的白头鹤，鸟叔像是喝醉了酒，脸上涨出绛红色，沙喉咙唱出的旋律在水面上晃荡。

南朝宋文学家鲍照，赴江州任时经过雷池这块水域，写下著名的《登大雷岸与妹书》。从这里向四周瞭望，南有庐山负气争高，参差代雄；东则百里江淮，原野云平；北则长波天合，湖脉相连；西则回江永指，含霞饮景……雷池确实美不虚传啊！前来雷池越冬的白头鹤最多时达到425只，因此这里被中国野生动物保护协会评为"中国白头鹤之乡"。鄂东雷池被誉为"水乡湿地、候鸟天堂"。

在不同时节来雷池看天鹅，都会别有一番景致。

去年深冬，我来湖上看天鹅。雪花像鹅绒一样飘动，不少水鸟在流水无冰处，守着游动的鱼虾和螺蛳，更多的是在洲上草丛中觅食。滩地上空，一群天鹅伴着雪花翻舞，有的振翅攀升，有的弧形滑翔，这一只刚落地，那一只又飞起去；它们缠成一团而又疏密有致，像片片扇子大的雪花，移动的白云，静静地伴着雪花飘飞，这场景如同欣赏一部无声的动画，听不到雪绒落地的吟唱。原来，天鹅也喜欢纯粹静美的舞蹈。

湖畔上方更高的天空中有一群天鹅，密匝匝地在绕湖飞行。"喔——喔——"它们要保持飞翔体能，在天上练飞。看远处天幕上，开始是一行墨点似的，渐渐洇开，有排成人字形的，有排成一字形的，多的集群就像橄榄形矩阵，在几十米高空翩翩舞动，嗦嗦欢唱，天寒地冻也丝毫不影响它们的欢喜。天水相连，雪国一片，于是到处看到鸟影，到处听到鸟鸣，四边回荡鸟韵。

就在这个冬天，我们雷池发生了天鹅报恩的故事。一只受伤的天鹅被湿地保护站的鸟叔救了。鸟叔搭窠，精心医治喂养了两个月，才治好受伤的天鹅。阳春三四月间，杨树挂绿，油菜花开，紫云英花开，春天的雷池岸畔成了百里花海。黄澄澄铺天盖地，鲜艳艳万紫千红，到处蜂飞蝶舞，草长莺飞。候鸟们在花海的上空绕湖练翅，准备到肥美的华北去，到内蒙古去。可是，鸟叔救治的这只天鹅破天荒地没有北飞，还邀约它的伴侣双双留下。一对天鹅在我们湿地安家落户了。它们是认为雷池的春天可以与北方的夏天媲美吗，抑或是与救助者难舍分离？

夏天的雷池可称水生博物馆，国家级保护植物在这里比比皆是，粗梗水蕨茂盛，野莲十里，野菱漫湖，还有罕见的秤锤树。

白鹭、野鸭翩翩起舞，流莺灰鸟欢欣雀跃，雷池成了留鸟的天堂。人鸟共家园，人们常常可以看到一对天鹅欢乐地起舞。水鸟王子轻鸣几声，水鸟公主便轻展羽翼，准备迎接王子温暖的怀抱。于是王子踏着舞步走向公主，一对伴侣绕场舞动起来。高潮时，它们上下翻飞，喙对喙互亲，颈交颈长鸣。不少人听说能够零距离看到天鹅，成批前来湖边人家，观赏真实天鹅的天使之舞。一幅幅人鸟共处的原生态画卷，赏心悦目之余，给人触及心灵的永恒的温暖与慰藉。

这年七月雷池遭遇百年罕见的大洪水。有一天深夜，洪水冲开堤坝，向湿地保护站袭来，挟带一股激流的湿腥味以及新鲜泥土味的洪水，碰到低洼地段，还发出咆哮。天鹅有夜间辨识声音和光线信息的能力，它们惊异地听到洪流的声响，马上急切地发一声询问：

"喔？"

"噢！"

一声惊叫，它们默契地判定有重大变异，迅疾腾飞升空。星光下，眼看洪水就到鸟叔房前了——如果不能迅速撤离，人在床上睡，水从四面来，鸟叔将面临生命危险。它们箭一样飞临，强烈叩打鸟叔的门窗，并发出尖厉的呼叫。鸟叔猛地醒来，情知天鹅敲窗必有险急情况，推窗便见洪水漫开。后来证实，幸亏鸟叔及时报告防汛指挥部，防汛指挥部连夜组织军民抢险，及时堵住了正在撕裂的破坝口，保住了沿江百里平原不受损失，保住了公路铁路大动脉的安全。

恩人得救了，人鸟未了情。天鹅报恩救人的传奇，很快被人们广泛传颂。爱鸟协会发来贺电，表彰鸟叔爱鸟护鸟、爱护自然的善举，还郑重地向他发来爱鸟协会的徽章呢。

原作发表于《问鼎》2020年总第33期，选入本书时有修改

黄 梅 花

　　吃罢团年饭,雨雪连绵的天气竟然晴朗起来。雪绒厚厚地覆盖山峦,仿佛巨人在沉睡。蓝莹莹的天之背景上,日光放彩,马尾山立时被勾勒得阴晴两隔。走,雪后放晴,我们正好去双峰山赏雪。女儿雷漩欢呼起来。多年的除夕户外活动习惯,已然使她一脸兴奋。

　　双峰山在县城西边,也叫西山。午后的太阳,红红地挂在西山的树梢,明丽清新,温和可人。渐渐地,太阳的热量在大地上弥漫开来。山涧积雪轰隆一响,终于坍塌下来,化作了流水。通往西山的石阶湿漉而洁净。放眼山峦,白茫茫的一片,像大海里的波峰浪谷,峰起谷伏。近处含雪的松球竹枝不胜重负,不时嚓嚓地掉下一团雪,露出纯净的青翠。石阶上的脚窝里,印出青灰色的湿迹。

　　一个僧人行走在积雪的山道上。

　　"呀,梅花？好美啊！"女儿一声惊叫。积雪似乎也受了惊吓,哗啦啦掉落一地。

　　是一株不起眼的小树,幽幽的,开满蜡色小花。五个花瓣圆圆的,如小鸡的绒毛一样嫩黄。几根纤细的花穗牵着含雪的紫蕊,星星点点的,像粘在树枝上的金珠子,在雪丛中莹光透亮。记起黄庭坚的一首诗正中此状:"闻君寺后野梅发,香蜜染成宫样黄。不拟折来遮老眼,欲知春色到池塘。"

　　一旁有位山农搭话:"姑娘,这不是梅花,是蜡梅。"没想到这不起眼的老伯对这不起眼的花倒懂得不少。原来,蜡梅与梅花不同科也不同属。内行人才知道,蜡梅为灌木,直枝,常丛生,枝干枯瘦,比梅矮。而梅花属蔷薇科,是乔木,有粗壮树干。蜡梅花期约早梅花两个月,腊月开花,所以叫腊梅,还叫雪里花,雪梅。因为花瓣厚实,像裹着一层蜡,金灿灿、黄澄澄的,又叫蜡梅。梅花清香幽淡,颜色多样;蜡梅馨香浓烈,颜色单一,以黄色为主,所以也叫黄梅花。

　　"黄梅花？"

　　"黄梅花。"

　　"县志载'因县境北有黄梅山、黄梅水,故名黄梅县',其中的黄梅就是指这些黄梅花吧?"

"是的。四祖寺的大师有意还原黄梅山、黄梅水。你再看,山上好多黄梅花呢。"

果然,石阶两旁稀稀落落而有规则地种了不少呢。山上,雪地里,跳跃着一蓬又一蓬金色的火焰,那焰光勾连成片,仿佛天上飞来锦霞,它们与天际的云霞相映成趣。灵润桥下,卵石在流水里跳跃,这里的流水也该是清香的吧。浅浅的溪水里,有黄梅花蕊上融化的香雪。你看,它们正在叮当作响,肆意流淌。"有梅无雪不精神,有雪无诗俗了人",想那古时候,人们向往的黄梅山、黄梅水,该是怎样的一处神地仙境哪。

我请教山农老伯:"黄梅花是怎样的花呢?"

"嘿嘿!"矮个子老伯挺了挺那有点佝偻的身板,"花魁啊!"不是吗?黄梅花喜阳耐寒,瑞雪飞扬时开在百花之先;不择地方,江南江北都可栽种;蜡梅畏涝耐旱,俗话说,旱不死的蜡梅。

太阳挂在西山之巅。这是万户团年的喜庆时刻。看着眼前的黄梅花、黄梅人,听着远远近近、千家万户团年的爆竹欢快地燃响,它们铺天盖地,引发万千生机,蓬勃的生命力,跃动在高天厚土之间。

啊,黄梅花。

是的。它的确有些朴素和一般。在这瘠薄的土地上,吹拂它的是凛冽寒风,滋润它的是刺骨冰雪;可是,它却傲霜斗雪、凌风含冰、永不放弃追求,"万花敢向雪中出,一树独先天下春"。这不正是勤劳朴实的黄梅人民,经历艰苦岁月百折不挠、香自苦寒来的写照吗?

瘦骨嶙峋,娇小脆弱,却执拗地把心泉化作一脉幽香,奉献天地人间。

恍惚中,我的脑海里浮现出漫山遍野、铺天盖地的黄梅花,它们绽开在凛冽却有春意的风中,成朵,成簇,成片……

原作载于《赤壁》2014年第4期,选入本书时有修改

大美龙感湖

黄梅东南有大湖——龙感湖。

古时候，这里叫雷池，脱胎于彭蠡泽，位于鄂赣皖三省交界处。它南与江西鄱阳湖隔江相望，东与安徽安庆市沿江湿地相连。一湖跨两省，湖北黄梅部分名感湖，安徽宿松部分名龙湖，再往下游便是大官湖，以及太湖、望江两县交界的泊湖，水落华阳河，过华阳大闸入长江。1955年，长江水利规划办公室把龙湖和感湖各取一个字，合称为龙感湖。

龙感湖绵延百里，仅黄梅部分水面就达71.48平方千米，是湖北省第五大湖泊。龙感湖和位于它西侧的太白湖是黄梅的两大湖泊，如同人之双肾，排毒解毒，吐故纳新，黄梅人十分珍惜它们、热爱它们，将它们视作母亲湖。

我十分爱恋龙感湖，常行吟泽畔，试图从它那厚重的历史里重新认识这汪大湖。伫立在湖中的陆墩、窑墩、赶墩遗址前，遥想新旧石器时代，先民在这里是如何临水而居；在焦墩遗址前，沉思六千多年前的黄梅祖人，怎就创造出震撼世界的卵石摆塑龙；在三国古战场前，复原周瑜在此练兵布阵、诸葛亮由此过江凭吊周郎的场景；在"不敢越雷池一步"这一典故的关联地，赞叹东晋丞相庾亮雄才大略；在朱元璋与陈友谅鏖战过的湖汊滩涂，寻觅当年战事的蛛丝马迹……

当然，打动我的不啻是大雷池厚重的历史沧桑感，更因为此湖乃文学大写的地方。鲍照的《登大雷岸与妹书》，描绘了它的壮美，至今人们津津乐道它的四季风光之美。

春日，与友人一起泛舟湖上，但见雷池波推浪涌，烟波浩渺，水天相接处，匡庐横卧，大别巍巍。可惜当时湖上阵风劲猛，浪花劈脸，同行女伴惊骇，只得折返回港。其时，已望见突入湖中的半岛东观头，却不能登临，与岛上黄梅古十景之一的"东观日出"擦肩而过，令人遗憾。不过，沿途看到湖上丰茂的水草和时不时跃起的游鱼，也是一大快事。陪同我们的向导说：保护区由湖泊、滩涂、草甸等组成，主要保护对象是生物多样性的内陆水域生态系统。我国众多淡水湖中，龙感湖保护区因为人为活动少，无污染，水质优良，是一座巨大的"物种基因库"，其中野生动物有484种，国家二级保护和重点保护动物有数十种。龙感湖是典型的生物多样性湖泊，称得上是一个水生博物馆，有野生植物354种，水生植被丰富。其中粗梗水蕨、芡实、野莲、野菱、秤锤树，是国家二级保护植物。水生藻类繁茂，构成的"水下森林"，极为壮观。这样水上水下共同形成了极为复杂的食物链。在下新湖畔，我们看到稀世秤锤树，约二百棵，与原始古藤一起开花，这是我国迄今发现的最大原生自然秤锤树群落。

夏日游湖，别有情趣。那时荷花十里，是荷的世界。小舟在狭窄的甬道中慢悠悠地荡着，太阳不知什么时候从东观山后悄悄地爬了起来，十里荷花，浩荡入眸。船舷下，粗壮的荷秆上黏附着许许多多的螺蛳，螺蛳上还有些许淡淡的青苔。荷秆有力地撑起硕大的荷叶，晶莹的露水在脉络分明的叶面上不停地溜转。俄顷，湖面送来阵风，露水溜转加速、加速，终于叮叮咚咚地离心而下，如一串串珍珠倒进了湖水里，引来无数尖头鱼抢食，伴随一阵荷叶沙沙翻动的清香，夹杂一阵莲花的芳韵。盛开的莲花底部为乳白色，中部有些粉红，越往上部尤其是顶尖部，则是大红，进而深红深红的了。湿地优势种群多，除了大量的野莲、野菱、蒿菜外，还有大片芡实、水草、水藻、眼子菜。

"源湖的水清又清哟，源湖的莲香又香哟……"

一阵悠扬的采莲歌从荷海深处溢出。循声找去，不远的前方一条条采莲船在荷间穿行，斜刺里恰好有一条向我们摇了过来。两头尖尖的采莲船上，冒出来两个将辫子盘在头顶上的姑娘，一边戏水，一边顺手采摘莲蓬。艄公和姑娘们心气相通，每每娴熟地将船靠过去。在姑娘们弯腰贴近荷花的那一刻，柔和的朝阳、粉红色的笑脸和层次分明的莲花交相辉映，"人面荷花"被诠释得淋漓尽致。同行的摄影爱好者抓住机遇摁下了快门，美好的瞬间便成永恒。

秋日是龙感湖收获的季节。水乡小镇，港埠是一条与大湖相通的小河湾，河水清澈透明，河上一座月形石桥，桥洞两边停满了渔船，一字排开。小镇的渔民踏着匆匆的脚步，总是大清早就开船。船过水边的文昌庙，渔民会在心里默进一炷香，祈愿出湖顺利，下网好运。一条红尾肥鱼跃出水面打挺，正在水草里做梦的白鹭应声飞起，一群鹭鸟在湛蓝的天空舞动，像洁白的天使。水天相接处，太阳像瞬间蹦出来，水面上条条渔船在太阳里晃动，渔民撒开大网，像是在打捞太阳。秋荷有些泛枯，菱藕在水下却熟得白白胖胖。湖田金黄一片，空气中飘荡缕缕稻香；银白一片，棉花又是好年成。"三年无水灾，鱼虾堆满街"，是水乡丰年的描画。最美是夕阳西下，水天绯红一片，鄂东渔民乘着晚霞归舟，唱着忽高忽低的黄梅调，眼尾眉梢抑制不住"晚上回来鱼满舱"的那份喜悦。船舱里放鱼的位置，底下开有活页窗口，与湖水相通循环，捞出来的鱼虾，活蹦乱跳。渔港早有贩运鲜活水产品的大车在等待。龙感湖的银鱼，过去很有名气；以龙感湖为主产地的黄梅鱼面、黄梅青虾，更有名气，被列为国家地理标志保护产品。

　　冬日虽然是万物凋谢的季节，然而龙感湖却十二分的热闹。龙感湖是候鸟越冬的天堂。在一个大雪纷飞的日子里，我特地驱车前往看鸟。湖边，沿路有田雀、灰鸟活跃在身前身后，一大群麻雀叽叽喳喳地嘈雪。不经意间，嘎的一声叫唤，一群野鸭从倒伏的荷叶中扑棱棱飞出。这些都是留鸟。龙感湖优越的地理位置，亚热带季风气候，冬季温暖，是重要的候鸟越冬地，也是国家级保护动物的重要中转站。每年11月至次年3月，西伯利亚等高寒地区的候鸟，纷纷来龙感湖越冬，逐年增多，最多时已达十余万只。白头鹤、白鹤、黑鹳、东方白鹳、大鸨等五种，是国家一级保护的候鸟。你看黑鹳站立在一排挂网的竹竿上，像一长排守卫的列兵。龙感湖是全国最大的黑鹳越冬地。黑鹳不善鸣叫，胸腹纯白，当有人靠近时，会依次飞向远一些的地方。白头鹤特讲洁净，藏在隐匿的湖汊草地里，头顶红冠，黑额白颈，遍体石板灰色。见有人来，一只机警地飞起，几十只白头鹤瞬间群飞。人们取它"白头"到老又形影不离，叫它爱情鸟。来龙感湖越冬的白头鹤数量达425只，为国内迄今发现的最大越冬种群。中国野生动物保护协会授予黄梅"中国白头鹤之乡"。天空雪花飞舞，鹭鸟很是活跃，像片片扇大的雪花，翩翩伴雪舞动。这时候，我看到湖区稻桩田里，大雁像大海里成阵的鱼群，密密麻麻的。飞起的群雁像远空中的大型飞机群，铺天盖地。在浅湖汀浦，成千上万只白天鹅，优雅地在湖面游弋起舞，有的踏水练翅，有的潜心觅食。"哦哦哦"，当天鹅腾空，万鸟密匝匝地在头顶嚓嚓飞过，飘雪的湖空回荡漫天鸟韵。若不是亲眼所见，你都难以想象，几万只、十几万只候鸟群集的震撼。你会为这片神奇的天地激动不已。

　　是啊，龙感湖就是一汪宝湖，国际相关组织和国家非常重视对它的保护。早在1992年，国际鹤类基金会主席哈里斯博士来到黄梅，在考察龙感湖后，立即表示愿意资助武汉大学教授开展白头鹤越冬种群生态学研究。2000年，龙感湖市级自然保护区成立；2002年升为省级保护区；2009年9月，国务院批准为国家级自然保护区。龙感湖自然保护区，总面积33.5万亩，核心区12.2万亩，缓冲区11万亩，实验区10.2万亩。保护区在沿湖地区建立观察站，时刻监视着湖区生态保护动向；

周边的独山、下新、濯港、孔垅、小池、黄梅、刘佐等六镇一乡的人们已然觉悟，知道要像保护自己的生命一样保护生命湖。

今日龙感湖，鱼游碧水，鸟翔蓝天，八一大堤雄展如画，砣湖大闸巍峨矗立。面对波澜壮阔的龙感湖，不由得人不赞叹：美啊，大美龙感湖。

原作入编 2017 年武汉出版社出版的《文化黄梅游》，选入本书时有修改

鄂东山寨

一、尚勇的鄂东民风

春秋战国时期,楚西巴人多次暴动,楚国对巴人迁徙流放,置西阳郡(今蕲春、黄梅、武穴、罗田、浠水等地)。巴人散居于西阳巴水、蕲水、希水(今浠水)、赤亭水(今举水)、西归水(今倒水),因此被称为五水蛮。

五水蛮原是巴人的一支。为纪念故土,巴水更名为巴河。大约巴河算得上一个活动中心,巴河镇被称为"五蛮城"。

"五水蛮所在,北接淮汝,南极江汉,地方数千里。"种落炽盛,多居深山重岨,或荒水湖沼,人迹罕至。当徭赋过重时,五水蛮不堪命,为寇。五水蛮剽悍好斗,爱练拳脚,舞刀弄棒,敢作敢为,常与东汉朝廷对抗,曾经多次发动起义,且坚持数年不散。

南朝宋元嘉二十九年(452年)五水蛮凭借山川险阻,集众起事抗宋。淮水、汝水、长江、沔水一带,到处是他们活动的空间。"是时亡命司马黑石、庐江叛吏夏侯方进在西阳五水,诳动群蛮,自淮、汝至于江沔,咸罹其患。"

继有新蔡蛮人。东晋孝武帝宁康元年(373年),因永嘉之乱流放迁徙到南方的新蔡人,在九江王黥布旧城(今黄梅蔡山),侨置新蔡县。也是在宋元嘉二十九年,"新蔡蛮人二千余人破大雷戍,略公私船,悉引入湖",朝廷遣兵驱铲。亡命司马黑石,号太公,为谋主,后被缚斩。

远去了,如烟往事,"蛮人"可圈可叹。

二、蕲黄四十八寨

雄伟大别山,绵延千里。高天俯瞰,古生代断层陡坡,山麓凹折起伏,是天然战场。加上林木蓊翳,物产丰阜,有了凭依,故大别山南,蕲州黄州境内,山寨林立,大小三百余座。最有名的,号称蕲黄四十八寨。

四十八寨的分布地以罗田、黄冈、麻城、黄梅为多。民众凭借地利，建起寨城寨堡，结寨召民，抗暴自保。这里民风有血性，"沐战斗之余风"，每大乱，出辄联合，策与进取，气势雄及东南大半。

南宋，段朝立结寨英山尖，召集乡民，阻击蒙古军进犯蕲黄。朝廷嘉勉，割罗田等乡建英山县，段为首任知事。十年后，蕲州人张德兴、罗田人傅高，以太湖司空山和罗田天堂寨为据地，联合淮西六寨义兵反元。宋朝右丞相文天祥，派兵程纶、程晃助之。蕲黄民众起兵响应。那年秋天兵败，蕲黄太湖一带义士家属万人被拘。

1351年，罗田布贩徐寿辉、麻城邹普胜，联合江西人在天堂寨举红巾起义反元。拥徐寿辉为帝，国号"天完"。攻占附近六省，拥兵百万，陷武昌、攻九江，舰舶蔽江，撼动元朝。因义军内讧，败与陈友谅。

明末，张献忠起义，攻入蕲黄。各地结寨自保，得到明廷及遗老支持。至清军南下，南明小朝廷发生内乱，蕲黄山寨更为火热。

清初，强迫尊满人，改满服，剃发，铁血政策是"留发不留头"。广济县民因病未剃，被"立正典刑"，地保、邻里皆受鞭笞，继而激起众怒，勇举义旗。

南明左良玉以所谓清君侧，统军数十万自武昌顺江而下，沿途烧杀抢掳，黄梅广济长江大堤踏成坑堑，村镇尽成赤土。黄梅下乡百姓避于太白湖中，上乡民众结寨堡以图生存。蕲黄三百余寨并起。

南明赖山寨抵御清兵南进，对山寨之主皆授官职。罗田举人、河南知县王鼎父子自治天堂寨，联合蕲黄三百余寨抗清，被推为四十八寨总寨主。麻城进士周损、曹胤昌结寨朱山，被推为四十八寨总寨副。各寨阵容强壮，寨兵成千上万。破庐州、战蕲黄，取英山霍山，进潜山舒城，四十八寨义兵离开本寨向江南江西挥兵。对抗经年，清廷大举进剿，相继踏平。但鄂东人民的反抗精神永存，鄂东人身上流淌着武人的血液。"自古蕲黄多异人"，异在血性、不屈、放达。

三、红花寨

江淮名寨七十二，蕲黄四十八。四十八寨中，黄梅有四寨：鼓角寨、红花寨、卓壁寨、观音寨。说说红花寨吧。

全国有多处红花寨，大约都因红杜鹃。杜鹃满山红，颜色喜气、吉庆。金庸小说《书剑恩仇录》中有红花会，实际安徽太湖确有红花会，传说是江湖上最大的帮会之一，黄梅苦竹的山寨是其分舵。或许红花寨由此得名。

明朝万历十六年（1588年）大旱，饥荒，官吏和豪强仍然穷征暴敛。三月，黄梅义民梅堂（一说梅镗）、刘汝国揭竿而起，率众拥入大户人家开仓放谷。知州派兵镇压，擒梅堂枭斩于市。梅堂父女及刘汝国妻子株连下狱，刘汝国逃伏民间。九月，刘汝国再次约集各路义民齐聚红花寨，招兵买马，共议大事。红花寨由开始的数十人发展到六七百人，迅速占领东起宿松枫香驿、西至广济童司牌、北至蕲春张塝的大片土地。

红花寨在黄梅苦竹。路径就是出县城进苦竹口，经程晃岭水库往北。这里属大别山南，崇山峻岭之中，一峰突兀，西是乌珠尖，北是垅坪河，东南为古驿路，地势险要。从外表看，红花寨与普通山庄无异，实则防卫极其森严，无寨中腰牌、口令，谁也不能进入。据说行规有四救：一救仁人义士，二救孝子贤孙，三救节妇贞女，四救受苦黎民。戒条主要有：投降朝廷者杀，犯上叛会者杀，出卖朋友者杀，淫人妻女者杀。寨中组织严密，曾联络蕲黄四十八寨，出征英山、太湖、蕲春、广济各县，人数之众，势力一度遍及长江中下游。他们破城池，劫富济贫，震动朝廷。京师急调大军进剿，义军诱敌深入，布疑阵获胜，并捕杀安庆指挥使，俘获千总；还有传言抢来宿松县令之妻做压寨夫人的，不知真假。血战数旬，刘汝国在宿松柴家山不幸被捕。敌许以富贵，刘汝国不受，引颈自戮。

民国报人感慨：明季梅堂、刘汝国等聚众谋乱一役，逾年始平，较於天保（清代黄梅造反者）尤严重，志书失载，可惜湮没无闻。

我眼中的遗爱湖

漫步江堤，夕阳在西山现出龙飞凤舞的图案，把赤壁石矶映照得褐红一片。遥想当年苏轼泛舟大江，惊涛拍岸，卷起千堆雪的浩瀚，怎不赞叹黄州城的古老而典雅。黄州，不光是拥有一个令人羡慕的赤壁，而今又出落一个貌若天仙的遗爱湖，倾城呵护，满城生辉，那是怎样的一种美丽呢？

让我们走近遗爱湖，去领略她的风情和魅力吧。

遗爱湖之美，美在她的容颜。从空中往下看，大别山下，赤壁江边，遗爱湖水面近三平方公里，约是西湖的一半。但岸线曲折，其长度约是西湖的两倍。夜色阑珊，薄雾织一层淡淡的迷蒙，遗爱湖芳姿卓秀，波光粼粼的一湖幽蓝，像极了一位轻纱淑女，静谧地安睡在黄州城中，这是一个城中湖。山与城相连，城与湖相结，偌大湖泊成为城市的心脏，实为罕见。当你登上芸香阁纵览，隐约看到她的 S 形曲线，多像少女婀娜多姿的倩影呀。倒映在水中的灯光此起彼伏，整个湖面的光轮像敦煌壁画里飞天女神的模样。流光阁像仙女头上的夜明珠，流光溢彩。湖心路就像姗姗少女身上绰约的腰带，款款留香；夹岸柳线是她舞荡的衣袂，曼妙飘逸。湖里的波光像她的眼睛，忽闪顾盼。那春桃、夏莲、秋菊、冬梅，都是仙女四季鲜丽的红颜。遗爱湖果然清新脱俗，不同凡响。星光璀璨，悄悄划一只小船，去探寻湖心岛的萌动与芬芳。"桂棹兮兰桨，击空明兮溯流光，渺渺兮予怀，望美人兮天一方。"苏轼《赤壁赋》中的美人，不正在此吗？

遗爱湖之美，美在她的韵味。唐宋八大家之一的苏轼，贬居黄州四年，写下《赤壁赋》《后赤壁赋》和《念奴娇·赤壁怀古》，二赋一词达到他文学创作的巅峰，也让黄州名扬天下。遗爱湖整个景区的命名便是以苏轼在黄州的生活和文学作品为依据，环湖东西两片十二景，依原生态稍稍打扮便美若惊鸿。核心景观遗爱亭，建在公园中轴线的制高点上，周围绿草如茵，可感受苏轼《赤壁赋》中"清风徐来，水波不兴"的优雅。东坡问稼就是湖边坡地。苏轼穷困潦倒，太守划府东坡地供他耕种，故苏轼自号东坡居士。这里有樱花园、紫薇园、茶园等，还有木桥曲径通幽桃花岛，再现东坡困顿躬耕的情景。一蓑烟雨是一袭长长的半岛，这里有芸香阁、书法碑林等。《黄州寒食诗帖》是东坡书法的巅峰之作，与王羲之的《兰亭序》、颜真卿的《祭侄文稿》并称天下三大行书。琴岛望月就是湖中小岛，"望月"出自《后赤壁赋》"山高月小，水落石出"。琴岛的月光、湖光、云影交相辉映，宛若仙境，人们对月祈福"但愿人长久，千里共婵娟"。至于红梅傲雪、幽兰芳径、江柳摇村、大洲竹影、水韵荷香等景区，分别呈现了苏东坡对梅兰竹柳的喜爱和吟咏。霜叶松风干脆就是原生的大片湿地和茂密森林。天然去雕琢，虽然一段一特色，一处一景致，但看不出人工痕迹。遗爱湖十二景的田园风光与苏东坡文化浑然天成，如一幅别有韵味的仕女图，让遗爱湖从一个美丽的乡村女子，出落成一位有内涵、有品位的大家闺秀。

遗爱湖之美，美在她的灵魂。传说，当年黄州城南有安国寺，北有凌湖、东湖和西湖。苏东坡与太守每有闲暇，便相约湖畔竹亭饮酒赋诗。太守徐君猷善政，为民称道。安国寺僧怀念徐太守，请东坡先生为竹间亭命名。苏东坡命名为"遗爱亭"，并作《遗爱亭记》，开篇说："何武所至，无赫赫名。去而人思之，此之谓'遗爱'。"从苏东坡的作品和人格，更能看到苏东坡对自然、宇宙、人类的大爱。前贤美德留驻，遗爱精神长在。近年相关部门把凌湖、东湖和西湖疏通建园，合称为遗爱湖公园，就是在告诉人们：今天，人人都应友爱，给后人留爱。这就是遗爱湖的灵气，遗爱湖之魂。

走在大沙洲，遗爱湖细浪呢喃，与我倾心细语。踏过大大小小的鹅卵石，与遗爱湖亲密接触，发现自己仿佛又回到少年那充满梦想的时代。是啊，遗爱湖美；人间最美的，是爱。

本文入编中国文史出版社出版的《黄州有座遗爱湖》；曾获黄冈市征文优秀奖；选入本书时有修改

李时珍与黄梅紫云山

大别山南麓的黄梅紫云山，海拔千米，山势陡峭，云雾缭绕，林深幽静，万物竞生，可谓天然的"百草园"。

相传，紫云山老祖寺的宝掌和尚喜欢在大石头上睡觉。一天，宝掌和尚在石上睡得正沉，梦里闻到一股浓烈的异香，遂被熏醒。他起来遍地寻找，终于发现一种异花，花开似丁香状，不过比丁香花大而疏。他把这花取名为睡香，也叫风流树。这以后，睡香逐渐传开，人们把野生睡香取回家种植，变成栽培作物。

因睡香花开在早春，屈原称之为"露甲"。在二十四番花信风里，睡香是大寒第一候所开的花，开在春节前后，给人们带来祥瑞，因此其正名叫瑞香。李时珍的《本草纲目》中记载了瑞香，说它"四时不凋，冬春之交开花"。瑞香为常绿灌木，其枝杆婆娑，药用可祛风除湿，治风湿疼痛、咽喉肿痛。

瑞香花色淡红，或紫或白，芳香扑鼻，格外受人喜爱，在宋时便广为栽培。庐山瑞香因苏东坡、范成大、杨万里等人的咏颂诗篇最为有名。黄梅紫云山瑞香，因李时珍前来采药的传说而美名传扬。宋代王十朋诗赞瑞香："真是花中瑞，本朝名始闻。江南一梦后，天下仰清芬。"

李时珍（1518—1593），字东璧，号濒湖山人，蕲州（治今湖北蕲春）人，明代著名医药学家。14岁中秀才，后应试三次不第，随父学医。先后在楚王府、皇家太医院任职。后托病辞职回家，为修《本草纲目》，潜心三十余年完成鸿篇巨制。

李时珍久闻邻县黄梅紫云山的盛名，早就向往探寻它的宝藏，常带儿子建元和学生庞宪徒步来到黄梅紫云山。当年老祖寺、虎引洞、万堡寨、陆羽石等处，都留下了他跋涉的足迹。《本草纲目》里详细记载了十多种紫云山产的药材，瑞香只是其中一种。石耳、石鸡和石鱼，同样也是紫云山的特产，被称为紫云山"三石"，它们不但是鲜美佳肴，还有药用价值。

紫云山还有一种名贵药材——老祖参，是李时珍研究的重要对象。这种多年生草本植物，其叶四瓣，枝梗蔓延；其根形如纺锤形，灰黄色，粗糙不平，折之，内含浓稠乳白色汁液。因它生于紫云山，在黄梅老祖寺所在地，故名叫"老祖参"。

老祖参是极罕见的"药、食、美"三用珍品。据传,李时珍做御医时将家乡特产老祖参带进宫中,嫔妃们食用后,个个风姿靓丽。皇帝大喜,钦定老祖参为贡品,令州府年年奉贡。老祖参是大自然的恩赐,是紫云山的药宝,但因生长缓慢,资源有限,人们又争相采挖,历史上曾几度绝迹,慢慢地就很少有人知道老祖参了。

黄梅紫云山的一草一木、一鸟一鱼,都成了李时珍研究的对象。紫云山为李时珍完成药典巨著《本草纲目》,奉献了沉甸甸的果实。

水袋子的变迁

黄梅，湖北最东端的一个县。

这里，鄂赣皖三省交界，吴头楚尾，荆楚文化与吴越文化交融激荡。

这里，地形像一只大葫芦，挂在大别山南，浮于长江之北。地势北高南低：葫芦头是北部山区，头顶三口缸（三大水库）；葫芦腰是中部丘陵，腰系两座湖（太白湖、龙感湖）；葫芦底是南部平原，占全县一半，海拔最低只有10米，沿江岸线58.8公里，脚踏一条江。

这里属亚热带湿润季风气候，易受内陆和海洋冷暖气流影响。多雨，且雨水集中在6至8月，最大日降水量254.8毫米，要承接武穴、黄梅两县水量。当下游河道能自然流动时，两县水量行至龙感湖分洪区，加承其他区域洪水，经安徽华阳河一起向长江流放。当遇大洪水，外江高于内湖水位时，内湖溃水流不出去，过去又无力向江外排泄，黄梅这只大葫芦，成了名副其实的大水袋子。

一、昔日水袋

长江中游上承川江、洞庭、汉江及"五水"〔古时，对长江北岸支流巴水（今巴河）、蕲水、希水（今浠水）、西归水（今倒水）、赤亭水（今举水）的总称〕下泄，下受鄱阳湖出流傍泄顶托，洪水来得快，退得慢，高水位持续时间长。科氏力和北弱南强的掀斜构造运动使河道右摆南移。因分流汊道逐渐淤塞消亡，江水被约束于主槽。恰黄梅河段江心洲伸张，迫使长江主泓北流，顶冲北岸造成崩塌，江岸累计内移十余里。洪水过后，谢杨二镇江沙弥漫，望如堆灰积雪。巨浸废了老镇段窑、清江。

新中国成立前，长江官堤矮小，难御大汛大浪。江堤里，水袋子黄梅，姓族霸道，一姓一圩，平原湖区竟至四十八圩（最小的不过几百亩）。小圩星罗，互阻水道，即便堤坝未溃，圩内已然沦为泽国。往往，江水高过内湖，湖水又高过圩内农田、村庄。历史上，黄梅深受华阳河倒灌长江洪水之苦。1935年汉江左岸钟祥狮子口决堤，1949年黄广大堤新坝湾溃口。十年九涝，洪水泱泱。

北部山区，曾经无一座水库，每遇暴雨，山洪毫无节制，像野马脱缰。洪水咆哮后，空留斑斑沙丘、受伤的河床。没有水库，无法调蓄洪水，水资源白白流失，"连晴三日又叫旱"。春旱秋旱，一月两月无雨，丘陵赤地百里，往往颗粒无收，灾民十万，淹也逃荒，旱也逃荒。

黄梅，这只水托的葫芦，上受古角、垅坪、小溪、考田四河山洪侵袭，中受太白、龙感二湖困扰，下受长江洪水倒灌顶托，渍水能进不能出。旧时民谣曰："三夜明星就叫旱，一声雷响便登舟。"黄梅戏，就是逃荒的人们用来讨饭，被大水"冲"到安徽、江西一带的。黄梅戏《逃水荒》有一段唱词：叹只叹黄梅县发下洪水，地被沙压俱已不见，田被水打波浪滔天。猪牛六畜俱已淹死……道不尽水乡水灾水殇。

二、长江干堤

治水，古以疏导为主。明初修黄广官堤，是与重修京杭大运河、兴建北京城算同时代的三大工程。大堤黄梅段，最早是蕲春人康茂才督修，使百余里滨江长堤有了雏形，叫"康公堤"。万历年间，知县桂生芝重督堵口复堤，又称"桂公堤"。康堤、桂堤，那是百姓对历史有功人士的赞赏。

1949年冬，新社会人民政府即组织劳力十万，大规模堵口复堤，整险加固。那时堤上堤下，人山人海，红旗招展，硪歌四起，奏起修筑黄广大堤新乐章。虽经1954年再度溃口，仍殊死斗争，年年加紧整修。改变堤线，废破坝口、壕沟等容易出险地段。整治滩岸，抛石固脚，平顺江水流向。自此后，再无溃口现象。

黄广大堤，上起武穴盘塘，下至黄梅段窑，与安徽同马大堤相连，共同保护鄂皖两省六县安康。保护区惠及面积1282平方公里，惠及人口百万。还保护国家公路干线，黄黄、黄小高速，京九、合九铁路以及高铁网。经过1998年抗洪抢险，国家对长江大堤全线加固，平垸行洪，移民建镇，黄广大堤面目一新，重换新装。据《黄梅县水利志》载，2007年全线完成，堤高24.75米，临江面青石水泥铺设，外平台宽30米，内平台宽30至60米，堤顶宽8米，铺设水泥硬化路面，防汛专用道路通畅。如今，长江干堤雄伟坚固，山一般屹立南大门，2016年百年未遇的大洪水，也安然无恙。

长江干堤一横，如巨龙盘旋长江之滨，锁住了黄梅前江。

三、西隔堤

为免江水倒灌之苦，改变堤内排水零乱局面，黄梅组织大批民工会战后湖民圩。国家投资兴建排水工程，本地民工以工代赈，积极建设。

以往四十八圩集零为整，裁弯剪直，合堤并垸，兴建扩建行洪闸，排泄太白湖来水的能力大大增强。1954年冬堵口复堤。国家兴修了梅济闸、濯港闸、王大圩闸，扩建严家闸。百里长堤还打通了上乡与下乡的主干路，龙感湖和东港的水路也变得通畅。1956年，华阳闸建成，后湖水位下降约两米，百里长堤失去围内排水的作用，高处建起龙感湖垦殖场。

20世纪70年代，黄梅又举全县之力，将百里长堤向东推进，形成全长38.9公里的西隔堤，又称八一大堤。西隔堤南搭黄广大堤，北至县城东北抱儿山。那时人海上阵，全靠肩挑背扛。在野外草棚吃住，清早开工扁担凝霜。当时人们称为挑县河。县境四条大河，有三条从县河排向龙感湖。西隔堤把东侧龙感湖隔开，一般年份，作为拦湖大坝，挡龙感湖水；分蓄洪时，作为华阳河滞蓄洪区的围堤，规划蓄纳湖口河段超额洪水的一半。相应地，修建了沱湖大闸、新严家闸、湖口闸，同时在黄广大堤上修建了清江口电排站、八一电排站，解除内涝，排水能力增强。当长江水位高出内湖，江水倒灌，流向长江的华阳河关闸，等待秋后水退，再开闸排放。此时，流向分蓄洪区龙感湖的闸门关闭，洪水流向东港、八一港，由电排站排向长江。

2020年，华阳河蓄滞洪区西隔堤加固工程正式立项，被列入国家2020—2022年新开工的150项重大水利建设项目，批复总投资6.78亿元，加高加固长堤，新建重建涵闸，建成现代水利大坝模样，成为保护黄梅、武穴、龙感湖三地人民免受水灾之苦的屏障。

西隔堤一竖，像一座长城，闩住了后湖。水袋黄梅，不再任洪水发狂。

四、三大水库

20世纪50年代末，黄梅为解决蓄洪抗旱，修建三大水库。

历史上古角河与垅坪河汇合后，只要降雨 50 毫米以上即山洪暴发，惨象如民谣所说："家住两河口，时辰八字丑。洪水如猛兽，人死房屋走。"沿河两岸农田，水打沙压，年年清理沙丘；房屋冲毁，人们疲于奔命，财产牲畜并光。

1956 年底，黄梅动工建古角水库。灌溉防洪为主，兼顾发电、养殖、航运和工业用水，是一项多目标工程。拦蓄古角河及多处支流来水，总库容 5600 余万立方米。1958 年修建垅坪水库，国家级大型水库，总库容 1.33 亿立方米。1959 年，在考田山修建永安水库，总库容 6400 万立方米。相继在小溪山和垅坪山还修建了程晃岭水库、蔡田水库等小型水库和靠山塘，有效拦截了山洪。此后黄梅免除了山洪危害之苦。1975 年特大暴雨，得力于几大水库巨大的调蓄功能，否则，黄梅上半县不是灭顶之灾，也是重创。

三大水库建成，一般年景水旱无忧，都说黄梅是个好地方。

五、水美黄梅

"波光如镜接遥天，极目平湖万顷连"。清代著名学者石灿的一首《太白湖晚渡》，描绘出黄梅湖光山色的一幅生态画卷。李白的《夜宿山寺》中的"不敢高声语，恐惊天上人"，谁说不是对黄梅这片美丽清幽环境的赞赏？

治理水患还只是基本层面，绿色、生态才是方向。

黄梅沿江沿湖要实现"江涛溅玉，岸树飞；生态长廊，锦绣人家"。黄梅决心利用好独特的水文化和人文资源，规划理顺两湖水系，整治脏乱，建设清江、邓渡、德化桥、妙乐寺、沱湖闸、柯思湖等渡口码头，旅游航运并重，发掘沿岸人文资源，实现河、湖、港大联通，建好河畅水清、岸绿景美的美丽水乡。

黄梅正在推进国家重点工程，八一大堤既是景观，也是堤防。整治县河，一河两岸，真正是岸树飞花，廊道观光；橡胶水坝，河清水畅；已成人们宜居、休闲的好地方。环河环港人行步道，设置绿色生态屏障。两侧修筑便民踏步、市民亲水平台、近水观景凉亭、多个城市小公园，以及灯光休闲广场。市民与李白一起江边赏景，伴昭明太子湖边吟唱，随鲍照雷池跑步、骑行，朝觐佛祖禅都、修禅观光。

过去，怎么也难以想象，所有江河湖库，建成文化引领、花草葳蕤的生态长廊；而现在，黄梅，就是青山绿水、百鸟翔集、美丽如画的家乡。

第二章　风景名胜

故乡素描：这一方山水别样美

　　昨夜入梦，又见家乡的山坡、小河、沙滩、湖泊。梦里都是童年记忆的场景——总是和伙伴们在山上放牛、在林间打仗、在水里摸鱼、在浪里踩蚌的景象。长大了才知道，生我养我的这一方水土，是个很牛气的地方，是别样故乡。

　　我出生在湖边。湛蓝湛蓝的湖水，蓝得清澈、恬静。湖光如镜，水里有云朵，有飞鹤，有苍穹。水里的山，舞动着、驰骋着，像波浪，比湖面的波浪大，大很多。

　　山是考田山，水是太白湖。一条大河像扁担，这头挑着考田山，那头挑着太白湖。山是爹，水是妈，故乡有山有水，就是有爹有妈，一个美好的家园。

　　考田山是一丛山系。

　　大别山南，黄梅北部山区有四条河：古角河、垅坪河、小溪河、考田河。河流的两岸，自然形成五丛山系。故乡的考田山系，通常说的是考田河以西的山脉。

　　考田山系的主山，是云丹山，在蕲黄交界处，海拔1244米，雄踞县境第一高峰。可它并不居于考田河主流，而在支流四渡河的上游，真是傍支出高峰啊。山石的水纹，断层的晶体，都能够证明：云丹山曾是千万年以前随喜马拉雅山运动而崛起的海底。云丹山的山顶叫大头坡，山顶的很多土原是海底的土，见水即融，成了如今山顶的烂泥滩。云丹山东接的双峰尖，西南的火焰尖（虎引洞），再往西的一尖山，分别是县内第四、第三和第六高峰，它们都在蕲黄两县或是蕲黄广三县交界处。相传，云丹山一带在远古时代是伏羲演习卦爻的地方。

伫立第一山之巅，阅览大别于他山的大别山，考田山更是别有景致。自古大江东去，黄河西来，唯西流水罕见。偏偏考田山系的山势为由东向西，再转向南，这就形成了"有山皆北向，无水不西流"的奇观。《周易》中说"天地之大德曰生"，大自然馈赠给这一方水土，生出如此殊胜。怀想古代，儒释道高士大德，或修行、或弘法、或演教，络绎来栖。黄梅有"九祖十三仙"之说，就传说中九祖十三仙的居所，恐怕神奇的考田山及其周边要占多半。

最早来到考田山附近的，是佛教徒——印度千岁宝掌，他望着考田河东的双峰尖，朝着一片紫云来栖，被尊称为老祖。真正最早寻来考田山的，是西晋道人罗致福。公元277年，即来观音砦，建凤桑观。他医道高明，拒受官爵，朝廷敕观名为泰源观。迁到县城的泰源观，至今犹在。昔日观音砦，像狮子一样高昂着头，留下了多少美丽的传说。

东晋，道人宋益辞官游历考田山，相中黄龙潭，建起黄龄洞。从团山下十八盘，下到深谷，便是黄龙潭。那三级瀑布，在我看来，瀑高水大，景色远胜于对岸庐山的三叠泉。据说，黄龙潭的石屏背后，还有两级瀑布，常人上不去，看不到，也许那就是界外吧。看得见的黄龙潭，终年喷珠溅玉。中国代代相传的黄历上，有梅山福主，而梅山即黄梅山，福主就叫宋益。相传，宋益仙气灵异，朝廷先后有七次加封。至今，虎背山上有宋益吟诗唤雨的清咏亭，有得道升天的飞仙石。当年，周边四十八村年年举行庙会，祭祀福主菩萨。那时，考田山是著名的道教圣地，人称鄂东第一，在全国影响颇大。

唐初，四祖道信，承接禅宗衣钵，于各地寻建道场，见考田山系的破额山（也叫双峰山、西山）有"好泉石"，遂建茅庵幽居寺，后继续山行。那时的黄梅僧俗就已懂得筑巢引凤，以大片的九龙抱燕窝之地无偿赠予，引来禅宗这只凤凰"幽居"下来，并大规模重建正觉禅寺，使正觉禅寺成为中国禅宗丛林之始，有"小天竺"之称。而道信也成为中国禅的开创者，破额山，则成为中国禅的发源地。

之后，来到考田山的还有高山普照寺的静鉴祖师、考田山冲白马寺的张金祖师，以及考田山附近虎引洞的香林祖师、辞官归隐挪步园的汪静峰。甚至还有相中风水，举家迁来考田山的，如仕宦之家的帅氏家族、文化世家的喻氏家族。他们不约而同，选定考田山及其周边，或修行、或栖居，是因为这丛山系是海水浸泡过的净土吗？

人们形容考田山上有九条龙，山呈九龙抱燕窝之状。其实，九是个概数。从龙头云丹山到黄广边界的猪头山、桃树函，从门槛山、狮子岭、观音砦、袁山到毛栗山、团山、香炉山，从破额山到考田山、黄梅山，每一丛山，都像一条龙；每一座山，都有一箩筐的故事。

随便说一条山路：西山古道。古时候，不像如今汽车直达山门，而是一条石板路，穿过山门灵润桥，桥下有柳公权题字"碧玉流"，有柳宗元题诗"骚人遥驻木兰舟"。西山碧玉，是黄梅十景之一。沿着寺西山梁，到毗卢塔。十几米高的小小方塔，是道信圆寂的真身塔，是国家级保护文物。行至传法洞，虎形巨石，石腰有一洞。相传，道信大师于此传衣钵给弘忍，老虎于洞口护持。峰回路转，芦花纷飞，芦花庵是四祖寺的下院。再经十八道弯，到达天下祖庭——四祖寺的门槛山口。

随意说一座小山：黄梅山。此山在县西三十里，位于破额山东。我一直认为，植梅是很雅致的事情。古时候，家乡人便在山上遍植梅树。黄梅山、黄梅水、黄梅县便是以此山得名，千余年来不改。

捡个最小不点的：龙腰山，就有一段美丽的爱情故事。从前，於老四家贫，到河对岸张家打长工，与张家二姑娘相爱，族人反对，二人私奔。逃往蕲州的路上，二姑娘也要撒个娇："四哥喂，我要喝茶嘞——"山高路遥，心急火燎，哪里找茶呢。这二姑娘真是得人恼、讨人嫌。可四哥听来，像掉进了糖缸，酥了心、掉了魂，情愿受她的折磨，着着实实去找考田河。二姑娘喝了四哥捧来的水，才风摆杨柳般，随着四哥过界岭。秀才们把这个故事写成采茶戏——《於老四过界岭》，后来改成黄梅戏，得过大奖。

四渡河，六渡河，大大小小的溪流，汇成一条考田河。幽幽流淌的河水，千百年来描摹着、诉说着这一片美丽而神奇的土地。

考田河下游筑起巨坝，成了考田水库，高峡出平湖。考田水库周边有太平寨、狮子寨、观音寨、鸡笼寨、双峰寨，足见这一带自古是兵家要地。王仙芝起义，太平天国运动，鄂东四十八寨，遍地留有古战场遗址。多处古山寨，山门尚存。十月进山，又见山里红。清凌凌的湖水，映照考田山枫红似火。山色沉醉，水也酡红。大革命时期，这里有"红色考田国"之称。1930年10月，中国工农红军第十五军，在考田山吴祥成立。如今，考田丰碑就建在考田水库边，屹立在牛头山顶上。

一丛考田山系，流下来的水，汇成大河，流向太白湖，流向长江。抗金将领岳飞，遇害前将四子、五子隐藏于大河之滨。岳震、岳霆，在岳家军曾经镇守和部将密集的地方，秘密整理武穆遗书，岳家拳得以传世不绝，成为国家级"非遗"。大河之滨，岳飞四子、五子合墓的岳坟，成为盖世奇书集成地的见证。

站在山上看湖，太白湖像一只大白兔，玉润玲珑。长江南移后，大雷池在北江只剩下池底的一线水凼，龙湖、感湖、张家湖、杨柳湖、太白湖。史载太白湖有"渔舟千艇，朝暮歌声不绝"的盛景。太白渔歌也成为黄梅十景之一。湖的南边是蔡山，在古时候是江心一洲，后来沿江地带被冲积成大片平原，方便种棉。棉产区的女人，人人学纺纱，个个会织布，老少能挑花。黄梅挑花，享誉世界，列入国家级非物质文化遗产代表性项目名录。

行船湖里看山，南有匡庐倒影，北有考田巨龙。亿万年前，龙在海底便已含着太白湖这颗玉珠。龙卷风，卷起大浪，淹了太白镇；龙起浪，浪刮海峰，大别山连绵起伏。山里采茶调用太白渔歌翻唱，融合生成了黄梅戏。过去发大水，家乡人把黄梅戏当作讨饭的手艺，传到江西、安徽一带。家乡成了黄梅戏的发源地之一。是大水，把黄梅戏从太白湖冲到安徽唱响的。

别样故乡，有"五地"：中国佛教禅宗发祥地、黄梅戏发源地、岳家拳武穆遗书集成地、红十五军诞生地，还曾是鄂东道教圣地。这些让我为之骄傲。在我心中，故乡是一首最美的诗，故乡是一幅最美的画。

本文原载于《散文百家》2019年第1期，选入本书时有修改

蔡山晋梅

大寒时节,我总要来蔡山看一看,我惦记山上的一棵树。

隆冬的风,卷起雪粒,沙沙地落下去,又一阵刺刺地飞过来,扎在人脸上生痛。这时候,我看到蔡山顶上的白梅花,像云球一样在雪雾中蒸腾,轰轰烈烈,开得正旺。

树有钵口粗,伞状,苍劲挺秀。在纷飞的雪花中,满树星星点点,小萼珠光,仿佛天上撒下一斛玉珠子,朵朵白梅晶莹发亮。我曾经一次又一次地沉入梦境。每一次梦中,我都一如初见:白梅在薄薄的雪绒下,擎着一柄洁白的伞,亭亭玉立,宛如梦中仙子,与你梅林相酌,绿童欢舞。醒来,惊鸿飞去,但闻清香盈袖。仿佛有一种神秘的力量牵引着,让我轻轻走近她,欣赏她的浩然神韵,又生怕惊扰她的灼灼盛放。我知道,每一棵古树都是一部历史教科书。

是的,树有历史。

史志记载,蔡山古梅,为晋代高人支遁所栽。站在古老的白梅树前,飞舞的雪粒牵动我的思绪。楚汉当年,蔡山是五埠湖连接长江的水中小岛,叫江心洲。英布曾在蔡山筑九江王城。汉朝在这里设置了一个寻阳县,东吴吕蒙曾任寻阳令,扼蔡山要冲,屯兵屯田。烟波浩渺,孤帆远影,东晋大学问家、文学家支遁伫立船头,虽竹杖芒鞋,仍不失俊朗飘逸、特立独行的模样,具足了魏晋风度。他在遍游江南时途经寻阳,望蔡山突兀立于江心,云蒸雾绕,对岸匡庐雄峙,百里江淮,数河奔突,九派横流,纯然符合他隐遁山水、逍遥无极的境界,遂留驻沧浪间,在匡庐对岸的蔡山募建摘星楼。

支遁在摘星楼旁辟有梅林,将云游九华山带来的梅树植下。至今,蔡山顶上存有白梅一株,苍劲曲虬,虽主干老朽,苔迹斑斑,但旁吐新枝繁茂。经专家考证,树龄一千六百余岁,世称"晋梅",比浙江"隋梅"还要年长三百余载,是我国古梅寿星,堪称国之瑰宝。

树有文化。

支遁,河南开封人,衣冠南渡,来到南方。他精通儒释道诸家,尤对庄子《逍遥游》有极深研究。《世说新语》载东晋清谈家言行，有支遁多条。支遁好茶，尚好养马养鹤，更喜踏雪寻梅、问梅、探梅。蔡山晋梅这株几千年的人文古树，证明了文人雅士对梅的癖好，真是浸到骨子里的情怀，成了一种精神追求。世人皆知北宋林逋好梅，有"梅妻鹤子"的美誉；却不知远自东晋，支遁就是爱梅的祖师。那时支遁，就讲究梅花绕屋，登楼观梅，于是有了楼角辟园植梅，山顶建楼赏梅。

攀上摘星楼，天地间雪雾蒙蒙。江边原野上有一群白鹭，像片片雪花，团团翻飞，是那位神秘高人放养的白鹭吗？东晋梅文化，从盐梅和羹的果实食用时代，已经到了折梅寄情的审美欣赏时代。渺邈故乡，那时就有赏梅、赠梅、画梅的雅习，民间有数九、画九的风俗。明代《帝京景物略》载："日冬至，画素梅一枝，为瓣八十有一。日染一瓣，瓣尽而九九出，则春深矣，曰九九消寒图。"人们赠寄梅花，寄托相思，表达友好情谊。梅与松、竹为岁寒三友；梅兰竹菊，梅为四君子之首。尤其白梅，更是成为高洁的象征。梅文化发展有梅诗梅文梅画梅乐，历来有"老梅花、少牡丹"之说，蔡山晋梅的文化意义当在其老：白梅花是老者的满头华发，皮肤深褐，神情古朴；然君子风采，坚毅安详，愈老愈显得苍劲挺拔，生意盎然。

树有景致。

蔡山晋梅，花为白色，花蕊粉红。经园林专家考察，给蔡山晋梅定了一个学名，我们只需动动手指，百度检索梅花二字，即见"蔡山宫粉"。这是一个有专属名称的稀有品种，花开时满树雪白，也像极白衣少女，袅袅婷婷，玉树临风，暗香扑鼻。陶渊明喜欢梅，亦如支遁，尤其喜欢白梅。为了赏梅，陶公赶在早春从数百里之外的柴桑，专程来蔡山与白梅相遇，谁知误了佳期。相传，这株白梅与陶公心意相通，特意为陶公梅开二度，故称"二度梅"。枝条散垂，是她的满头青丝；蓓蕾半开，是她初放的生命境界。暗香袭人，她的韵致无与伦比，不可方物；疏枝缀玉，她的圣洁令人尊敬，不容亵渎。陶渊明唏嘘不已，方知世传不虚，自此，若遇严寒大雪，冬末春初，白梅两次开花，幽香四溢。

晋梅奇特，以二度开花闻名，观赏和研究价值极高，惹得文人骚客纷至沓来。唐时李白夜宿蔡山，登摘星楼，于白梅旁边的崖石上挥笔留下千古绝唱："危楼高百尺，手可摘星辰。不敢高声语，恐惊天上人。"题罢，又在崖下小水池洗笔，将剩墨泼于山门前的碾形石上。清代杨自发经此，题有"谪仙泼墨还留石，支遁栽梅尚著花"。今李白诗碑已失，泼墨石已复出。诗人有诗"太白诗碑古，支公骨塔残"。据蔡山当地老人讲，支遁骨塔，原在晋梅旁边，今亦难寻其迹。

树有生命。

大地上每一棵树都是一个鲜活的生命。蔡山晋梅历史上屡遭磨难，唐时有蔡山之战，清代在蔡山驻军围剿起义，抗战时期日本人在蔡山修筑炮楼，晋梅以其一圈一圈的年轮记下历史的沧桑。20世纪90年代初，一围多粗的晋梅主干还发花满树，如云似火。原木曾经被蛀蚀，主干枯空，但树皮基本完好，使古梅得以顽强地生存下来。我们庆幸自然界和前人留下这珍贵遗产，这是绿色文物，是国宝级的财富。

保护好古树名木，就是保护好文化遗产。新中国成立后，国家重视古木保护，蔡山晋梅被列入保护范围。从20世纪60年代起，政府建制度，定责任，拨资金，砌围栏，安避雷设施，完成抢救性保护。如今的梅枝是从已经枯死的老梅树干上吐出来的，傍发的新枝高近8米，扁圆形树冠，枝条如伞，蓬勃茂盛，年年着花，生命力令人崇敬。后来采种育苗，剪枝分插，且成功繁育，分植于多地生根开花。在林场，在绿化带，在大街上，处处都能看到晋梅青春焕发。

树有性格。

"万花敢向雪中出，一树独先天下春。"人们赞颂梅花，因为梅花的性格，傲雪凌霜，不畏严寒，坚韧、勇敢、忠贞，符合中国人的品质。文人志士因为梅花缀雪，清雅脱俗，铁骨丹心，以梅为精神自喻。而蔡山晋梅，性格更为独特：我敬她心存高远，耐寒却也喜温，冬也微笑，春也微笑；我爱她纯真善良，高洁而又阳光，冷也花开，暖也花开。面对白梅，我们可以赋予理想，寄托人格，我们与梅树之间可以达到和谐，与大自然的一草一木、山山水水可以达到和谐。

"因县境北有黄梅山、黄梅水，故名黄梅县。"2018年，在联合国地名专家组中国分部和中国地名研究所启动的"中国地名文化遗产保护工程"重点项目——千年古县的评选与认定活动中，黄梅县脱颖而出，荣获"千年古县"称号。黄梅县，就是以梅命名的。我想象一千四百多年前家乡的黄梅盛景：县境西北，一座一座的野梅山，密密丛丛，潺潺山泉流淌着瘦影清香；成片成片的黄梅花，层层叠叠，繁星一般晶莹当空。黄梅山，黄梅水，正合"疏影横斜水清浅，暗香浮动月黄昏"的意境。

如今，山下兴建了大梅苑，几百种梅花与山上的晋梅连成一片，最为浩阔的梅阵花海，争芳斗艳，耀眼迷睛。来自五湖四海的游人络绎不绝。我不知道，蔡山晋梅与黄梅县名有什么关联，但我知道，白梅和黄梅同是腊月着花，除了傲寒斗雪的品性相同，还应该有耐旱的品性，有"旱不死的腊梅"之称。一代代楚人后裔筚路蓝缕，不畏艰苦，在鄂东大地上劳作生息，顽强坚毅，是耐寒耐旱的腊梅，历久弥香。这片土地和土地上的人民，创造了黄梅戏、黄梅挑花等四大国家级非物质文化遗产，亦如蔡山晋梅，是历史文化的积存，更是民族精神的象征。

本文获"说树·黄冈市古树名木"征文三等奖，选入本书时有修改

桃花洞外，那一湾山里日月

大朵大朵的云团在远山近岭游移，变幻出万千气象。一会儿岭上奔跑出白色的马驹，一会儿又棉团一般涌动，倏忽间填满深谷沟壑。

这是早晨。四野静寂，除了偶尔的鸟叫和脚步声，再无声响。大山如在界外，处处氤氲着安宁祥和。

一队传媒人，肩背行囊，穿越苦竹口，进入传说中的佛的国度。千岁宝掌，万里追寻天上的紫云，来这里卓锡，建起古老的道场。

那一瞬，我听到老寺的钟声，悠然飘荡。

紫云山南，有一处神秘的桃花洞。相传，桃花盛开时节，桃花洞内梵音阵阵，洞口闪发禅光。进洞探幽者，是本地一位杨姓牧牛郎。他遇一老者，与其弈棋。焉知世上经年，不过洞中一响。待他出洞，牧牛鞭已腐，心上人为寻他迷失洞中，化作满树桃花，灿然盛放。

走向桃花洞，一行人向往神奇的传说，向往牧牛郎。因为这个传说，因为来到紫云禅寺，一切显得有了禅意。

狮山把关，象山把口，牌楼山如佛横卧，大肚包容，满脸笑相。苦竹葳蕤，小溪河自高处潺潺而下，次第流淌。溪流虽小，山谷里有了灵动，水声哗哗，很响。溯溪而上，三脚两步过桥，岭头云朵有点眩得人摇摇晃晃，惹得女同胞惊叫连连。聆听着山雀的鸣叫，到达桃花绽放的地方。

桃花洞外，又一处莲瓣托蕊的山庄。果然桃树成林，屋舍俨然，花满山岗。四周山如龙形，莽莽苍苍。莲苞峰尖，清静无染，瓣瓣硕大饱胀。打鼓岭恍似鼓声隆隆，敲锣石如闻锣音铿锵。传说中的牧牛郎，见不到心上人，正自黯然神伤。意欲回洞修仙，遇玉皇大帝三女儿下凡。张三姐一见倾心，愿与他共修成双。牧牛郎修炼成仙，不忘回归故里，夫妇俩带领村民共同升天，但见天上桃云片片，众仙衣袂飘扬。

现实中，打鼓岭有宏桥兄弟俩，在外打拼多年，经商办厂。偶然一次在酒店就餐，点到有机蔬菜、野菜扣肉，价钱让人瞠目。当即眼睛一亮，如同开悟：原来城里最贵最时髦的菜，都是乡下原生土养的啊！兄弟俩毅然回归村垸，追寻牧牛郎的憧憬和梦想。一个生态种植，一个生态养殖，牵头成立合作社，建设美丽家乡。

重回山里，重看家乡，一切有了变化，似有禅味。桃花洞外的桃花，正月即开得姹紫嫣红。戴着眼镜，有些书生气的宏桥说，尽日寻春不见春，桃花洞外春十分。蜂蝶早已随缘枝头，一片繁忙。蜜蜂需要多少次的禅悟，多少次的修行，才酿得蜜糖，奉献蜂乳甜浆。桃花洞前的紫云英开得也早，铺天盖地，一垄芬芳。天上紫云缭绕，缭绕不去的是清静，是禅定；地上落英缤纷，缤纷的是放下，是吉祥。夏日，四山松竹滴翠，百花竞艳，万物生长。桃花洞外特有的大片阳荷，萌苞展叶。生态种植合作社的水田，开始播苗插秧。宏桥说，这里的植物从不施化肥农药，任虫蚀鸟啄，种的是禅意，播的是希望。

金秋，房前橘枣熟透，畈外一片稻黄。红薯熟了，阳荷姜熟了，新谷出来了。马齿苋、雨花菜、梅干菜、苦菜、山珍累累，瓜果飘香。远来的客人，大家一起体验农耕，尽情地收割、采撷，体验山里的"吃新"，品味禅米、土菜和野姜。我们愿自己是一个简简单单的收割者、庄稼汉，采的是欢喜，收的是分享。这一刻，我们向往山里岁月，寂静又美好，愿邀约三五好友，在松竹林间搭几处木房，耕读山野，日事蚕桑。

弯弯曲曲的小路上，山脚一棵树，枝头沉甸甸地挂满红柿。同行者一个说是人家栽的，一个说是野生的。言下之意，野柿可以采来品尝。心动？夏有凉风冬有雪，放下争执吧，以安静的姿态行走于岁月。柿树本来安宁，何不让它自成一道风景，大家静静地欣赏。

山上，鸿翔生态养殖合作社的猪鸡牛羊，天然放养，或吃些原生杂粮。据说，野猪四处肆意祸害，一口獠牙拱一拱即惨不忍睹，而桃花洞四周的瓜菜，却安然无恙。一只山鸡在车前觅食，不怕人。你走，它亦走；你停，它亦悠闲徜徉。桃花洞四周的生物，养的是和悦，是安详。就连桃花洞水湄的野草花，冬天依然开得自在，开得兴旺。那是因为桃花洞里流出的水，水亦有禅，冬暖夏凉。桃花洞周边的枫叶，也是到冬初才红，像是有紫云观照，火烧云一般，燃烧，跌宕，那是对大山、对春天的回向。

归程，回望桃花洞，长天晚霞正浓；紫云山上，南飞的大雁，翅影行行……

原作载于2017年11月24日《楚天声屏报·黄石周刊》，选入本书时有修改

古道禅冬

雪，是冬的灵魂。大雪如鹅毛，飘飘飞舞；如梨花，纷纷盛放，整个世界换上洁白的冬装。蛰伏已久的心，让我选择雪花舞动的季节，一个人静静地造访东山古道。

接近山门的时候，老远能看到门前一棵柿树，冬天依然挂满果子，既无人摘，也无鸟啄，红红的，裹着冰衣，很是亮眼，像枝枝晶莹的银杆上挂着串串红灯笼，禅意悠然。

古山门建于唐大中年间，用青麻石筑成。城楼式石墙典雅大方。

山门前，有一座飞虹桥横跨涧谷。廊桥门楣的一头题写"放下着"，一头题写"莫错过"。廊壁有首苏东坡的诗："登岭势巍巍，莲峰太华齐。凭栏红日早，回首白云低。"然而此时我正邂逅冬雪，心里一如阳光斑斓，温暖喜悦。迎面三株高大古老的晋代油朴树，盘根错节，丛枝蔽天。我认定，释迦牟尼当年就是在这样的菩提树下打坐。那年，漫天下起曼陀罗花雨，佛祖发誓证得菩提，受尽种种苦难，终于在腊月初八的清晨睹星而悟，证得人生真谛。

天下禅关，这个中外浮屠望风崇拜的禅宗圣殿，肃穆安静，静得可以听到雪落的絮响。唐代建筑的五祖禅院，依山傍涧，层次分明，华殿俨然。殿外，高悬的匾额——"度一切苦厄""得大自在"，营造空灵世界。偶闻冬禅七的檀香袅袅、木鱼清幽。在信徒的心中，这声音像天籁飘洒的雪花，不染纤尘。这里"上接达摩一脉，下传能秀两支"，这里成就了中国禅。

一千三百多年前（661年），也是这样的冬天，弘忍进行了一个伟大的创举。他让门人各呈一偈，"若悟大意，为第六代祖"。上座神秀虔诚地写上一偈："身是菩提树，心是明镜台。时时勤拂拭，莫使惹尘埃。"五祖看了，只是肯定其渐修之法，未传衣钵。

岭南来的那个慧能，请人把自己的偈写到南廊上去："菩提本无树，明镜亦非台。本来无一物，何处惹尘埃。"对禅法的理解达到很高的境界。五祖不拘一格，将衣钵传给了一个不识字的杂役，这是一个神话。双偈堪称经典，后来同时被写进中国佛教史、思想史、文化史及通史，影响中国文化千年。

黄墙青瓦，点点雪花无声地落满瓦沟。我看到寺顶有一只红鸽子，安然落脚在脊兽上，它在诠释着雪中禅院的静谧。长长的冰柱一排排整齐地挂在寺檐上，树梢被压成弯弯的银条、冰串。石塑的小和尚戴着厚厚的雪帽，依然那样欢喜地微笑，我不禁莞尔。

这时候，墙角的蜡梅已然绽放，在冬天里无比璀璨。一个绛黄色僧影走在雪地上，闪过丛枝亭廊，让人心念一动，领悟禅机处处。蜡梅的花瓣近乎透明，有玉润晶莹的质感。拥雪黄梅，是世上最美的花。五祖寺的雪梅像分层蛋糕，花瓣上一层蜡黄一层雪。花缠雪，无尽依偎；雪绕花，无限欢喜。暗香禅意，浓得化不开。蜡梅似黄亮的火焰，照在寒冷的冬日，让人心中升起一股奇妙的意蕴。修行的人分享黄梅的喜悦，让雪花轻抚你的发际，浅吻你的眉梢，化作滴滴清绝的水珠，让人真切感受到禅院里千年文化的流淌。

黄梅禅宗甲天下。现代文学史上的大作家废名，出生在佛乡黄梅，参悟颇深。抗战时期避难回乡，就在战时搬迁到五祖寺的学校教书。没有皈依却自称禅家大弟子，每日课余不忘打坐参禅，调身调息调心，泯然清静，少顷两手自动做种种姿态。外面梅飞雪舞，废名似乎全然听不见，修禅如此，胜过和尚。这样的禅心渗透到他的作品里，表现人的真性情，被喻为"京派文学鼻祖"、中国田园诗体小说重要奠基人。他想以他的作品证明：人与人的不同在于灵魂，并非物质。

是啊，人生的圆满在于心有安顿。

静静伫立在冬天的寺院，遥望落雪万千，飘飞无数精灵。无边的大雪里，我听到梵音响起，幽幽洞箫，平湖落雁；陶然于禅乐禅韵，淡到极致，喧嚣与狂躁渐渐离我而去。浮躁的心绪，人生的感慨，都嵌到罅隙里去了。仿若超然物外，灵魂得以安顿，心灵突破造化寄意，眼前出现东山雪花如席的幻象，千山如海，山峰如浪，波谷涌动白色的浪花，人与天地融为一体，安恬宁静，浑然澄澈。我的身体融入雪花，尽情地旋舞，飘上通天路，飘上神秘的传法洞，直上白莲峰顶。

东山顶上，硕大的白莲花放大光明，悬浮天际，丝丝缕缕光柱穿云破雾，像阳光穿过云层，射出强大而清和的白光，直探生命的本源。

原作载于《山东散文》2021年第4期，选入本书时有修改

深山变成大花园

玫瑰谷，生态谷，遍地花海，四季飘香。一条柳林河，从花海蜿蜒蠕动，日夜流淌着汩汩的声响。

玫瑰旅游文化节，已经成为黄梅发展乡村旅游的一张亮丽名片。每年20多万游客慕名而来。伊甸园观光，徜徉玫瑰花海，沉醉玫瑰花园，大型山水音乐喷泉，多彩激光水幕电影，竹海上空有透明的玻璃桥，美不胜收。这里上山有索道、有栈道，到龙池河峡谷风景游，下山有水上漂流、有旱滑。滑过十里花径，漂下百丈花谷，还有下河摸鱼、生态采摘园、丹桐户外拓展，让人流连忘返。

日前，柳林新开了一处玫瑰谷景区，跻身国家AAA级旅游景区，这巨大变化，来自黄梅县瑞坤旅游开发有限公司，领头人是张俊霞。

一、对得起山区人民

张俊霞出生于陕西，那里地处秦岭一带，泾渭二水缓缓流过，使关中平原气候温和，土壤肥沃。出生在这里的人，性情如泾渭之水，爱憎分明而又水一般温和，亦如关中大地一样踏实。在柳林玫瑰园，人家说张总来了，便见一位高挑、随和、沉稳的关中姑娘，庄重而又大方地出现在面前。有人介绍说，张俊霞是陕西师范大学毕业的大学生。

那年，她与湖北黄梅在西北政法大学读书的小伙子相爱，1993年嫁来黄梅。丈夫在县公安部门工作，她开始经营一辆中巴车。老公的姐姐跟车卖票。第二年换成依维柯，第三年开始经营九江至南京路线，第四年是武汉至上海路线，后来是黄梅至上海路线。十年车路，靠的就是踏实和勤奋，积攒了一些资本，有了9台大巴。

2013年，张俊霞同老公到柳林办事，认识了老铺村党支部书记陈燎原，接触到这里得天独厚的环境资源，开始来投资中药材种植。可是草厚，用工多，乡里村里领导鼓励她最好还是办旅游搞漂流。原来，此前有一位投资漂流的，因资金链问题搁浅。张俊霞经过考证觉得可行，"干"！

　　关中姑娘温和的同时，还有一股执着的倔劲。她转让了家里所有的大巴车，卖掉了武汉的房子和餐馆，一门心思扑在柳林办漂流上。家里什么事情都撂下，80岁的公公、上学的女儿、上班的丈夫，都顾不上。

　　关中姑娘做事果然沉稳，县领导信了。漂流项目从2013年9月动工，很快，1900多米的漂流滑道建成，像一道俊美的彩霞，绕着山峦飘动。大片的玫瑰花点缀在柳林河边，20平方千米的山乡立时生动美丽起来。县领导见她是个做真事的，特别支持。过去不知道办漂流涉及那么多手续，县领导协调，最快办理。

　　张俊霞的沉稳，合伙人信了。玫瑰谷生态园投资1.4亿元，张俊霞占51%。王坤盛是做建筑的，也相中柳林这块宝地，还因为张俊霞办事稳重可靠，投资40%入股。后来，住在对门隔壁、做液化气的邱建雄也被带动，投资9%加入。整个瑞坤公司主要是自有投资，目前很少贷款。紧要时，同事、同行、朋友都愿意出手，临时都能拿几百万元给她周转。熟悉张俊霞的人，都被她的沉稳踏实所感染。

　　2014年6月28日，漂流项目顺利开业。引来周边两省三县游客几万人。寂静的山乡沸腾了。村民土地流转有收入，130余人在家门口就业有收入，坐在家里卖土特产有收入，户均每年增收13000元。三四十户人家办起了农家乐，有的年收入几十万元不足为奇。面对人流如潮，花谷似海，老公夸赞式的"责怪"张俊霞：

　　"你谁也对不起，就只对得起山区人民。"

二、玫瑰谷的大气

　　张俊霞爱花。她有个梦想，梦想整个山谷都种上花，建成一座大花园，几十平方公里的山谷，彩霞飘扬，四季花如海，满畈满谷香。

　　这个梦，她实现了，吸引了八方游客。

　　伊甸园玫瑰观光景区，种植有玫瑰1100亩，红黄粉紫黑白蓝，七色玫瑰20多个品种，几乎所有玫瑰花品种在这里都有。走进伊甸园，迎面在花丛中高耸着亚当和夏娃的雕像。不仅仅是花丛，是花田；不仅仅是花田，是满畈满垄，整个河谷都栽种玫瑰，这就是玫瑰谷。千亩玫瑰园，千万朵玫瑰花，让柳林盆地成了花的海洋，柳林河成了玫瑰飘香的河流。是游客休闲、观光、摄影的好去处。这里有爱情广场、许愿池、风车花径、爱情海、古堡、观景亭、七彩花田、同心桥、水上运动中心、玫瑰伊甸园等景点，供游人游览。

玫瑰谷，不仅给游客观花海、闻花香，而且是休闲娱乐、山水运动和见证爱情的天堂。

喜欢运动的，玫瑰谷有水上乐园。游泳池里可游泳，摸鱼池里可摸鱼，水上可划船，玻璃桥上可以空中踏竹海，丹桐拓展基地可以做多项运动。喜欢浪漫和见证爱情的，到七彩花田去留花影，到小桥流水去摄田园，到风车广场去忆童真，到古堡花径去寻幽秘。爱情广场里可寻得花香袭人，玫瑰花海里留下婚纱影像。携行同心桥，同游许愿池，更可以在亲朋簇拥下共同步入教堂，举行西式的婚礼。

这么多生态观光，这么多运动项目，这么多休闲娱乐，游人大可选择"湖北的香格里拉"住下，细细地体味山珍，体验玫瑰温泉浴，观赏腊里岩的雄奇和险峻，漫步春天的杜鹃路、樱花大道，徜徉夏天的玫瑰园，感受秋天的桂花、银杏大道，徐行于冬天的茶花、梅花大道，欣赏四季鲜花、自然美景，享受天人合一的快乐。

当然，离开玫瑰谷的时候，可带一些玫瑰产品：玫瑰精油、玫瑰美容茶、玫瑰酒、玫瑰露、玫瑰酱，都是美容养颜、清热消火、舒筋活血的佳品。回家，把来自黄梅柳林的玫瑰佳品馈赠亲朋好友。在玫瑰谷，玫瑰不仅用于欣赏，还被开发出了不少产品。公司兴办有第二产业，可提炼开发名贵精品。目前，已经开发生产出的产品有玫瑰露、玫瑰花茶、玫瑰香皂等。开发玫瑰第二产业，深加工，大有前途。

三、英雄河的憧憬

龙池河与腊里河汇成柳林河。

柳林河是英雄的河流，千百位英烈笑看在他们洒满鲜血的河滩上，到处鲜花盛开，到处洋溢着人们欢愉的笑脸。

喜欢漂流的，玫瑰谷有漂流景区。游客可以体验到穿林披雾、搏击自然的惬意。

世界纪录协会宣布认证，玫瑰谷为世界最长漂流水滑道，全长1904.7米；是世界最大落差漂流水滑道，入口和出口垂直落差215米。玫瑰谷漂流，两项世界纪录，堪称"世界第一漂"。漂流河分三段：勇士漂1.6千米长，55米的落差让人起伏跌宕，给人惊叫、欢呼的刺激。云海漂2.2千米，130米落差穿云拨雾，体验云海漂流，激情奔放的惬意。逍遥花海漂2.3千米，只有30米的落差，感受水流平缓，悠闲自在。两岸玫瑰花海，姹紫嫣红，花香扑鼻，让人陶醉于花香浪漫和美妙的大自然情趣之中。

从玫瑰谷龙门，进入龙池河大峡谷景区，瑞坤公司在这里建设有索道，可乘坐索道上山，也可徒步登山，亲近大自然，享受鄂东的生命氧吧。

徒步从龙门溯溪天梯拾级而上，沿途观赏"仙女池""神蟒戏水""溯溪天瀑"等奇特景观，让你远离城市的喧嚣，自由呼吸清新的空气，体验大自然的鬼斧神工。然后，从天梯顶滑道急驰而下，感受180米落差、580米长"旱漂"的惊险与速度。

远处，传来轰隆隆的水流撞击声，"龙口崖瀑布"如一条银链悬挂空中，传说龙女的母亲搬来"龙母椅"，日夜守望"龙女晒鞋"，令人不禁赞叹大自然的鬼斧神工。踏完溯溪天梯，进入原始森林，探秘百年古村，千年古洞，恍如隔世。这里可以发挥无限想象，做出美好梦境。

柳林玫瑰谷作为天下禅关五祖寺的后花园，向古角水库延伸，向南北山延伸，连接五祖寺风景区，变成方圆五十里的大花园。附近的古角水库可提供多项水上运动。周边的山可供登山运动，古角山还是大学的攀岩基地呢。南北山古道的文化走廊可供穿越，还有南北山的古寺，修道о禅，祈祷平安。人们还可以在这里进行户外山地骑行、野外宿营等休闲健身运动。

苦竹华中生态谷，将以健康、生态为理念，三千亩山地，种上大片大片的芍药、连翘，开发温泉理疗度假，培育一个更大的华中生态健身风景区，一个更加绚丽的大花园。

原作载于《报告文学》2020年总第15期，选入本书时有修改

千年古塔

一进黄梅县城，映入眼帘的，是一座古老的高塔。

早年，没有这般现代高楼的时候，古塔是黄梅县最为高大的地标，是游子的乡愁，是故乡的缩影，是梅城人的心灵慰藉。游人到达本地，必先来古塔景仰一番。产生于黄梅的文学大师废名在他的作品里写道："塔立在北城那边，比城墙高得多多。"城像巨轮，塔就是桅杆，领梅城启航。近看，古塔又如一根春笋，节节高长，雄起大地。

古塔之古老，县志载其始建于唐，初名弥陀寺，唐末遭毁。宋朝时，唐守忠兄弟建砖塔十二级，高一百七十尺。塔成之后，寺以塔名，称高塔寺；塔以寺名，称高塔寺塔。算来已满千年。

千年古塔于明清时期又有毁建。复建的高塔寺塔为八角形，多层密檐式，用灰砖仿木结构建筑。共十三层，高百尺，也叫百尺塔。大型多层密檐砖塔，湖北境内以黄梅古塔为冠。塔身的平面、立面、檐面均为内幽页，全国内幽页结构的塔据说仅存两例。塔底层南向设圆拱石门，可入塔室，原有四大部洲菩萨。塔室顶部作叠涩圭首顶。二层开始递收，全为实心，不能攀登。各层看面均匀地砌有佛龛，放置瓷制小佛像一尊，全塔共88尊。出檐及墙体均呈拱形，外壁少量墙砖阳雕。最上层为叠涩圆锥式金顶。整个塔身圆润流畅，庄重华美。

高塔寺塔，可谓独具匠心。全塔没有一寸木料、一颗铁钉，不用别的材料，全部用砖石一层一层叠砌而成。所以百姓又称乱石塔。看似乱石头，其实变化而不杂乱，有一种特别规律的整齐。

相传，当年大水，城里人大多淹死了。大慈大悲的观音，腾云驾雾来到梅城，用乱石堆成高塔，站在塔尖上，凌云超度。见景象凄惨，不觉流泪，滴在乱石里。那里长起一棵树，重修前一直绿油油的，生长在塔尖上。如此说来，百尺高塔成了观音菩萨垫立的莲花台。

1956年，高塔寺塔即被省政府公布为湖北省文物保护单位，现为国家级重点文物保护单位。年代久远的古塔，20世纪80年代发现五层以上的檐角有所风化，国家文物局拨专款修葺。五至十三层拆除修复，新置仿宋铜葫芦塔顶。维修中，人们发现有偈语石刻、塔志铭、佛舍利等，见证古塔为原建实物，是宋代塔类中的独创。研究南方古建筑和北宋时期中原佛塔瘗埋制度，有了珍贵可靠的实物依据。

县政府开辟了街心公园。人们在这里聚舞健身。初一、十五，信众来这里烧香还愿，香火旺盛。除夕夜，烧香祈愿的人流更是络绎不绝，人们点起一盏盏平安灯，祈祷古塔保佑太平。

高塔寺塔，古塔重辉。黄梅号称七省通衢，古塔永远是这七省通衢的一大景观。它近观如龙泉宝剑，倚仗天地之间；远望如巨笔直举，描绘春花秋月，把梅城的色彩变幻涂满云天。

原作载于《赤壁》2016 年第 4 期，选入本书时有修改

太白岸边是家乡

我的故乡在太白湖边，那里是一片不规则的三角陆地，插入一片汪洋里。水边陆地通常叫咀，家乡这千把人的大墩都姓雷，又是水边陆地，自然就叫雷家咀。

雷家咀一面靠山，三面环水。山丘上建有全屯公共的祠堂，山名就叫祠堂山。这水就是太白湖。太白湖状如玉兔，位于大别山南麓，扬子江北岸。东连古雷池于一体，南襟蔡山江心寺，西有灯塔水府寺，头枕佛教圣地四祖寺、五祖寺。有山为神，有水为仙，雷家咀有山有水，是为神仙之地。山美、水美、传说美，还有渔歌戏更美。

相传诗仙李白途经黄梅蔡山，有感于江心一山兀立，寺楼高耸入云，在雷家咀西南的许家街，饮酒八大碗，挥毫写下千古绝唱《夜宿山寺》："危楼高百尺，手可摘星辰。不敢高声语，恐惊天上人。"许家街因李太白题诗而得名太白街。后来地陷，太白街成了太白湖。

好好一座街市，怎么就地陷成湖了呢？传说江心寺和太白街因李白而声名远播。东海龙王小太子慕名而来，化身红鲤鱼，恰被一渔民网住，拿到太白街叫卖。当地有一位许嫂劝放未果。东海龙王惊闻小太子遇难，发誓水洗太白街。为保好心的许嫂不受冲击，特地给许嫂一面小神旗。大水来时，许嫂带着乡亲们跑到濯港附近再也跑不动了，急忙拿出包裹着《诗经》的小神旗。书一沉入水即长成山，乡亲们得救了。那山如今在湖中间，远看就像一本打开的巨书，人们就叫它书沉山。那李白题诗的太白街被冲成一片汪洋，便叫太白湖。雷家咀的近邻少了一座街市，倒也出门便是湖了。

太白湖通江达海，是长江古道上的七省通衢。后晋年代，在雷家咀西边湖岸上，建有七级八角斜塔，叫郑公塔，号称东方比萨斜塔。塔顶耸立着宝葫芦状三级金顶，是华阳水道南来北往帆船的灯塔标识。塔上八角垂挂着金链和紫铜吊铃，微风吹过，铃声清脆悦耳，仿佛天籁之音，似闻当年水埠要津之繁华。后来长江改道，灯塔虽然冷清，雷家咀仍是帆船时代的水运码头。

吴头楚尾，太白湖镶嵌在鄂赣皖三省交界处，是古楚国的门户，与庐山隔江相望，云水相通。家乡俗语云：庐山有九十九道凹，太白湖有九十九道汊。清代诗人王士祯游此，写下著名诗篇《太白湖》："浔阳东北白湖滨，雪汊纵横晓问津。何处云中庐岳影，满堤衰柳送行人。"湖边每一道汊都环着一座山咀，一座山咀就有一个村庄，一个村庄即有一幅景色，一幅景色都有一个美丽的传说。最有名的是太白湖十景：太白渔歌、濯港晚渡、郑公斜塔、舒城春早、龟山渔火、鸥聚沙园、蛤蟆喝浪、游螺浮墩、鸭蛋仙洲、匡庐倒映。听这一串景名，你便可以想象，太白湖山清水秀，风景如画。湖四周山峦起伏，湖面清波潋滟；湖边大片草地沙滩，还有荷莲苇叶万顷；天上鸥鸟野鸭盘飞，湖底鱼虾螺蚌戏水；白天烟波浩渺，帆影点点；夜晚街市倒映，水府佛光——怎不令人神往呢？清人石灿一首《太白湖晚渡》写得好："波光如镜接遥天，极目平湖万顷连。断续渔歌随岸转，清闲鸥鸟聚沙园。淡烟斜抹舒城柳，夕照频催濯港船。更有隔山山色好，几回搔首水云天。"

还是听听太白渔歌吧！"太白湖哎水泱泱，风推浪涌过华阳。""勺瓢湖水煮湖鱼，神仙也羡打鱼郎。""太白湖边姐儿俏，细皮嫩肉细眉毛。""太白湖中洗把澡，郎中先生锁药房。"史载，太白湖有"渔舟千艇，朝暮歌声不绝"的盛景。家乡百姓用采茶古调唱太白渔歌，不断融合创新，这便是中国五大剧种之一——黄梅戏的起源。湖区经常发生水灾，当那垄壳成礁，状似青螺的游螺墩"游"到湖中心时，就是发大水了。打莲湘、唱渔歌成为讨荒谋生的手段，家乡采茶调渔歌，人称黄梅戏，便流传附近三省，后来在安徽唱响了。

浩瀚平湖一镜开，波光云影胜蓬莱。我是太白湖边长大的，父辈早年就是这湖上撑船的，我的名字叫湖边。

本文入编长江出版集团出版的《湖北基层文学丛书·黄冈市散文诗歌选》，入选武汉大学出版社出版的《游在黄冈》，选入本书时有修改

黄梅，百里花海舞天鹅

一、惊蛰，杨柳堆花

古老的大雷水，轻雷一夜，摇绿了柳色，摇醒了菜花。

春，似油画巨匠，把房前屋后，整垄整畈，涂满金黄。

到田野去，到花海去。

陌上花开，菜花密集成串，相拥成簇，漫卷湖畔，轰轰烈烈，铺满丘陵山岗。

黄梅，黄梅，堆烟春色，那是柳拂花絮，是菜花的花粉，迷离，耀眼，太阳照射出万道光芒。

曾经这里，去年七月河口溃堤，三上央视，抗灾红旗如海。而今灾后重建，丰收在望。金灿灿，黄澄澄，无边花海，百里飘香。

咚咚锵——

咚咚锵——

是村民自发组合的威风锣鼓，欢迎四方游客。从沿山沿河，到沿湖沿江，百里花海，鼓点如惊蛰春雷，在宽阔的田间大道处擂响。

村姑们穿红着绿，彩袖飞扬，翩翩舞步踩着蛙鼓，丰收的喜悦写在脸庞。恍如仙境，像八仙过海，是群仙弄舞，在浩瀚的金色地毯上。

"姑娘家，菜籽命"，哪里有土壤，就在哪里生根发芽，普通，寻常。亿万株菜籽花儿，手挽手、肩并肩，昂起花冠，汇成花的海洋。你会震撼，什么叫铺天盖地，什么是团结的力量；你会感悟，那些名花异草，是那么渺小，孤芳自赏。你会读懂，什么叫生命力，什么是顽强。

青青柳色，菜花浩荡。

二、禅乡，禅花抱果

禅说，极乐世界，香光熏照，一地花絮。

百里黄梅，花海一片，流金溢彩。我想到佛像、华盖、经幡、袈裟，佛家亦崇金黄。

伏身花海，朵朵皆如佛僧施礼。开放的，花瓣四片瓣瓣伸展，花蕊向上，像合掌平拱。含苞的，像单手作揖，骨朵平昂。七星花蕊，中间四蕊紧紧护卫着花蕊，像佛母当年，港里濯一把，抱起佛娃，再不忍抛放。

风吹过，枝头簇簇弯腰，如佛僧施礼再三。纵有满腹的春愁，也会"放下着"，顿感尘埃涤尽，满身清爽。

蕲黄禅宗甲天下。在禅之都，在禅祖诞生的地方，你会感悟禅意。菜花如云，是禅将大地铺上厚厚一层，闪耀漫无边际的金色佛光。

嗡嗡嗡——

嗡嗡嗡——

先是看到一只，细看花间，翅影无数，蜜蜂在奔忙。听花，在轻吟，蜂嗡最似寺院僧众的诵经声。蜂也品禅，物我两忘。

生活处处有禅。既是满心欢喜，花"莫错过"，愉悦绽放；蜂"莫错过"，酿造春光。

花海听蜂，嗡声阵阵。蜂鸣声，诵经声，禅在合唱。

三、天鹅，花之精灵

喔——喔——喔——

一群天鹅，从毗邻的国家湿地保护区，从雷池的上空嘹嘹飞来。

沿江沿湖百里，黄梅花田畦畦，鸟影行行……

大雷水曾经太白湖、杨柳湖，积成龙感湖，连鄱阳而成雷池。长江南移，冲积洲让沧海变成桑田，这里依然是人鸟共栖的美丽水乡，候鸟的天堂。

喔——喔——喔，在浅湖，在池塘，在汀浦的天鹅，叫声短而高亢。

我看到油菜花海中的天鹅，成千上万只、几十万只，像海里鱼阵，集群遨游。

在浦渚，在水旁，它们亮起舞姿，长颈高昂；有的戏水游弋，踏水滑翔。

我看到花海的上空，天之精灵，环绕在云中飞翔。不停地变换队形，把天际写满辽阔、雄壮。它们相互呼号着，激励着，为迁徙热身，准备又一个夏天，飞向远方。

这是黄梅独有的景象，天鹅白，菜花黄。

原作载于 2017 年 3 月 28 日《鄂东晚报》，选入本书时有修改

梨园十里，多云樵唱渡河美

一、梨花村落

院落、村头、山外，渡河三月，梨花盛开。

花骨朵像俏美小丫，从嫩绿中间探头探脑，好奇地打量着窗台。素净、不俗、人见人爱。有的半张半合，如珍珠一般洁白、纤巧、晶莹，千姿百态。

黄莺不知躲在梨丛何处，殷殷唱着，等待你猜。

梨花五瓣，一掬花蕊，像出水莲花，清纯不染，浅红或幽黛。静静地禅定，如佛，安宁神采。

六朵一丛，两丛成丫，数丫成簇，一簇簇拥作一枝，挤挤挨挨。主杆分层，亭亭玉立，如喷泉，浪花绽放，层层涌来。

蜂闹枝头，蝶舞花间，漫坡梨花飞絮，满山白烟云霭。

雨至，她颤动着，香滑玉腮。一溪梨花水，丝丝落成雪。风至，枝头摇曳着，微微笑意，飘洒清香淡淡，自由自在。

入夜，梨花村落，溶溶月色，村在花海……

二、云山古韵

渡河，曾与多云村合并，有两座次峰属多云山系，半是渡河半多云。

多云樵唱，黄梅老十景之一，著名风景。山影突兀，树木葱郁，崖谷幽深。

古时樵夫放歌，山谷回应，恍如互相唱和，回荡岩林。

黄梅戏，中国五大剧种之一的源头，就在多云山。是从劳动的山歌、采茶调里诞生。多云山一带，乡民都会唱几曲，和几声：

多云山上多白云哎——

山尖天保寨犹存呐……

广福寺前菩提塔哎——

仙芝埋身此山林……

多云山常有云雾，山谷口百亩燕窝地，有古刹广福寺，钟鼓声声。旧志载流支禅师，与达摩同从印度来华，携经万夹，译经百卷，独传千年有余。博通三藏，尤熟密宗，净土宗祖师受其传。后秘离魏都，隐于黄梅多云，建菩提道场，其北又建广福寺，圆寂于多云，寺东有墓塔为证。

广福寺前百米，有唐末农民起义军领袖王仙芝墓地。寺后山顶，尚见清末於天保起义的夹旗石，还有石砌城门。

三、乡村憧憬

到渡河去，到梨花村去。

古老的渡河口，东山飘来吉祥的佛云。沿岸杨柳依依，河水波光粼粼。这里将是不夜西河，建起水上游乐城。

古老的横山驿道边，规划根雕文博园，欣赏花卉盆景。展示义门民俗，还有记住乡愁，能把渡河老桥找寻。

多云山景区，欢迎四海来宾。菩提塔拜佛，广福寺问禅。菩提流支藏经阁内读经，听佛经佛乐的回音。一路佛医禅药，一路探幽修行。天保寨户外，仙芝墓感吟，品评远去的烟云，谈古说今。

梨园十里，八方游客，将能观赏发源地的山歌、文曲、采茶调，体验做一回梨园弟子，共享黄梅戏回娘家的欢欣。果树植苗、培育、赏花、采摘，梨园四季，体验文化农耕。

古老的陶艺，好窑不虚。土壶洋钵，瓦罐陶盆，建一个陶瓷陈列中心。游人观陶窑、作陶品、体验陶艺，陶冶人生。

原作载于2017年4月6日《鄂东晚报》，选入本书时有修改

第三章　古迹钩沉

寻阳，浔阳

浩荡长江，出武穴后呈扇形散开，狂泻于今天的九江与黄梅之间。往下江淮百里，上古之时并非平原，而是亿年前的燕山运动、地质大断裂产生的巨大洼地——彭蠡泽。

当年的彭蠡泽，是长江与大雷池含鄱阳湖相连的宽阔水域，与云梦泽齐名。后来长江改道，海浸南扩，使鄱阳湖成了中国最大的淡水湖。而江北水域江湖纵横，大小长短不一，在这变徙不定的湖沼冲撞、奔突，肆意流淌。正所谓"茫茫九派流中国"。这个"九"，是多的意思，说的是无数条江流之间，洲地或大或小，块状随水势伸缩变动。

太史公司马迁《史记·河渠书》曰："余南登庐山，观禹疏九江。"据说，大禹曾经在此顺势疏浚出一条人工分流的水道——北江。作为长江的主汊道，合大别山南麓的水，自武穴口，经武山湖、太白湖、龙感湖，至望江与南江汇合。这一线北江水道，当时叫大雷水。

大雷水曾是帆船水运的主航道。只是长江万年的泥沙沉积和主泓变道，长江故道只剩下一串断续相通的湖。长江主泓与北江之间，出现大块大块的冲积洲陆地，叫得有名的是团牌洲、木兰洲、桑落洲，裸露出大片未被开垦的土地。公元前164年，汉文帝在南江和北江之间以及南江之南、北江之北，立了一个县——寻阳县。

《中国古今地名大辞典》曰："寻本水名，在江北，南流入大江。汉因以名县，而江遂得浔阳之称。"史载，寻阳有几千平方公里，涵盖今天的黄梅县全部、九江和武穴大部、湖口和彭泽北部沿江一带、宿松湖区以南至望江华阳沿江地区，大约便是古彭蠡泽一带吧。这些地方的人都可以说自己是寻阳人。县城设在今黄梅县蔡山的古城村。可以说，当年的寻阳曾管辖九江，包括彭蠡泽所涉三省六县的大部或一部分。

寻阳，浔阳。在九江和黄梅这一带，寻和浔读音相同，是一个地方。唐代才将寻字加上三点水旁，称浔阳。《楚源流史》说距今四千年前，原居黄河流域的古"寻"国被消灭，失去城邦的人们四处逃散，其中一支南徙到长江中游的古"北江"边生息。因为地方在长江北岸，属阳，寻人得地名"寻阳"。又一种说法：浔阳因浔水而得名，也叫浔水城。古彭蠡地域的县名，除去中间少数年份改叫彭蠡县、楚城县等名称外，大体能改回头，还是称浔阳县，时间也最长，叫了一千一百年。五代南唐时，改浔阳为德化县属之。德化，意为南唐道德教化之地。与福建的德化同名了几百年，直到民国三年（1914年）才改称九江。老浔阳人改叫德化人，又是一千年。即便改回去，人们还是认可浔阳。

两千年浔阳，地不分南北，一直是跨江而治。包含今日黄梅县境的古浔阳版图，历史上曾长期是南北分治的。因了政治，或因军事，更因为水的缘故。是长江之水，逐步南冲北积，版图逐步南移的过程。

向南，向南。

古浔阳江北的黄梅县境，第一次南北分治，是西晋。约一千七百年前的汉初，长江发生又一次海浸。鄱阳湖盆地的鄱阳县、海昏县淹入湖中，江南彭蠡泽南扩成现在的鄱阳湖。海水退却后，长江主泓道南移，原本连着彭蠡泽和大雷水的长江水道，成为江北故道。公元304年，以长江故道北江为界，分寻阳县、柴桑县于江南立寻阳郡，隶属江州。寻阳县治于公元309年由江北蔡山迁往江南九江境内。原浔阳江北故道以北，遂并入豫州的蕲春。笔者为江北故道太白湖边人，后来知道因东晋都城从洛阳迁往建康（南京），江州治所也从南昌迁到柴桑，驻军雷池的温峤刺史，将寻阳县城迁往江南。此后，人们皆以江南为寻阳。江南渐成寻阳人的行政、经济文化中心。江南寻阳日益响亮，江北寻阳日渐淡化。江北寻阳人要上县城，得下江南了。

古浔阳江北黄梅县境，第二次变动南北分治线，还是因为水。因为长江主汊道、北江主泓也南移了。由太白湖、张家湖、龙感湖一线，南移自武穴龙坪，至黄梅胡世柏、吴河、王埠、小池口一线。曾经的长江故道，退出北江主航道位置。南齐朝廷考虑，江北大陆有必要随着冲积洲延伸了，寻阳治地进一步向南退缩。公元486年，"析蕲阳之东境立永兴县"。隋初改永兴为新蔡。划江北新主汊以北归新蔡，以南仍归寻阳。隋开皇十八年（598年），改新蔡为黄梅县。新旧江北汊道之间的人们，大约归属寻阳六百五十年。

古寻阳江北黄梅县境，第三次或"N"次变动南北分治线，已经分不清何年何月了。寻阳在公元939年改名德化县。到民国时期，德化在黄梅地域，就只是今天孔垄德化桥以下、分路和小池大部、新开六咀靠东几个村而已。德化与黄梅犬牙交错，大约占黄梅小半个县。到1936年，以长江为界，江北全部划属黄梅。由全境寻阳逐步变成全境黄梅，寻阳终于远去江南了。

寻阳远去了吗？

黄梅下半县，寻阳南巡不过八十年。蔡山浔水城记载史册两千年。九江城里，半城是江北人，连方言都是从江北传过去的江淮官话。一江两岸，两千多年相属，早已割不断人脉相连，至今多有江西老表相称。黄梅老辈人，特别是下乡人一直比较认同江之寻阳、湖边寻阳、德化寻阳。我不知道，再过一千年、两千年，长江在何处，寻阳又在哪里。

原作载于2016年5月21日《浔阳晚报》，选入本书时有修改

九 派 盛 景

亿万年前的燕山运动，地质大断裂产生了巨大洼地——彭蠡泽。当年，彭蠡襟雷池，含鄱阳，浩瀚无垠，与云梦泽齐名。长江浔阳段在流入彭蠡泽以前，茫茫九派，给人直击灵魂的震撼。

九派，水别流为派，现代多指武昌到浔阳有九条河流汇入长江，古代实指大禹治水的浔阳一带。晋郭璞《江赋》曰："源二分于崌崃，流九派乎浔阳。"江自浔阳分为九，沧浪在庐山和蔡山之间的浔水平原上恣意奔突，家乡出现"茫茫九派流中国"的盛景。

长江出武穴口汹涌奔泻而下，洪波滚滚、排山倒海，铺天盖地而来。奔腾万里的大江，到了阔大而寥远的平原，像猛狮扑进沼泽地，失了气势，惊涛骇浪在这里呈扇形松散开来，横溢式奔跑。江流在不停地蠕动、弯曲，冲出无数道支流河港，分成大大小小的汊道交织，九派竞流，浩浩汤汤，是中国的一大奇观。

大禹疏通众水为小江，时称大雷水，注入彭蠡泽，融进大雷池。

古寻国人战败，流落于江北的浔水向阳之地，称作寻阳，唐代加了三点水，又叫浔阳。公元前206年，强秦灭亡，英布攻下咸阳有功，项羽封其为九江王，筑王城于寻阳，史称英布城，在今天的黄梅县蔡山。九江王还在太白湖边筑有两个卫星城，叫东黡城、西黡城。《通典》载，"蔡山出大龟"，是贡品，大有一尺多。古人习惯用龟卜卦，越大越灵验。故有"大蔡神龟"之说，蔡山当年可是海内驰名，载于史册。

站在蔡山上，望对岸庐山，江中到处是浪花，到处是泡沫；一波一波地抖落喧嚣，一浪一浪地涌向岸边，沉淀、淤塞、断流，堆成一处处沙洲：团洲、新洲、江心洲、桑落洲。水边的泥沙又被冲刷塌陷、裁直，随之淹没，又有新的沙滩升出水面，变徙不定。洲上水雾弥漫，麻黑色沙土干净细腻，水草葳蕤，荻花瑟瑟。江豚一群一群地出没，像鲨鱼飞跃于沧浪之中。这里是天然湿地，舒展柔曼，夏日留鸟啁啾，冬日候鸟盘旋，白头鹤、黑鹳、大鸨、野鸭，数不清的珍稀鸟类来栖，是野生动物的乐园。

公元前164年，汉文帝在雷池立了一个县，叫寻阳县。

寻阳县治在雷池西岸，今鄂东黄梅的蔡山。浔水城作为县署，辖地就是雷池及其周边，横跨鄂赣皖三省五县，管理"茫茫九派流中国"之地。就是这么一块水域湿地，朱元璋与陈友谅决战，军队在雷池大战多年，立起了一个朝代。古往今来，雷池、寻阳、蔡山，吸引多少英雄豪杰。

骚人遥驻。古时蔡山是江心洲，洲上古木参天，多是木兰树，人们称这里为木兰洲。相传，吴王阖闾植木兰于洲上，用于构造宫殿。涨水季节，木兰洲如浮汪洋，是一艘不沉的舰船。鲁班曾用木兰树刻舟于洲上。木兰洲曾是汉朝水军重要的楼船基地。汉武大帝巡视南方，视察了寻阳楼船基地，又从寻阳登船，沿江东下，经彭蠡大泽到枞阳，江中射蛟，舳舻千里。唐时，柳公权驻舟江上，望黄梅禅寺有诗："破额山前碧玉流，骚人遥驻木兰舟。"

寻阳屯田。三国时周瑜攻占寻阳，吕蒙、黄盖先后兼任寻阳令，都在寻阳屯过田，以供军队之需。当时，接任周瑜大都督之职的鲁肃船过寻阳，拢岸去看望大将吕蒙。原以为吕蒙仅有匹夫之勇，交谈后方知其苦读万卷，大为感慨说："士别三日，当刮目相看。"这个成语原来出自我的家乡——古寻阳。后来，作为太傅掌管全国军政大事的诸葛恪，为辅弼天子之任，也念念不忘"图起田于寻阳"。孙权多次下令屯田，并率子亲耕，足见寻阳在吴国几十年的屯田中举足轻重。大规模寓兵于农、兵农合一，使江南足以支撑三国鼎立。寻阳屯田，壮哉千秋。

庾亮飞书。东晋咸和二年（327年），苏峻叛乱，举兵进犯建康。江州刺史温峤驻军寻阳，欲领兵东下护卫京都。中书令庾亮恐荆州刺史陶侃乘虚而入，在《报温峤书》中说："吾忧西陲，过于历阳，足下无过雷池一步也。"成语"不敢越雷池一步"，也正是语出家乡寻阳。

陶侃来投。陶侃早期入籍寻阳县（今黄梅），任渔梁吏、县主簿多年，后因战功官至太尉，都督八州诸军事。陶母湛氏是我国古代四大贤母之一，儿子陶侃托人带回一罐腌鱼，她悉数返回，并写信严责陶侃不该有贪占之嫌，至今古雷池一带流传陶母责子的故事。传说陶侃运甓习劳，人称"运甓公"，毛泽东曾经评价他为历史上三个"有行之者"之一。

陶渊明来投。我国著名田园诗鼻祖陶渊明，是陶侃的曾孙。《晋书·隐逸传》载：陶渊明崇拜曾祖，追寻他的足迹，偕同净土宗慧远大师渡江北上，曾到湖中小岛一样的舒城寨躬耕隐居，慧远则在不远的张家湖，卓锡柘林寺，两位大师偕行厚交，传为美谈。陶渊明在此临水而居，把自己活成一株菊，至今舒城寨像一部翻开的书卷，泱泱湖水，日夜念颂陶公祠里的五柳先生。

支遁来投。一个衣冠南渡的文学家。当年盛行清谈，十八高僧隐居沃洲，十八名士影从而至，支遁以学通释道而领袖群伦，才华彰显。《世说新语》是清谈总汇，载名僧支遁最多，有四十余条。国学大师汤用彤，祖籍黄梅，在其扛鼎之作《汉魏两晋南北朝佛教史》中说："东晋名士崇奉林公（支遁）可谓空前，实则名僧理趣符《老》《庄》，风神类谈客。"大师逍遥，游至寻阳，清谈家成了东晋名僧。他挂锡蔡山江心寺，手植白梅，至今冬春二度开花，人们把这株梅树称作"二度梅"，是我国最古老的晋梅，堪称国宝。

鲍照来投。南朝宋文学家鲍照，与颜延之、谢灵运合称"元嘉三大家"，却做了杜甫诗中的"俊逸鲍参军"。赴任驻黄梅时，写下著名的《登大雷岸与妹书》，描绘了庐山、寻阳一带的山容水貌，景色奇幻，史上评价可与《岳阳楼记》相媲美。他擅长七言歌行体，最为传诵的名篇是乐府诗《拟行路难》。可惜一代文坛巨匠，死于乱军之中，存墓于黄梅城南。后人在他的第二故乡黄梅建有鲍公祠、俊逸亭。

李白来投。谪仙李太白可谓风流倜傥，途经黄梅蔡山，有感于江天一色、江心一洲，寺楼高耸，挥笔写下千古绝唱《夜宿山寺》："危楼高百尺，手可摘星辰。不敢高声语，恐惊天上人。"至今山上留有李白泼墨石，墨迹如初。蔡山附近的水域因此改名为太白湖。

地质构造和科氏力影响，长江主泓道逐渐南移，将雷池切割成江北大雷水和江南鄱阳湖。原本长江中的沙洲成了长江之北，原本北江汊道成了长江故道，剩下一串窝底的湖。我不知道，东晋温峤将军因何军事需要，将近五百年的寻阳县治从江北蔡山南迁至九江。后蔡国人（今河南新蔡人）迁徙蔡山，古寻阳又做过郡治，叫作南新蔡郡。随着大江南移，黄梅县版图不断向南延伸，直到民国划江而治，黄梅囊括了江北老寻阳的剩余地界。沿江滨湖平原，约是县境一半，人们就称为下乡。

下乡更接近吴地。吴楚文化交融，古寻阳蕴藏了如此深厚的文化积淀，创造了黄梅挑花。一根针，把吴侬软语和荆楚梦幻，神奇地调制在粗蓝"大布"上，拿到万国博览会上获得金奖；将挑花装饰人民大会堂湖北厅，总理和代表无不夸赞。黄梅有女皆挑花，两边一样架子花。不求逼真，但求神似，既融会了吴文化的几何化简练、精雕细琢，又有楚文化的高度变形夸张，色泽浓郁和奇幻想象得到淋漓尽致的展现。专家称赞黄梅挑花是无声的楚辞，是立体的中国画，被列入第一批国家级非物质文化遗产名录。

本文发表于《西部散文选刊》2022年第2期，选入本书时有修改

第三章　古迹钩沉

古雷池

我的家乡有一个古老而美丽的名字——雷池。

"不敢越雷池一步"这个成语家喻户晓。典出东晋咸和二年（327年）庾亮《报温峤书》："吾忧西陲，过于历阳，足下无过雷池一步也。"说的是东晋遣征西将军陶侃镇守武昌，平南将军温峤驻兵寻阳。当历阳苏峻起兵谋反时，庾亮忧心手握重兵的陶侃乘虚而入，令温峤镇守原防不动。

当年温峤驻兵的寻阳就是我的家乡。《辞海》注："寻阳，古县名，西汉置。治今湖北黄梅西南。"驻防寻阳而不能越雷池一步的军事命令，表明雷池紧靠寻阳，也足见雷池在军事上的显要位置。

雷池之显要，是因为雷池是控扼吴楚荆杨咽喉之地。相传，三国周瑜在雷池设有九州八卦阵，东吴设过雷池监。东晋置大雷戍。历史上著名的雷池之战，是在东晋（410年），广州刺史卢循举旗反叛，领十万大军欲攻建康。大将刘裕率兵抢先进驻雷池，于寻阳大败卢军。后来的朱元璋在鄱阳湖与陈友谅进行生死大决战，以二十万军打败六十万军取得决胜，称帝建立明朝。

雷池非常古老，它的形成与一亿年前中生代末的燕山运动相关。地质学考证，长江的年龄为六千万年，雷池与长江一样古老。春秋战国至秦汉时期，江南的鄱阳湖和江北的大雷水，原是与长江连成一片的汪洋大泽，统名"彭蠡泽"。西汉后期，长江出武穴后在冲击扇上分为多支，即《禹贡》中所谓九江。主泓经太白湖、龙感湖、下仓蒲至望江，与流入九江南缘的长江岔道会合。传说中的禹疏九江，就是对这些分汊河道进行疏导，使其汇注彭蠡泽。西晋以后，由于泥沙沉积，长江改道，彭蠡泽分隔为两部分，长江以南的仍称"彭蠡泽"（今鄱阳湖），长江以北的叫大雷池。水以雷名，究竟是来自《管子》"舜耕历山，渔雷泽"，抑或是华夏族的雷崇拜呢？雷池得名几千年了。

雷池之壮美，"南则积山万状，争气负高""东则砥原远隰，亡端靡际""北则陂池潜演，湖脉通连""西则回江永指，长波天合"。鲍照过雷池赴江州（九江）所作的《登大雷岸与妹书》，让雷池的壮阔气象千古传颂。南望是庐山和层层叠叠的峰峦，含霞饮景；东顾是一望无际的平原和湿地，群鸟栖息的天堂；西眺长江是茫茫九派流中国，滔滔江天共一色；北看大别山下云水渺渺，莲叶接天。极目雷池，数百里水光潋滟，山色空蒙。骚人遥驻木兰舟，文思像破额山前的碧玉流水，倾泻而出，先于范仲淹书就了能与《岳阳楼记》比美的大雷水绝唱。

雷池之浩大，古彭蠡泽涵盖今黄梅、宿松、望江、彭泽、九江等三省五县的滨江湖泊地区，连通大江绵延三百里，与云梦泽齐名。长江九条支流疏浚后，才有《水经注》："湖水西流，谓之青林水。又西南，历寻阳，分为二水，一水东流通大雷，一水西南流注于江。"直到明代中期江北大堤形成后，才看不到古北江模样。今天，如果抽掉黄广大堤和同马大堤，还其古北江支流江湖一体原貌，大水年份，恰如马徵麟的《长江图说》载："夏时涨发，登匡庐之阴，以望广（济）、黄（梅）、宿（松）、望（江）之郊……浩瀚，横无际涯，曰：'嗟乎！此必禹迹之所谓东为北江者也'。"淹及今日鄂东和皖西的沿江湖区，才大约相当大雷水锅底，古雷池"彭蠡泽"的江北半池而已。倒是江南半池"彭蠡泽"，在三国时期就向南地陷扩充成现在全国第一大湖了。

我知道，《太平寰宇记》中说的大雷水，那自黄梅经宿松流入望江积而为池的小雷池，由于气候变化和围湖造田，已经不复存在，沧海真的变桑田了。大雷池只剩下池底几个相连和不相连的湖泊。即便《中国历史地图集》明确标注雷池所在的龙感湖，也不过几百万亩。我不知道，以古雷池之大，今人何以为雷池归属争论不休。正如君住江之尾、我住江之头一样，头尾共饮长江水，又何必以东岸属雷池，西岸非雷池呢。

原作载于 2016 年 1 月 8 日《楚天声屏报·黄冈周刊》，选入本书时有修改

逍遥蔡山

黄梅蔡山，东晋高僧支遁卓锡的地方。

站在春雨里，我想象一千六百多年前的蔡山，那时属寻阳，烟波浩渺，一座江心古洲。茫茫沧浪里，孤帆远影，一位高僧伫立船头。尽管身披袈裟、竹杖芒鞋，仍不失俊朗飘逸、特立独行的模样，具足了魏晋风度。

我问大师何来？翻开《高僧传》，有载：支遁（314—366），字道林，本姓关氏，陈留（今河南开封）人或云河东林虑（今河南林州）人。因出家师从支系玄学，改姓支，是东晋名僧、佛学家、文学家。

遁，隐逸、超脱世俗之意。支遁幼年，西晋发生"八王之乱"，他随家人"衣冠南渡"，流寓江南。关家世代事佛，这与支遁走上佛学之路渊源极深。"总角敦大道，弱冠弄双玄"，支遁的咏怀诗自述生平，十几岁栖心玄远，不营物务，将道儒融合的玄学为一生事业所在，著有《大小品对比要抄序》《道行旨归》等大量佛学著作。以前，玄学家不谈佛，甚至不与佛教徒交往，支道林开创了玄、佛结合的先河。《即色游玄论》是其代表作，宣扬"即色本空"，是当时般若学"六家七宗"中即色宗的代表人物。相传，大师南行至蔡山挂锡，募建顶峰寺（今江心寺）和摘星楼，后南渡至鄂州西山，入浙江剡县沃洲等地建寺定居。晚年晋哀帝请他到京城住寺讲经，朝野莫不悦服。三年后力辞归隐，不知所终。

我问大师，何遁蔡山？

蔡山，古时原是与长江相连的五埠湖中一个小岛，周围一片泽国，涨水季小岛独立江天，海拔58.8米，称江心洲。《禹贡》载"九江纳锡大龟"，世传为五埠湖所出。湖中绿洲是龟的理想栖息地，故盛产大龟，实为龟山。古时龟甲用来卜卦，蔡山龟大又灵验，为朝廷贡品。《读史方舆纪要》载："蔡山，县南五十里。出大龟。春秋传'大蔡，盖以山得名'。"《学林》载："蔡本出龟，故名龟为蔡，而谓大龟为大蔡。"楚汉当年，英布曾在蔡山附近筑九江城，项羽封英布为九江王。公元前164年，汉置寻阳县，县治在蔡山附近。蔡山扼水道要冲，为东吴屯兵屯田重地，吕蒙、黄盖、诸葛恪先后驻守。公元304年，寻阳县治才逐步移到江南。"五胡乱晋"时，河南新蔡郡人流寓寻阳地，晋于蔡山的寻阳城旧址置南新蔡郡，下设两个县：蕲阳县、苞信县。后划分蕲阳县的东境为永兴县。隋开皇九年改永兴县为新蔡县，开皇十八年（598年）改新蔡县为黄梅县。蔡山附近的古城村那块陆地，曾经是县城和郡治所在地，先后有七八百年。当支公来时，作为江心洲的蔡山应位于大江中心。光绪丙子《黄梅县志》载：江水自广济垅坪下入黄梅界，旧绕蔡山，故山有古江心寺。后积鸿脑洲，江流遂往洲外，蔡山之江渐淤。后又淤新洲，而江遂三分，至封廓洲复合为一。想大师南行传道至黄梅蔡山，欲渡彭蠡赴豫章时，望蔡山突兀立于大泽中，云蒸雾绕，缥缈虚幻如仙境，真正是隐者向往的好去处，加之蔡山出名龟，蔡龟是供君王祝寿的贡品，龟寿延年，是出家人愿意待的地方，遂挂锡留居。

走进蔡山，雨雾中树影绰绰，仿佛到处是支遁大师的身影，亦如当年十八高僧隐居沃洲，十八名士孙绰、许询等也影从而至。支遁在此聚集交流，才华显彰，般若学大放异彩。支遁时代，东晋士族由玄入佛，盛行清谈，清谈总汇《世说新语》记载了不少名僧支遁的言论。支遁以学通释道而领袖群伦，与当时政治家谢安、书法家王羲之等名士交游甚密，并备受赏识。祖籍黄梅的国学大师汤用彤在《汉魏两晋南北朝佛教史》中说："东晋名士崇奉林公（支遁），可谓空前，此其故不在当时佛法兴隆。实则当代名僧，既理趣符《老》《庄》，风神类谈客。"大师以佛学加入清谈，最负高名。

沿着大师当年隐遁的足迹，林中幽径两旁，我好像看到众高朋树下列坐。支遁的诗也华妙绝伦，造诣甚高，多托玄思，也叫玄言诗，在晋宋诗歌史上有着重要地位。《咏利城山居》中的"长啸归林岭，潇洒任陶钧"一句，表达抛弃世俗杂念，归依自然的心志。此诗为《中国历代名僧诗选》开卷第一首。自支遁始，中国诗歌有了赞佛咏怀新题材。支遁才藻警绝，是开谢灵运风气的先驱人物，对东晋、南朝文化影响深远。

叩拜江心寺，香烟缭绕，木鱼声声。大师当年卓锡寂静寺庙里，沉心研修，写下多少惊世之作啊。大师会围棋，曰"手谈"。善书法，好养马养鹤。《神骏图》画的是支遁爱马的故事。有人送高僧支遁五十两黄金和一匹骏马，他把黄金送了人，留下马来饲养。世俗之人都说支遁不会料理事物，因为黄金可生利息，马却要养料。大师笑了，说："贫道特爱其神骏耳。"有人送给支遁一对小鹤，翅膀长成将飞时，支遁舍不得它们，就剪短它们的翅膀。鹤举翅却不能飞走，回头看看自己的翅膀，垂下头，很懊丧。支遁叹道："既有凌霄之姿，何肯为人作耳目近玩乎？"于是等养到翅膀再长成时，放飞了它们。世人皆知写下《山园小梅》的林逋好梅，有"梅妻鹤子"的美誉，却不知远自东晋的支遁是爱梅的祖师。支遁驻锡江心寺时，在寺南崖旁辟有梅林，将云游九华山带来的白梅亲手植下。至今存有白梅一株，树龄一千六百余岁，世称"晋梅"。虽主干老朽，但旁吐新枝繁茂。花为白色，花蕊粉黄。花开时满树雪白，玉树临风。若遇严寒大雪，冬末春初，间隔半月两次开花，故称"二度梅"。经考证，此梅是我国古梅当中第二寿星。全国四大古梅（晋梅、隋梅、唐梅和宋梅）中，以晋梅为贵，被称为千古奇葩、稀世国宝。

攀上摘星楼，望原野雨雾蒙蒙，蔡山亦如蓬莱岛，当年远离人烟。支遁大师每临摘星楼，看茫茫水国，对岸匡庐雄峙，百里江淮，数河奔突，九派横流。《五月长斋诗》曰："愿为海游师，棹柂入沧浪。腾波济漂客，玄归会道场。"支公隐遁山水，尤好沧浪之水中的道场。蔡山，就是这样水天孤洲一道场。纯然符合支公冲襟朗鉴、表里澄澈、返虚入浑、逍遥无极的意境。大师精通儒释道诸家，尤对庄子《逍遥游》有极深研究，他的逍遥论义理深邃，压倒群儒，名家叹服。大师崇尚的理想人生是"任心逍遥"，最佳的逍遥境界是心的解脱让当时饱受苦难的人们有了理想的精神家园和解脱自在的康庄大道。他也畅游于理念王国，超脱尘世，在探索佛道真理中，达到庄子学说中提倡的逍遥人生。

沧海桑田，长江主泓道逐渐南移，现在的蔡山成为长江冲积平原上的一座孤峰，距大江好几公里。如今蔡山上的浪泊石、望江石狮、敲锣石、船缆石等古迹虽不复存在，但蔡山石龟已仿制复原，寻阳城古井犹在，十世同堂的义门陈氏齐国夫人墓尚存，李白题诗后掷笔泼墨于石上的泼墨石已复出，山顶当年李白题诗"手可摘星辰"的摘星楼已仿旧制重建，支遁当年驻锡的江心寺也已经重显光辉。古寺正殿大梁上曾书有"贞观八年尉迟恭敬修"。《蔡山寺》有"太白诗碑古，支公骨塔残"的诗句。今李白诗碑已失。据当地老人讲，支遁祖师的骨塔，原在晋梅旁边，今亦难寻其迹。清代杨自发的《江心寺》有"谪仙泼墨还留石，支遁栽梅尚著花"。支遁喜爱的白梅，不但重发新枝，梅开二度，且成功繁育，分植于黄梅县多地生根开花。山下兴建了大梅苑，几百种梅花，浩阔的梅阵花海，笑迎八方来宾。

今人再游蔡山，可寻大师当年，遁身沧浪，任心逍遥。

本文发表于《黄石视听》2017暖冬号，入编由团结出版社出版的《大美黄梅》，入选本书时有修改

鼓角悠悠

　　湖上白茸茸的,如同沸水上的蒸笼,在水面冒着雾气。东方一抹亮黄,眨眼就蹦出一只火兔来,太阳起来了。黄牯岭的堤坝像一尊罗汉,仰躺在河谷里。厚实的背膀抵住大别山一脉的百十条溪流,蓄洪积水,浇灌这一方土地。

　　船家告诉我,1957年修建水库以前,这里可以看到一条鼓角河,十几公里长,涨水有五十米宽。鼓角河的对面是南北山。

　　南北山?

　　县西有黄梅山、黄梅水,故得名黄梅县。黄梅县西山有四祖寺,东山有五祖寺,黄梅因此成了佛教禅宗的发源地。那南山和北山呢?

　　鄂东有一句俗语:先有南北山,后有四五祖。说的是南北山的寺庙早于四五祖吗?如果是,和尚大师为何选择在南北山建寺呢?

　　机船的突突声惊起一群水鸟,想落在船头方向续圆它们清早的梦,发现船还是会箭一般追来,又呀的一声,倏忽飞散了。这是不是给我们某种禅示呢?打捞历史记忆的机缘,稍纵即逝啊。果然,我们脚下的每一寸土地,都有它厚重的历史。

　　黄梅县有四乡三十六镇,县北这一带属凤源乡。凤源溢彩,古时候这里有堪称南北大动脉的交通要道。据记载:鼓角山,位于黄梅与蕲春、宿松三县交界处。旧传汉高祖屯兵于此,鸣鼓角,以此,得名鼓角山。

　　战鼓号角,一擂一吹,宣示这里曾经是控扼江山的军事要隘。当年苏东坡被贬,相传,是从河南信阳到麻城,经团风到黄州的。从北到南,鼓角山有一处蕲春与黄梅交界的一线天,是交通的咽喉之地。明洪武十四年(1381年),朝廷在此建驿站,那时叫清江驿。驿站为传递公文、官吏差人往来提供换马歇息之所。一般每九十华里设站。黄梅的清江驿是省际驿道,有马五十匹,马夫二十五名。距驿站两公里的放马场至今沿用旧名。清江驿下辖七个急递铺。黄州府治的东驿道,经广济的双城驿入境,要经过清江驿下辖的大河铺、县前铺、三渠铺、土桥铺等七个急递铺,至安徽岩子铺。每个铺一般有铺司两个、铺兵四个。《资治通鉴》载,唐末农民起义领袖王仙芝,就是在黄梅兵败被擒于鼓角山一带,"杀五万余人,追斩仙芝,传首,余党散去"。黄梅多云山广福寺前的土坟茔,也记载着那历史的一幕。据说,太平天国忠王李秀成在黄梅几进几出,都是沿古驿道摆布军事行动的。

有山就有水。今天看到的鼓角水库,是鼓角河的乳汁喂大的。如今已是一位成熟温顺的少女,张开玉臂投向大山的怀抱,紧紧拥抱着鼓角山。当年的鼓角河叫清江河,发源于鼓角南麓,经柳林、停前至朱坝与垅坪河汇合入县河,流入龙感湖。那时候河里的水长年不息,河水清澈,可清晰地看见河里的沙,金黄金黄的。洪水季节,河水有二三米深。那时候的清江驿很热闹,来往驿站和上街的人很多。清江街的青石板,铺得有百十丈长。清顺治元年(1644年),人们在驿站旁的河道上修起了清江桥。桥长十七丈有余。可惜还是禁不住洪水的冲撞,1810年冲垮过半,1954年全部冲毁。数座尚存的桥墩,见证清江桥雄踞的那三百年。

也许叫清江的地方太多,也许驿站本来是人马到此停息之意,抑或还有停止以前鞑靼压迫的意思,总之,明代改名叫了停前驿。山,还是鼓角山;河依着山,就叫鼓角河。包括后来人们在河道上修建的水库也叫鼓角水库。现代人图简省,今地名统一使用"古角"二字。

停前驿无话。伫立古驿站桥头,可想古时的景况:太阳照耀的鼓角河波光粼粼,桥上人马熙熙攘攘。远处的鼓角山在云雾中若隐若现。放马场几十匹膘肥体壮的大马不时传来嘶叫声。驿站旁边,武当宫的晨钟悠悠回响。当年武当宫的建筑,也许还能找到数间,仍显雕梁画栋、飞檐斗拱,古色古香。至今存有商代、西周时的古物。古驿街面光滑的石板上,深深的独轮车辙,还依稀见证当年的繁华。黄梅四乡之一的凤源乡,凤源,凤源,以凤之源,尚需筑巢引凤吗?

鼓角河无话。奔腾的河床积满了一湖秋水,水库像一面镜子,映照山上鲜活的景致。不知是山映绿了水,还是水染绿了山。穿行于湖的岛屿间,感觉这里的山与水是如此和谐,心心相印。据说要看到鼓角山换装,得到冬初。那时候,青山翠竹的绿,满山枫叶的红,间有小草的初白和野菊的纯黄,映在水库的大屏色彩,比起古老的鼓角河的小曲流水,更加让人震撼。

鼓角山无话。它以海拔一千一百多米雄踞黄梅第二高峰。当年鼓角声声,发号施令,屯驻多少兵马在这里操练;鼓角争鸣,旌旗猎猎,多少人闻此惊心裂胆;鼓角悠荡,飘洒四方,关隘嘹亮的鼓角声和古寺木鱼的敲击声,一闹一静,张弛有致。我认为,历史上的佛教寺院,多选在闹市区附近的山林之地,可能是既让修行者有一个静谧之所,远隔于红尘外,又不至信众舟车不便,望佛莫及吧。鼓角山下便是闹市,"面界中原鄂皖地,北依大别龙凤源",恰合凤栖之地。相传,隋朝时便来了幽德、幽仁二位祖师,在鼓角开山建寺,早于四五祖,于是说,先有南北山。

原作载于《赤壁》2015 第 4 期,选入本书时有修改

古道幽幽南北山

炎热的秋老虎稍退，朋友们便相邀户外，去穿越一处神秘的古道。

古道在黄梅县城东北五十里的鼓角山。我们从停前镇黄牯岭乘船，漫游于鼓角水库，沿途秋高云稀。机船的突突声，颇似两千年前汉高祖在此屯兵的战鼓铮铮；船尾哗哗的水响，倒似千军万马的回声。一路七弯八拐地穿过湖岛水汊，眼里早已分不清尘界仙境了。

鼓角山区域的南山和北山，合叫南北山。船到南山冲，船家生意忙，转眼便不见了，只剩下我们几个着装七奇八怪的穿越者。回望来路，云水渺渺，似与人间隔绝。好在有一位山嫂与我们同路做伴。山嫂娘家在平畈，嫁来山里十八年了。

迎面一道陡陡的石阶，通向密林高处。山嫂告诉我们，这里是乌崖岭，也叫求雨坡。明末黄梅大旱，南北山五十多位僧人在这里设坛求雨。僧人们从上昼开始作法，下昼真的就风起云涌，飞沙走石，似鼓角阵阵。苍天有眼，倾盆大雨解了民间疾苦。山雨欲来似鼓角，也是鼓角山得名的由来之一。山道崎岖，石阶陡峭。没走惯山路的人，早已气喘吁吁，胸口似有千钧巨石，堵得汗涔涔的。急忙脱去秋衣，也算是穿越之前的又一次蜕变吧。

爬上求雨坡，就是神秘的南山古道。相传，隋朝时山上来了两位大师卓锡修行，逐渐建了寺庙。周围信众感于教化，捐献一块块不算规整的石条，为四海香客前来拜佛，硬是拼接成一条长长的石板路。经过一千五百多年的风雨，积有景点二十多处，都密密分布在这条三千多米的古道上。

古树森森，丛林葱葱。山风只一会儿便吹干了汗透的衣裳。偶有陌生的鸟叫，惊起一身鸡皮疙瘩。密绿深处应该不会跳出一只白额吊睛大虎吧。山嫂笑了。她说山里虎狼早已绝迹，只剩下野猪夜间出没而已。这里远离城市的喧嚣。徒步在古道枯红的松针和杂叶上，仿佛真的穿越千年，置身于隋唐古国。

可不，唐代"女儿街"的姑娘们向我们走来。山嫂说，古代上山香客多，古道两旁多是小姑娘摆香纸和茶水卖。人来人往，生意红火得很呢。山雀的鸣啭和着溪流叮咚，幻如女儿街的叽叽喳喳和欢笑声。女儿街临水的一座孤石上，有两座石像相对而立，栩栩如生。那是传说中的姑嫂斗掌。采茶姑嫂二人歇工时，比一比谁手上的茧子多。山里人憨厚可爱，姑嫂间情深义重。据说感动了天神，姑嫂二人都升天成仙了。

圆证（一说：圆震）大师向我们走来。一处大岩石上，宋代僧人刻有一尊坐佛，顶有伞状佛龛宝盖。相传，大师初来鼓角山时，山上多有巨蟒和毒龙噬人。一日，大师遇巨蟒逞威。大师跳到石头上，用食钵砸蟒，并口念佛经，化作佛像贴壁镇住，这一镇便是千年。至今一块巨石压着一条活灵活现的巨蟒，不远处还有一岩石形如榨油桶。相传扩建南山寺时能常年滴出食用油。有寺僧无视戒律，偷油私藏并私送他人。菩萨显灵，惩治那僧恶病一场，所偷的油也瓶破油漏。只是榨油桶再也不滴油，如今只能看到油桶滴油的痕迹。

圆证大师和信众出现在一块巨崖上。传说中的梅雨季节，南山寺祖师率徒搬晒经卷的地方，名叫晒经石。圆证大师亲领信众摩崖开凿《金刚经》全文。崖面经文明晰可认，排列整齐，规模浩大。

清代秀才邓文滨在晒经石下闪出。一个巨大的"寿"字刻在晒经石的斜面，"幽幽南山"四个小字刻在上方，落款"南阳布衣邓文滨"。这题字的邓文滨是晚清时黄梅的秀才，出生于科举世家，著述颇丰，《醒睡录》广为传诵，人称"湖北第一才子"。因其祖先受姓于南阳，又阴差阳错，屡试不第，故称"南阳布衣"。为人耿直旷达，在周围老百姓中很有威望。四祖寺碧玉流处的"泉"、五祖寺白莲峰的"福""德"，都出自邓文滨亲笔。想来古道上多少英雄才俊，岁月只留下石板上的点点苔痕。

隋朝时的幽德和尚向我们走来。一块巨岩凌空飞架，到了黄梅古十景之一的南山古洞。乌龟形洞顶上，立着一座圆锥形无名僧塔，俗称龟顶塔。洞甚宽敞，如屋数间，内有石桌古字。洞内供奉的菩萨石像是南山寺开山祖师幽德和尚，他的师弟幽仁是北山寺的第一代祖师。四祖寺、五祖寺都是唐代才开山建寺，"先有南北山，后有四五祖"，就是这么传下来的。传说，幽德和尚在此洞苦修成仙，升天时脚上的草鞋不慎掉落一只，至今石头上的草鞋印清晰可辨。吕洞宾游览无数，曾到过黄梅南北山。之后南山古洞传为吕洞宾修炼成仙之处，古洞也为道家所独占。据《黄州府志》记载，吕洞宾弃官上山，在南山遇异人钟离权（八仙之一），得到"长生诀"，获"刀圭之传"，故自称剑客，人称剑仙。如此说来，黄梅南山可谓有史可证的道家名山。

迎面独立"南乌崖"石碑。南乌崖就是南山。唐代白居易游南山古洞后,撰写了碑文。宋代张商英写了《轮藏记》。

世外桃源展现在我们面前。穿越到七里坪,这里视野宽阔起来,正可欣赏鼓角山风光。走马坡一马平川,可以屯兵跑马。水库像水仙迷宫,被座座山尾和岛屿分隔成"士"字形的道道水汊,极似赶往女儿街卖香纸的女孩们张开玉臂,抖散数缕缎带,飘动在群山之间。古道尽头有一个小山村,就叫南北山村。十来户人家在大山丛中,土砖青瓦,条石砌路,古朴静谧。周围古树参天,竹林茂密。村口有两棵紧抱相依的大松树,叫夫妻树。只有这清澈的山泉,才能滋育出这么深情相依的夫妻树。

南山灵峰寺就在夫妻树前的大洼地上。寺前有一座建于元代的石拱桥,叫望云桥,俗称南山花桥。每逢大旱,古人入山求雨,至此望南山云气,即能测得雨候。桥长一十八米,宽四米,拱高有九米。既作跨越深涧的交通桥,又作节制山洪的闸口。桥闸一体,造型独特。桥面用五块巨型条石铺成,中间有一米见方的围棋盘。相传,圆证和尚于此常与南山仙人对弈。桥上凉风习习,桥下溪水淙淙,似有仙气绕寺。进得灵峰寺,知道是由南山古洞苦修的幽德和尚所建。发展到盛唐,有圆证大师将灵峰寺发扬光大。殿堂达四十八间,僧几百人。

北山寺距南山寺不远,又叫宝相寺,由隋代幽仁(幽德之弟)所建。发展到唐代,为无迹(即彦宾)大师道场。无迹与圆证大师均为六祖惠能徒孙。北山与南山项背相依,晨钟暮鼓互为响应,故有"南山煮火北山烟"之语。寺内存有敕赐"宝相禅寺"石额一块,香火旺盛。北山寺宋时毁于兵灾,至元朝迎来新住持大兴土木。奉佛有殿,安僧有堂,经阁钟楼,凡丛林有者莫不大备。后继者凿石修路,建高峰亭、观瀑亭、清风亭等。清人余学益《游北山宝相寺》诗曰:"东山才踏遍,复向北山游。不尽登临兴,能穷林壑幽。乌崖烟火接,古木岭云收。会见娑萝影,池边月已秋。"诗中的"娑萝"就是娑罗树。

宝相寺旁边曾有娑罗树,是黄梅老十景之一——北山乔木为无迹大师亲植于山坡上。树有数十围粗,树下有池,倒映树影,池塘恍如月窟。岁月沧桑,娑罗树不见了,幸好此处有一棵大松树,树龄有四百余年,两人合抱粗。树冠向四周伸展,葱茏遒劲,如雨伞覆盖一百四十平方米,姑且就叫北山乔松吧。抗战期间,黄梅县中学曾一度迁移到南北山,借北山寺堂开班上课。著名文学家废名曾执教于此。

山嫂的家到了。她说当家的和儿女都出外打工或上学去了,只有她执意守着鼓角山。山嫂指着那片水说，北山也有古道三千。沿寺走涧溪，何垸古月石下，北山古道被水库淹没。

穿越古道，"重返"人间，鼓角山仍在。感觉经历了一次长长的历史文化的洗礼。是的，这里就是隋唐以来本土文化的长廊。求雨坡、女儿街、姑嫂斗掌、晒经石，都记录着古人的勤劳善良；镇蟒佛、榨油桶，反映人们镇妖除害的愿望；寿比南山、古洞修仙，寄托古人美好的理想；灵峰寺、宝相寺供奉的是人们对大仁大德的崇拜和对真理的信仰。南北山的寺庙屡毁屡建，香火不断，那是人们对禅的参悟，对人生的觉醒，对真善美的坚守。正如山嫂守着大山一样，她到老还会相信，这鼓角终究还会鸣响。

山路弯弯，古道幽幽，脚步沙沙。

原作载于《赤壁》2015年第3期，选入本书时有修改

牌楼湾古戏楼

黄梅县城东北不远，有个村庄叫安乐村。

安乐村西临黄梅戏发源地多云山，北依佛教圣地五祖寺，南望县城，东有垅坪、古角两条河在村前交汇。绿水青山，田园秀丽，自古以来便是先民们栖居的好地方。

安乐村里有个湾，叫牌楼湾。

牌楼湾的牌楼，可谓历史悠久。据《陶氏宗谱》记，南宋咸淳八年（1272年），东晋大诗人陶渊明后裔，来两河口西边蟠龙山建宅定居，当时取名颧鸟湾。在这适于颧鸟栖居的地方，陶氏后裔们勤劳耕读，元明两朝成为此地旺族。明正统年间，族民踊献皇粮，英宗朱祁镇钦赐"金字坊"牌匾。族人遂建木牌楼，擎御赐金匾于楼上。凡过往军民，文官下轿，武官下马，无不敬仰。自此后声誉鹊起，颧鸟湾便更名为牌楼湾。如今，人们来到村前，牌楼高耸，"牌楼湾"三个烫金大字熠熠生辉。牌楼旁边的碑刻，记载牌楼湾历史，让人肃然起敬。门楼两侧是一副长长的对联：背倚蟠龙面朝日月天宝物华眼界宽；湾源明代御赐牌楼地灵人杰胸襟阔。使人焕然一新，感觉此地卧虎藏龙，代有高人。只可惜因历史变故，乾隆十八年（1753年），陶姓迁徙外地，昔日的牌楼遭毁。

重振牌楼湾，只在几年之后。

乾隆二十年（1755年），桂姓先祖桂世会（字朋兰），出资购买陶姓全部田地房产，定居牌楼湾。桂氏家族勤奋耕作，经商发家。桂世会率族人自建砖窑，大兴土木，广布产业，牌楼湾更现兴盛。建有一进四重堂屋四栋，一进两重学堂两栋，民居一百六十余间，石牌楼一座（战乱中被毁）。现存的古民居建筑群，多为当年所建。据《黄梅县志》载，桂世会热心公益事业，乐善好施，建桥铺路，造福乡里。率族人在县城周边修建桥梁十八座，捐银数千两。

牌楼湾的荣耀，不仅在农耕。

牌楼湾历代崇文重学，文风久盛；子弟多勤勉读书，人才辈出。仅统计清代至民国年间，一个小小的家族湾落，便有赐进士一名，文武举人四名，贡生六名，太学生十六名，文学生十三名，大学生八名。新中国成立以来，有一百余人考取高等院校，多人留学欧美诸国。这里还走出美国通用电气公司首席科学家桂裕鹏等八名博士。

牌楼湾的文化，有两件堪称瑰宝。

牌楼湾古民居建筑群。整个建筑呈弧形，面向东方。远看灰砖黑瓦一片房屋，山墙均砌万字垛，飞檐斗拱，气势恢宏。南侧祖堂四十四间保存完好，一进四重或五重，面宽三至五开间，设有左右厢房。里面皆砖木结构，呈台梁穿斗式，雕梁画栋。每栋房屋之间有小巷、回廊相连贯通。当年为典型的村落式民居。古民居建筑群四周分布保存有金字牌匾、古戏台、窑址、下马石、旗杆石、界牌、"天赐稀龄"和"朋兰别雅"木匾等遗迹遗物。湾前有日塘、月塘，湾后有国塘，湾中心有明代水井两口。黄梅地处三省交界，吴头楚尾，整个民居群既带有安徽"徽派"建筑和江西民宅风格，又有本地文化特色，全省尚不多见，可算得中国建筑艺术奇葩。

黄梅戏楼。走进门槛，祖堂赫然可见黄梅戏楼。高高的楼台，宽大的皮鼓背景，两边"出将""入相"门，当年你方唱罢我登场，唱的是本地乡戏黄梅戏。宽阔的看场，中有天井，四周有走廊，房梁和门窗都雕刻花纹，板门隔墙都绘有动物、花卉和文房四宝图案，栩栩如生，给人古朴幽雅的韵味，再现当年大户人家看戏习俗和生活气派。牌楼湾黄梅戏古戏楼，建于清代乾隆年间，是迄今黄梅县境内保存最为完好的古戏楼，也是黄梅戏发源于黄梅的最好见证。黄梅戏史料记载：中国五大剧种之一的黄梅戏，起源于黄梅县北部的紫云山、多云山，山歌和采茶调发展成黄梅戏。牌楼湾就在黄梅戏发源地多云山下，周边黄梅戏著名班社林立，名伶辈出，戏曲氛围浓厚。桂姓为当地旺族，建起戏楼既显示家族品位，又合四时八节吉庆热闹的需要。

古民居建筑群和黄梅戏古戏楼，是牌楼湾留给后人的两大文化遗产，艺术和科研价值巨大，先后被列为县、市文物保护单位。2008年，被湖北省人民政府列为省级重点文物保护单位。

墨庄书院梅源寺

黄梅县城往北三十里有一座莲苞山，山顶上五块巨石相对矗立，如莲花含苞欲放，取名莲苞尖。

深山有书院

车至五祖镇木桥村与江河村交界，山脚石壁有"鸢飞鱼跃"四字石刻，山北有摩崖石刻"云起处"。不知何方高人手迹，倒也说出了此山景致。莲苞山三面环山，南临垅坪水库，鸟飞鱼跃是真；悬崖绝壁，云起云舒也不假。

莲苞尖上，高大竹林和棕榈树后，有明代万历年间进士石昆玉的家族学堂，也是值得保护的典型古建筑——墨庄书院。书院坐西朝东，依山而建，长68米，宽76米，占地近5200平方米。整个建筑分地上和地下两层。上层为墨庄书院，下层为军事要塞（屯兵堡），据说当地人常在这里拾到过去的兵器。地堡用硕大的长条石垒砌而成，呈方形。四面挡土墙高约7.4米，每方墙体上沿厚60厘米。地堡里设置大小不等但布局合理的石屋48间，有多条通风道、通风口及出口的石门、排水系统。正面右侧立9根条石通道，左右均建有升降暗门，呈城堡式，如同迷宫。上层系砖木结构，按下层的布局建造，也是48间，每间要比下层的大。整个书院建筑式样为宋、明代风格的四合院落，有围墙、房屋、天井、石碾、前院大门、后院耳门（2个）、水井（2个）。20世纪50年代被毁。前院门外有9根规整的方石条搭砌的石桥。

当地人俗称书院为"四十八间"。据说墨庄书院地下48间屯兵堡建了40年，上层48间书院和梅源寺建了8年。

相传，很久以前有一位外乡人云游来黄梅寻找道场，在莲苞山雪天遇阻，幸有砍柴人路过，托砍柴人带信给官府。县令阅信后急速进山求见，送来官银。后来就有此寺。原来那是御林国师，因恋上公主犯了重罪。皇上念相恋二人一位是公主，一位是己师，不忍心降罪，便助其双双出宫，二人偕同来到莲苞山。

武汉大学历史学院教授一行对墨庄书院考察称，书院规模宏大，相当于一个中等寺院。下层结构复杂，形似迷宫，有可能古时为某要员来此避难所建，或为书院防匪的城堡（屯兵堡）也未可知。传说得到某种印证，如此说来很有研究价值。

一门四进士

莲苞山，你也可以从垅坪水库大坝转乘游船，到水库尾汊上岸，再取道竹林，沿石阶古道，不到三公里就能上莲苞尖，那就别有一番韵味。

莲苞尖上是一凹地平川，面积有 20 余亩。《黄梅县志》载其为邑廪生石纯若的山场，内建墨庄书院。石纯若何许人也，建得偌大书院？

石纯若，号墨庄，故其所建书院名为墨庄书院。他是明代进士石昆玉之孙。相传，石昆玉为汪可受的发蒙先生，二人于万历八年（1580年）同中进士。石昆玉曾任苏州知府，为政清廉，人称石苏州；后擢吏部侍郎，为朝中二品封疆大吏。石昆玉的父亲石承芳也是进士。石昆玉的三个儿子，长子石有恒为万历四十七年（1619年）进士，曾任浙江遂安、长兴知县，为国捐躯，谥为"忠烈"。石有恒之子石确，为崇祯四年（1631年）进士，曾任丹徒、宜兴知县。

一门四代进士，周围三省八县也少见。

石纯若是石昆玉次子石有定之子。因为石家在朝为官颇多，门第显赫，家风重教，所以选择在风景优美、环境雅静的莲苞尖上修建书院。据《石氏家谱》记载，石氏家族光是明代末年，石昆玉子孙辈有功名者多达几十人。石纯若本人的八个儿子，就有五个考中贡生。可以想见墨庄书院当时的辉煌景象。

寻找梅源寺

清康熙六年（1667年），墨庄书院进行了重修。石府为纪念先祖石昆玉，在墨庄书院旁边修建了一座宗祠，叫"梅源寺"。梅源寺为石姓家庙，并延请僧人懿山主持。

清代贡生石学沫写有《游梅源寺》诗："天半凌风迴，扶筇喜看山。龙潭深可掬，鸟道曲如环。憩竹衣浮绿，经苔屐点斑。太虚心与际，妙境几回环。"

抗战时期，黄梅一中迁至梅源寺办学，当时梅源寺保存尚好。解放战争时期，梅源寺成了游击队员活动的根据地。张体学将军经常在梅源寺宿营和指挥作战，留下许多感人的革命故事。20世纪50年代初期，当地村民拆毁一部分，"文革"期间，仅存的梅源寺正殿全部被拆毁。

当地老人说，梅源寺有黄梅源之意。

原作载于《赤壁》2016年第3期，选入本书时有修改

焦墩遗址摆塑龙

走在黄梅的土地上，到处都有文化的宝藏。焦墩，一个看上去很不起眼的地方，一不小心竟然挖出一条龙。

焦墩在濯港张城村。1983年文物普查时发现这里是古遗址。1993年，京九铁路合肥至九江支线要纵贯这个地方。于是，湖北省文物考古研究所、黄冈地区和黄梅县博物馆联合组队，进行考古发掘。

在焦墩一块红烧土层面上，发现先民用石头蛋摆起的一条巨龙。

专家考证，这条龙是用鹅卵石摆塑的，在这里沉睡了六千年，就将它命名为"焦墩卵石摆塑龙"。

龙是中华文化突出的象征符号，是中华民族的图腾。龙文化在中国上下八千年，源远流长。龙和帝王一体化的神化盛行，最先的伏羲和女娲生得人面龙身，连体双龙。三皇五帝，炎帝神农氏是龙种，其母感神龙入怀而生，"龙颜朱唇"，"牛首龙躯"。轩辕黄帝为"黄龙体"。唐代以后，龙的形象向生活领域和民俗文化渗透，出现龙神故事、龙王小说；民俗形成元宵舞龙灯、二月二龙抬头节、端午赛龙舟，以至服饰有龙袍、用具有龙椅、建筑有龙庭，形成龙王信仰。

黄梅濯港，上古时期位于彭蠡泽（雷池）边，在长江之北，应是水乡。龙是水神，水乡更有崇龙的习俗。焦墩遗址的卵石摆塑龙，全长7米，躯干长4.46米，高2.26米，具有多种动物特性，鹿头、鱼尾、蛇身、兽爪，龙首高昂，扬角张口，尾端上卷，背部有立鳍，腹部有四足。颗颗卵石像鳞片密布，龙身呈波浪起伏，恰似一条昂扬腾飞的巨龙。

湖北省博物馆馆长、国家考古专家谭维四教授，1994年7月在接待香港记者时说："焦墩卵石摆塑龙发现后，一批有相当学术价值的考古论述和研究成果，将把华夏文明向前推进一千年。"

龙文化发掘中，距今最早的是约八千年前辽宁阜新查海遗址属兴隆洼文化的石块堆塑龙，其次是约七千年前浙江余姚属河姆渡文化的鹰形龙，第三是距今约六千年的河南西水坡遗址属仰韶文化的蚌壳龙。黄梅焦墩遗址是第四，距今约五千到六千年的卵石摆塑龙，其他还有玉雕龙、陶绘龙、铜雕龙等。

焦墩卵石摆塑龙大气磅礴、昂首振鳞，是迄今中国发现形象最为成熟、形体最大的龙图案之一，又是长江流域发现的最早的龙形象，专家称为"长江流域第一龙"，是典型的中国龙文化现象。它的出现，证实长江中下游地区早在六千年前对龙的图腾崇拜便很普遍，长江流域的先民同黄河流域一样，具有悠久的历史。卵石摆塑龙证明：长江流域也是中华民族的摇篮，是华夏文明最早的发端之一，是中华民族发源地，为中华文明起源的多元化，提供了重点佐证。以龙为象征的中华文化，是许多不同类型的原始文化融合形成的。

黄梅焦墩遗址，南北长 800 米，东西宽 700 米，周围延伸 100 米，文化层 1.5 至 2.5 米。黄冈市人民政府将其列为重点文物保护单位。与卵石摆塑龙同时出土的还有新石器时代、商代和西周时代的文化堆积。新石器时代遗物以夹砂红陶为主，夹砂灰陶次之，少量夹炭陶；纹饰有蓝纹、刻画纹等。商代遗物以夹砂红陶为主，夹砂灰陶次之，少量黑皮红陶；纹饰有绳纹、附加堆纹、压印纹、刻槽等。据说这属于大溪文化。

大溪文化以最早重庆巫山县发现的大溪遗址命名，年代约在公元前 4400 年至公元前 3300 年，属母系氏族晚期至父系氏族萌芽的时期。大溪文化是中国长江中游新石器时代，一种以红陶为主并含彩陶的地区性文化。居民以种稻为主，兼有渔猎、采集活动。工具有石刀、蚌镰等。大溪文化的居民流行红烧土房屋，并较多使用竹材建房。

焦墩遗址正是大溪文化或者其他文化的融合，但卵石摆塑龙让人记住：龙是中华民族的标志和精神支柱，是民族团结统一的象征。龙文化贯穿整个中国历史，浸润中国文化艺术，弥漫在民族风俗习惯之中。它像一条纽带，把整个中华民族紧紧地系在一起。龙是中华民族同根同宗、兄弟手足的情感寄托，普天下中国人有着共同的名字——龙的传人。

第 一 山

县西十五里处，有一座小山，海拔不过四十米，方圆三里许，看起来就像一个椭圆形土丘，却四面环水。当年护城河清波涟漪，鹭鸟翔聚，山水相映，是孕育一代禅祖、救助一代帝王的地方。

相传，五祖弘忍的母亲，是濯港大户周家闺秀。一天在港边浣衣，正感到饥渴，上流漂来一只又熟又红的大鲜桃。那桃漂到周姑娘的脚下，竟洄漩不去。少女哪知是道人借身投胎，刚捡到嘴边，还没等吃，那桃竟咕咚一声，"逃"进她肚里了，从此有了身孕。那年代未婚有孕，很是有辱门楣，父母无奈将其赶出家门。她无处容身，避居路途镇的一处丘陵，现为濯港镇胡六桥村北，古称化城山。

化城山，远眺像阡陌之中稍稍隆起的一丘葱茏。远古时期就有人类居住。20世纪末修筑黄黄高速公路时，发掘意生寺遗址，出土陶器、石具、烧土等，与湖北石家河文化相仿，同属商代早期新石器文化遗址，距今有四五千年。即便两千年前，化城山古木参天、浓荫蔽日，山下还是古长江边的一片湖沼水田。宋代高僧释绍昙写有《化城山主化田》诗："古柳堤边展化机，要人一饱便忘饥。谁将夺食驱耕手，拚却良田种蒺藜。"

化城山上有一处废斋，比一般土地庙稍大，可住人。弘忍的母亲，白天于附近村庄给人家当雇工，纺纱织布度日，夜晚就住在废斋中。苍松枯茅，孤伴青灯。光绪《黄梅县志》载其意欲于此生子，不果，乃生于黄达埠，后仍栖废斋。皆因这废斋是个社庙。那年代，清净社庙岂可生无父之子。周姑娘只好移到化城山下，在低洼临水的黄达埠，搭一草庵，生下弘忍。想到这孩子来历不明，害得自己背伤风败俗之名，有家不能回。她狠狠心，将孩子包好，放在一只木盆里，将木盆放到附近一处水港中。实指望孩子能随水漂流，路途上能有好心人收留，谁知那木盆竟然逆水向上漂流。做娘的再一次惊异，就在港中把孩子洗濯一把，赶紧抱起，仍回社庙抚养。后来弘忍出家，人们为纪念这件事，将弘忍曾经洗濯过的水港叫作濯港。弘忍承接四祖衣钵后，忆想母亲含辱忍耻、受尽千般苦楚，便买下母子曾经的苦难地，建起巍然寺庙。寺名就叫意生寺，寓佛母意欲于此生子的意思。

意生寺内，原有白牡丹一株。相传有一人从南海到黄梅拜佛，途遇一妇人，将牡丹花托与她栽在五祖出生地。意生寺连同寺旁的国师塔、大云塔，几毁几建，现只剩下光秃秃一溜大石墩。从保存至今的水井石框上可看出，此前意生寺香火兴旺。八方井框有五面铭文——"五祖生身""意生寺僧""良谷中岩""至正元年""化城山记"，凝聚了僧人对五祖的崇敬，也记录了意生寺当年殿宇楼阁一派鼎盛的景象。

元末，朱元璋与陈友谅大战于鄱阳湖。开始时陈友谅兵多舰大，朱元璋打了一次败仗，被陈友谅从江西追到湖北黄梅。朱元璋所携残部正精疲力竭，追兵将至，危急时前面出现一长满茅草的小山，一行人急忙躲藏到三尺高的芭茅丛中。陈友谅很快追来，发现山门外有马蹄印，断定他们逃进此山。可仔细一看，此山三面环水，仅南面有一进口通道，山门里面又没有马蹄印，只见数个蜘蛛网迎头挂在山门中间，且是沾满小虫的陈网。陈友谅告诉部下：蛛丝封门，马迹西巡，不必搜山。遂向远方追去。朱元璋受寺僧掩护躲过此劫，逢凶化吉，见此山如天然城堡，正应了释迦牟尼"佛指化城"的典故，遂将此山叫作化城山。

朱元璋整顿人马再来化城山，就住在意生寺。一日与刘伯温等畅谈"他日得取天下，皆以此山之功"，遂执笔写下"苐一山"。光绪《黄梅县志》载：太祖征友谅，驻师黄梅意生寺，御书"苐一山"寺额，以感激此山救命之恩。有部下请教，苐字是竹子头，何书草字头呢？朱元璋巧对：无山不长草，是草救了众人性命。从此，苐字多了个草字头的写法。化城山护城河又拓宽到四丈，四周土垒高筑，依然只留一个口子，以吊桥出入。朱元璋成了皇帝，化城山自然号称天下第一山。

化城山是古雷池大泽边的城堡，前明国师塔耸立水云间，使得化城山似一艘不沉的军舰。清代，太平军凭借化城山，在黄梅与清军拉锯战多日，最精彩的就是意生寺之战。据说太平军陈玉成部万人守化城山，被湘军鲍超四千人破了数座高垒，冲毁化城山，陈玉成只身逃去。

意生寺属五祖一脉。20世纪中期尚属五祖林场。早先的寺庙、云塔，连同"苐一山"的匾额已经毁失。近年四方信众重建寺庙，现已成为黄梅县重点文物保护单位。如今的意生寺，大雄宝殿三十四根大柱上顶，歇山式重檐，蔚为壮观。新建的天王殿别具一格，相映生辉。意生寺重又禅音绕云，禅意清悠。

原作载于2017年2月17日《楚天声屏报·黄冈周刊》)，选入本书时有修改

黄梅秤锤树

　　大源湖畔，下新镇南部钱林村，背山面水处，有一片原始次生林。林子里古木参天，遮天蔽日，藤条相互缠绕，层层叠叠，千姿百态，组成奇怪的网状。有的可以攀上树梢，有的可以坐上去荡秋千。这里百鸟齐鸣，阳光斑斑驳驳，很难照射进来，极像海底闪着绿幽幽的光。地上堆积着厚厚的落叶和鸟粪，仿佛穿越至世外。2007年，中国地质大学（武汉）生态环境研究所所长葛继稳发现，钱林村树林中有一个世界濒危植物新种——野生秤锤树。

　　秤锤树，因果实如秤锤而得名，别称秤砣树，落叶小乔木，是北亚热带树种，一般生于海拔300米至800米处的林缘、疏林中或丘陵山地，分布区的年平均气温15.4℃，年降水量1000毫米。土壤为黄棕壤，具有较强的抗寒性，能忍受 –16℃的短暂极端低温。又是喜光树种，幼苗、幼树不耐庇荫。喜生于深厚、肥沃、湿润、排水良好的土壤上，不耐干旱瘠薄。偶见于次生落叶阔叶林中，果实大，成熟后常落于母树周围，如下方土壤裸露，土质坚实，难以发芽，因此，母树下必须有腐叶等疏松物质，果实才能在潮湿疏松的基质中发芽。黄梅下新正符合这些要素。

　　我国发现野生秤锤树，黄梅下新钱林这里是唯一的，所以专家命名为黄梅秤锤树。

　　黄梅秤锤树为中国特产。2007年被植物学家在湖北省黄梅县境内发现时，据统计全世界仅此200株，当时开花结果的只有十来株，已濒临灭绝。分布范围极其狭窄，并且所处位置孤立，难以与外界进行基因交流，生态环境令人担忧。中国物种红色名录评估等级为濒危树种，属国家二级重点保护濒危植物。

　　黄梅秤锤树，具有研究价值。为安息香科秤锤树属植物，是我国120种极小种群野生植物之一。生长于湖边疏林山地，果实能在潮湿疏松的基质中发芽。黄梅秤锤树高的达7米，胸径达10厘米；嫩枝密被星状短柔毛，灰褐色，成长后红褐色而无毛，表皮常呈纤维状脱落。研究黄梅秤锤树，对于植物学中特有的树种安息香科植物的系统发育，具有科学意义。

　　黄梅秤锤树为优良的观花观果树木。秤锤树枝叶浓密，色泽苍翠。初夏盛开白色小花，洁白可爱，颇具野趣。秋后叶落，下垂果实累累，宛如秤锤满树，像挂满乐架的编钟，微风中轻轻摇响。用作庭园绿化，风光独特，别有风韵。园林中，可群植于山坡、林缘和窗前，与湖石或常绿树配植，尤觉适宜，也可盆栽制作盆景赏玩。

黄梅秤锤树处于龙感湖湿地保护区内。湖边潮湿的环境，有利于白蚁的繁殖；安息香科秤锤树的香气和特殊的树质，也许对白蚁特别有吸引力。白蚁对此树尤其钟爱，而且喜欢选择大的黄梅秤锤树作为吞噬对象。光靠药物毒杀没有用，必须找到白蚁的巢穴，才能有效防治。黄梅秤锤树屡遭白蚁侵蚀，幸得有效保护，免遭灭顶之灾。

人工繁育才是治本之策。现在已经建立湖北龙感湖国家级保护区，管理局申报极小种群保护项目，启动抢救性保护。现场建起植物园，严禁砍伐母树。通过灭杀白蚁、封闭保护、专人管护，林区环境越来越好，天然小苗日益增多。同时积极开展人工繁育，在原始次生林附近建设秤锤树培育基地，扦插繁殖和种子繁殖都获得成功。几年来，基地已成功人工培育黄梅秤锤树植株5000余棵。一度濒临灭绝的国家二级重点保护濒危植物——黄梅秤锤树，如今郁郁葱葱，冬日暖阳下，一棵棵秤锤树生长茂盛、果实累累。

第四章　人文高地

谒 鲍 照

踏着月色，走进黄梅县城，东禅寺村，西池东岸有一处墓地，古时东连城墙，深壕隔断，是三面沼泽的一堆荒茔。这里，是六朝诗人鲍照之墓。

鲍照（约414—466），字明远，东海（郡治今山东郯城北）人。南朝宋国文学家，也是杰出的诗人。与颜延之、谢灵运同创"元嘉体"，合称"元嘉三大家"，不过，有人认为其成就远在颜、谢之上。

"自古圣贤尽贫贱，何况我辈孤且直"。鲍照祖辈曾徙于并州上党（郡治今山西长治），那里的前世祖辈任过朝廷的兖州牧、司徒、太尉、大司农等职，数世卿相，是上党望族。后来家族迁回东海，再无显任者。故鲍照虽是鲍昱之后，非为庶族，但可说出身寒微，从小了解农耕，诗文中深切同情民间艰苦。永嘉之乱南渡，鲍家迁京口（今江苏镇江），遂家世贫贱，能接触广阔的社会生活，表达下层人士的激愤不平。

暮春的静夜里，早有几声蛙鸣，清晰可闻。鲍照青少年时期即显文才，报国求取功名的愿望强烈。"丈夫生世会几时？安能蹀躞垂羽翼！"二十岁踏上西游求仕的道路，前往江陵拜谒荆州刺史、临川王刘义庆。《南史·宋临川烈武王道规传》附《鲍照传》载：鲍照到达江陵，欲献诗言志。有人止之，说"卿位尚卑，不可轻忤大王"。鲍照勃然怒曰："千载上有英才异士沉没而不可闻者，安可数哉！大丈夫岂可遂蕴智能，使兰艾不辨，终日碌碌与燕雀相随乎？"于是献诗。本是文学家，且为《世说新语》作者的刘义庆甚为赏识，擢鲍照为临川王国侍郎。439年，刘义

092

庆改任江州刺史，鲍照同年赴江州任佐史。途经大雷戍（黄梅龙感湖）时，写下著名的《登大雷岸与妹书》。元嘉二十一年（444年），刘义庆病逝，鲍照随之失业。

许是生活所迫，在家闲居一段时间后，鲍照做过一段始兴王侍郎，不久主动辞职。刘骏称帝，鲍照尽管达到政治生涯顶峰，出任过太学博士，代理中书舍人，无奈皇帝畏谗忌讥，他终因性格刚直而很快被贬为秣陵（江苏江宁）令，继贬为永安县令（没有实土的侨立之县，人口两千多人），且受"禁止"。461年，鲍照被解除"禁止"，做临海王幕僚。《黄梅县志》载：次年，"临海郡王刘子顼镇荆州，以鲍照为前军参军，掌管书记。时梅境在其辖内，因留居。今邑治基即其旧室"。鲍照携家眷寄居黄梅，时称"鲍参军"。

刘宋泰始二年（466年）正月，晋安王刘子勋称帝于浔阳，临海王刘子顼起兵响应。八月，刘子勋兵败，刘子顼被赐死，鲍照被乱军所杀，时年52岁。一代文人鲍照，可惜误作参军，遗憾死于王室内部相争之中。

黄梅是鲍照的第二故乡。鲍照携家居黄梅，且安葬于黄梅，当然是黄梅历史人物。

古环城河之滨，西池印一轮明月，鲍照居于"马号"旁边。鲍照故宅在元初已经改为县署，也是今天的县政府所在地。鲍照当年徜徉于西池岸边，抒发出多少汉魏风骨、爱国情怀："时危见臣节，世乱识忠良。投躯报明主，身死为国殇。"为纪念鲍照，黄梅城内曾建有鲍公祠、鲍母祠、俊逸亭（取杜甫诗"俊逸鲍参军"之意）。鲍照夫人张文姬也很有文才，在鲍照沉沦时，写出有名的《沙上鹭》，为鲍照明心鼓气。据县志记载，俊逸亭在鲍照墓正东，鲍母祠在俊逸亭北面，鲍母墓在祠东。可惜20世纪50年代、70年代渐毁。

鲍照墓，在黄梅县城西池岸畔。相传，南北朝时黄梅一位姓宛的农人犁田，发现稻田里一夜间出现一座新坟。农人奇怪，但默默接纳了它，多留一犁土未耕，同时嘱咐后代善待这无名之坟。从此，"留一犁"成为宛家祖训。宛家后人在后来科考中，像有唤"刘一雷"的人在耳旁神助而高中，于是重修无名坟。从随葬竹简中得知，此坟主人乃大文学家鲍照。至今，黄梅民间有"卖田卖地不卖坟"的习俗。原墓有碑、茔墙等，如今仅存的冢墓高两米，为封土堆砖石墓。碑石上刻"南朝宋参军鲍公明远之墓"。清道光二十五年（1845年），知县俞昌烈予以重修。邑人捐田五亩作为祭产，由东禅寺僧经营，作岁修之用。

明月清辉中，墓顶一棵高大的油朴树，双手环抱只怕还差一截。只见枝繁叶茂，树干粗壮，像一张大伞为鲍先生遮风挡雨。树根紧紧把土墓包裹，谐音"树保墓"，正应了天时地利人和。黄梅人对鲍照墓爱护有加，历经一千五百多年保存至今，且有多次重修的记载。2018年维修街道，宁可将墓茔留在街心，人车分流左右，也不移走鲍坟而惊扰先生，黄梅将这一条街道命名为鲍照路。目前，鲍照墓已经列入湖北省重点文物保护单位，正申报国家级文物保护单位。

鲍照悲剧性一生，很不得志，但他的诗文颇负盛名，是诗赋兼工的南朝文学大家。他把旧乐府诗加以改造，结合北方民歌，创造出一种近乎口语又慷慨、雄浑之调，用以表达外露、奔放、强烈的寒士情怀，成为直抒自己感情的诗体。同时隔句用韵，自由换韵，拓宽了七言诗的创作道路，不但使乐府提高到一个新的高度，而且奠定了七言诗在中国诗歌史上的地位。俊逸豪放、奇矫凌厉是他的艺术个性；七言诗和七言为主的乐府歌行，是他彪炳千古的独特贡献。他的代表作是《拟行路难》十八首。他的边塞诗险急奇警，成为唐代边塞诗的前驱；高适、岑参反映边塞生活的七言歌行体，是从鲍照诗脱化而来。鲍照的杂言诗、五言古诗，也不乏传世之作，如拟乐府《梅花落》。他的散文抒情议论融合，文艺跌宕，辞藻绚丽，兼有骈散之长。《登大雷岸与妹书》是南朝山水文学中的骈文奇葩。后人将其作品编为《鲍参军集》。后世推崇鲍照"材力标举，凌厉当年，如五丁凿山，开人世之所未有""乐府诗至明远，已发露无余，李、杜、元、白，皆从此出也"。李白的七言歌行体古诗如《蜀道难》《将进酒》《行路难》等，是直接继承鲍照诗风；杜甫还说"才兼鲍照愁绝倒"。足见鲍照在后代的地位和影响，是中国文学史上的一个高峰。

黄梅是鲍照晚年居住生活的地方和归宿。我在想，黄梅如果能兴建鲍照公园该有多好啊，复修鲍公祠、鲍母祠、俊逸亭，大可弘扬鲍照文化，兴鲍照俊逸之风。

原作载于《东坡文艺》2016年第4期，选入本书时有修改

木鱼山上说陶侃

黄梅下新，有一座山，形同寺庙中的木鱼浮于水面，故名木鱼山。

木鱼山上有座庙，叫陶公庙，建于明朝初年，是祭祀晋代名将陶侃的。

庐山苍苍，江水泱泱；陶公之风，山高水长。浔阳江一带百姓曾流传这首赞美陶侃的歌。木鱼山濒河临湖，山上斑竹掩映，香烟袅袅；山下大河潺潺，古雷池烟波浩渺，像是在日夜述说着陶侃的故事。

《晋书》载："陶侃，字士行，本鄱阳人也。吴平，徙家庐江之寻阳。"先是任寻阳鱼梁吏，后在寻阳当地人周访（县功曹）荐举下，当上县主簿。周访还将女儿许配给陶侃儿子瞻。陶侃既在寻阳县当差，又举家迁来寻阳入籍居住（当时寻阳县城在今湖北黄梅县西南蔡山），当然是地道的黄梅人。

陶侃所处的时代，国家动荡不安。"八王之乱"，使出身寒门又是江南少数民族的陶侃，冲破晋代门阀政治的重重障碍，有了施展才华的机遇。他为东晋政权立下赫赫战功，当上炙手可热的荆州刺史，官至侍中、太尉，都督八州诸军事，封长沙郡公。唐德宗将陶侃列入历史上六十四位名将，供奉于武成王庙内。宋徽宗将陶侃列入宋武庙七十二将。

我国著名田园诗鼻祖陶渊明，是陶侃的曾孙。陶渊明对曾祖陶侃的风范称颂不已。陶侃治下的荆州史称"路不拾遗"；他精勤吏职、戒赌限酒为人所称道；他率兵征讨，不费一兵一卒就擒敌首领，名震敌国。这里侃侃陶公几件事。

陶母责子。陶侃父亲陶丹，孙吴时当过边将，为地位不高的杂号扬威将军，且早年亡故。家中酷贫，自幼靠母亲湛氏纺纱织布抚养成人。陶母深明大义，贤德善良，教子有方，与孟子之母仇氏、岳飞之母姚氏、欧阳修之母郑氏一起，被尊为中国母教典范。陶母还是"四大贤母"中唯一有正史立传的一位贤母。陶侃稍长成年，在寻阳当一名小吏。掌管鱼梁时，托人用坛罐带腌鱼去老家孝敬慈母。陶母丝纹未动，原物封还，还写信严责陶侃："你是公家人，以公物孝敬我，不但无益反倒让我忧愁啊！"鱼有可能是分给陶侃的薪水报酬，但母亲的教诲，对陶侃成为中国古代著名的清官廉吏，影响深远。

运甓习劳。西晋末年，平乱有功的陶侃为征讨大将军王敦所忌，不仅没得封赏，反被降职为广州刺史。当时广州地处偏远，在陶侃治理下社会稳定，百姓安居乐业，无不称其贤明。可有一桩怪事：陶侃每天清早起床，把数百块沉重的大砖搬到室外，傍晚又搬回室内。刮风下雨严寒酷暑也从不间断。属下好奇，就壮着胆问他。陶侃说："我辈正致力收复中原，过分的悠闲安逸，恐难堪大事，故磨炼自己啊！"众人恍然大悟，称其为"运甓公"。

陶侃惜光阴。王敦之乱平定后，帝命陶侃为荆州刺史。笔翰如流，门无停客，军政诸务繁杂。当时士族居官不屑理事的风气甚浓，陶侃对西晋"放荡为达士"的遗风深恶痛绝，声言君子当正其衣冠，摄其威仪。终日敛膝危坐，忠勤职守，远近书疏，莫不手答，平日不饮酒、不赌博。还是在寻阳当差时，县衙办宴会，陶侃喝得酩酊大醉。醒后，母亲含泪责备说："饮酒无度，怎指望你自律自励，为国立功啊！"陶侃羞愧难当，从此饮酒不过三杯，常对人说："大禹圣者，乃惜寸阴。至于众人，当惜分阴。岂可逸游荒醉，生无益于时，死无闻于后，是自弃也！"发现身边参佐人员有聚赌取乐、饮酒荒废职事的，不但严加训斥，还命令把酒器、赌具沉于江中。

陶侃惜谷。陶侃清廉节俭，微至木屑、竹头，皆令储存备用。他治理荆州时务勤稼穑，对军士也劝课农耕。有馈赠礼物的人，先要问礼品来路。若是自己劳动得来，欢慰受之。对来路不明，非自己劳动所得，不但退还，还要遭他辱骂。一次，陶侃外出巡查，看到有个人手里拿着一把没熟的稻穗。陶侃问："你拿它做什么用吗？"那人说："我走路时看见的，扯起来玩下罢了。"陶侃厉声斥责："你既不种田，竟为好玩偷扯农户庄稼！"执住那人用鞭子抽打。这件事广为流传，老百姓勤于农事，更下苦力耕种，家给人足。

咸和九年（334年）六月，陶侃在病中上表逊位，遣人将官印节传等送还朝廷；军资器仗、牛马舟车都有登记，仓库封存，亲自上锁，然后才登船赴长沙封地。他传奇的生命之灯，在途中熄灭，时年七十六岁。朝廷高度评价他忠勤功德，追赠为大司马。

《晋书》《世说新语》《中国通史》里，都记载着不少陶侃的逸闻史事。

原作载于2016年9月17日《浔阳晚报》，选入本书时有修改

天下猛将英布

鄂东黄梅县西南，长江北岸有一座蔡山，山下有一座九江王城。
这里尘封着九江王英布的故事……

一、村庄

相传，两千二百多年前，英布出生于大别山南缘——英山。

英布自小当孩子王。周围十里八乡的都知道，有个布伢长得蹊跷：头特大、手特长、有蛮力。小小年纪，性情暴戾，酷爱打斗。

十岁那年，一位相士正与房族里长吃酒，看到英布与一群小哥儿在街市上晃荡，瞳孔一亮：大头、虎背、长手，万里挑一的贵相啊，遂请里长唤英布过去看相。

英布当时个子还没长足，仰望稀奇古怪的相士，额头显出些稚嫩的纹路。看相的见英布生着一个特别阔大高昂的头颅，突兀的颧骨下长长的腮帮，虎目狮鼻，奇形怪状，可面额隐约显现出"王"字纹，此儿非池中之物啊！

里长以长辈身份训斥英布："整天打闹，惹是生非，迟早犯刑的货！"

看相的却大呼："当刑而王，当刑而王啊！"

英布成年后，开始思忖当大王。凭英布的聪明，他做了个像弩一样的东西，只要机关一扣，箭头自动射杀，这不正好用上它惹是生非嘛。

一天，亭长带着兵丁进村寻壮丁服徭役。英布叉腰拦住："亭狗，缺德！"亭长自然发怒呵斥："大头，找死！"英布趁其不备，向亭长放了一弩，亭长的下巴处擦破点皮肉。

按秦律，伤害吏人，轻者刺字，也就是墨刑。兵丁捉住英布，将他按在砧板上，在他的脸上颧骨处，用铁钻刺字，钻得血肉模糊，痛得英布瞋目切齿。待刺出方印一样的纹路，兵丁在上面涂墨炭，长在肉里，擦不落，洗不掉。

囚徒英布，颈上戴着铁钳，脚上戴镣，被押往骊山皇陵作苦役。想到那"当刑而王"的话，狰狞的脸上，竟然扭曲出一抹瘆人的笑容。

二、骊山，始皇陵工地

始皇陵修建场，有七十余万人在此服徭役。墓地现场，人们像蚂蚁一样，挖山、造坑。封冢与骊山一体，规模宏大，达五十六平方公里，内外两重城垣。

"哎，大头驴！"一个监工模样的人呼唤，"叫上几个人，抬夯。"

"噢，要得。"英布油红的脸凸显出恐怖的黑印，也有叫他黥布的。因为头颅长得特别大，两颊奇长，监工叫他大头驴。这大头驴个子长大，力气威猛，又善于结交豪杰，帮衬徒长，不多时变成小头目，相当于徒长了："二牛、三矮、细狗，你几个，抬夯去。"

囚徒们戴着刑具干活，脚上的铁镣足有三五斤重。皇陵的构件都无比庞大，不知道哪一刻会劳累致死。英布挺过最初的磨难，决定逃跑，联络起一帮豪侠，在一个山坳，他们集会。

"听着！"英布因严肃而拉长了驴脸，"再挨下去，会死于此地。今夜风暴，我等趁乱远走。"

大家交头称是，众人团结到只要英布一个眼神，便毫不犹豫地亡命相随。当夜暴雨倾盆，几十个亡命之徒消失在大雨中……

三、浔水

长江襟连鄱阳湖、龙感湖一串湖泊，也叫大雷池。这里大江苍茫，湖沼纵横，沧浪奔突。秦时这里吴头楚尾，确实是一个荒蛮边远之地。囚徒们来到一片江心洲地，洲上古木参天。这里成了英布的反秦基地。秦统一六国时，英布父亲战死沙场，故与秦有杀父之仇。英布回家接母亲时，带来一册父亲留下的兵书，他日日照此操练，不到一年，得悍卒两千，还在浔水第一次筑起了两座小城，一处在大河之滨的窑夫涧，一处在濯港水洼。一个在东，叫东黥城，一个在西，叫西黥城。两座黥城，总共不过几千平方米大小，但却把住了江口要道。日后英布为王，在浔水筑了新城，人们就称东黥城、西黥城为英布旧城。

陈胜起义时，英布决定率刑徒起义，他领着刑徒义军投奔番阳。番君吴芮赏识英布性格豪爽，遂率子侄及部将起义。二人结盟，吴芮把自己的女儿嫁给英布。越人闻风而起，纷纷前来归附。英布收县丞为军师，娶吴芮长女为妻，开始了他的反秦战争。

四、反秦

陈胜起义被消灭时，英布兵不过数千，却有义军气概，毅然带兵北上，攻打秦军。

追到清波这个地方，遇上秦军章邯部的左、右校的军队。英布本来力大无比，加上一年多的练武排阵，习学兵法，战力了得。只见身穿赤绛色战袍的英布，高举长锚枪，策马冲锋在前，叱咤风云，大嗓门儿发声喊："放下！"秦军吓得颤抖。咣当一声，长戟落地。英布举枪戳向秦将，秦将抵挡不住，胸口被戳穿个窟窿，不停往外冒血，目眦尽裂。

"校尉已死，降者不杀！"英布高举秦将的头颅，打败了左、右校的军队。

项梁到达薛地，听说陈胜确实死了，就拥立楚怀王的孙子熊心为王。此时的英布是一支独立的起义队伍的首领，便加盟项梁，由于英布骁勇善战，功劳总是列于众军之首，常常在义军中称冠，很快成为楚军主将之一。各路起义军在薛城大会聚时，项梁号称武信君，封英布为当阳君。英布仅次于项梁，位在项羽之上。

巨鹿之战，楚怀王兵分两路：一路以宋义为上将军，项羽为次将，范增为末将，英布为将军，率军数万，北上解巨鹿之困；另一路以刘邦为主帅，进攻关中。楚怀王许诺，谁先攻下关中，就封谁为关中王。

宋义逗留四十六天不进，为项羽所杀。楚怀王遂封项羽为上将军，诸将归项羽率领。项羽立刻命令英布和蒲将军率两万义军先行渡过漳河，充当北上先锋。

英布蛮力特足，长矛枪无人抵挡；蒲将军手臂特长，骑射箭无虚发，二将率领的楚军，阵势庞大。楼船百艘，舟师挥戈呐喊，旌旗遮天蔽日，成万的黄衣将士密密麻麻。号角绵绵吹响，成百辆战车，成千铁骑，冲锋陷阵。步兵铁甲铁刀，端长矛刺敌兵，凶猛异常，打得秦军节节败退。英布在马上左冲右突，黳脸黑红，大吼"杀！杀！杀——"秦兵像被劈开的木柴一样成排倒在他的马下。每杀一名将领军候，英布便大喝"降者免死"，声震长空。二将数战胜利，接着北上突袭章邯运粮甬道，切断王离军队的补给线，使秦军缺乏粮食，为巨鹿之战立下大功。

项羽得知英布和蒲将军切断了秦军粮道，乃率全军渡过黄河，破釜沉舟，以迅雷不及掩耳之势直奔巨鹿，与英布会合包围了王离军。

英布助项羽解了巨鹿之围，成了反秦的著名大英雄，项羽帐下五大将之一。

巨鹿之战中投降的秦兵达二十万之多，项羽命令英布带兵在新安城南夜间袭击，坑杀章邯降卒二十余万。这桩历史大惨案，英布成了项羽的马前卒、刽子手，显得毫无是非之辨，当了冤大头。他悔恨不已，大骂项羽缺德，是个鲁莽英雄，滥杀无辜，暴徒而已。

五、九江王

刘邦集团和项羽集团成为陈胜牺牲后反秦武装的两支主力。项羽兵至函谷关，派英布率兵绕到隐蔽小道偷袭，一举破关，攻进咸阳，大封天下。英布功冠诸侯，被封为为九江王，领九江、庐江二郡。这样，英布应了那相士奇语，衣锦还乡，封王而归，一介布衣成了统领一方的侯王。

公元前206年，项羽拥怀王为义帝，迁都长安，但暗中又令英布半路上偷袭他。英布在彬县袭杀了义帝，虽说执行了项羽的指令，但他进一步认清了项羽本性——一个没有政治家谋略的粗犷猛士而已，他对项羽这个主帅感到失望，灰心了。此后，英布一心回自己的封地，当他的九江王，经营自己的王国，享受做王的快乐。

就在这期间，项羽让英布在蔡山筑城屯兵，防止刘邦一旦从上游举兵，顺流直下，会危及西楚大本营。英布自己也乐意在蔡山筑城，因为黄梅（当时为寻阳）蔡山的战略位置重要，是他当草头王的地方、起义的发祥地，又在他九江王的封地之内。他喜欢浔水，第二次在浔水筑城，叫浔水城。六门列市，掘井吃水，附近居民叫古兰城。因为九江王声名显赫，人们也叫九江王城。

九江王城的位置在蔡山脚下，两千年后尚能看出一处明显的圆形台地，长近二百八十米，宽约二百米，面积五万六千平方米。是王城，也是个屯兵城。遗址内有汉代城墙遗角，残高一米多，宽两米。当时高耸的箭楼，城墙上有垛口、墩台，门楼，角楼下设马道，四门通达，便于运送物资。屯兵城有步兵骑兵，江口有楼船水兵，船上建楼三重，木质装甲，列战格，开弩窗、矛穴，置小舟，居高临下攻击或撞毁敌人。那时江口战船阵列，水兵黄帽晃动，旗帜飘扬。英布在王城周边演练兵马，射御、骑驰、战阵，每年秋季要来"都试"，校阅，奖优罚劣。水上舟楫往来，战船百只，行障塞，烽火追房；地上旌旗飘动，金戈铁马，鼓角声声。之前英布在浔水筑的东黟城、西黟城，此时作为九江王城的卫星城。

六、反楚

楚汉战争，项羽征战，向九江王英布征调军队。英布的封王目标已经实现，心愿已足，一心在封地筑城，过安稳日子。他不想再帮助项羽了，先是称病推托，再是拖拖拉拉，最后只派手下人率几千士兵前往。项羽知道这分明是敷衍，心里耿耿于怀，但暴烈脾气尚未发作，只是屡派使者责备。

英布知道，项羽一旦真的生气，只会六亲不认，弄不好自己可能脑袋搬家，越发恐惧害怕，不敢前往。项羽只得亲率三万精兵，从伐齐前线回师彭城，绕到刘邦后面突然袭击。陶醉于彭城大捷的五十六万汉军一败涂地，刘邦仅得数十骑突围。

彭城之战后，汉军不久重整旗鼓，双方进入相持阶段。刘邦找来谋士，问下步计谋。陈平分析：项羽手下第一大将英布，第二大将龙且，第三大将钟离昧，第四大将蒲将军，还有范增等依靠，除掉这几个人，项羽就不难对付了。公元前204年，刘邦的汉军再度威胁彭城，但顾及彭城相邻的九江王，对左右说："谁能替我出使九江，让九江王发兵背叛楚国，牵制在齐地的楚王数月，我便稳获天下了。"

随何请求出使九江，带二十个人前往九江郡，游说成功。英布派人杀掉楚使，宣布投汉。

项羽听说英布叛了，暴怒地派项声、龙且征讨九江王。英布实际上准备不足，被龙且打得大败，只身从小道逃往汉地。

七、淮南王

英布狼狈逃到荥阳，随何领他去拜见汉王。

刘邦想好了怎样收服这个叛逆大将的策略，并不出城迎接。宣英布进见时，鼻头肥大、鼻梁挺直的刘邦故意无礼，坐在床上弯腿在盆里洗脚。

英布想到自己大小也是王，投奔你汉王而来，非但不置酒压惊，何至这等轻待，后悔、强烈的羞辱感让英布怒火中烧，一出刘邦寝殿就要拔剑自杀，被随何夺剑劝阻。

一到刘邦为他安排的官邸，发现一切同汉王刘邦自己的一样，按王者待遇，富丽堂皇。英布大喜过望，这才转露笑脸，高高兴兴住下了。

英布被龙且打败逃亡时，妻儿没来得及带走，这时就派人秘密潜回九江郡去接，回人报告，项羽派项伯收编了九江王的军队，杀尽了英布的妻儿老小。使者带回了英布的故旧，有几千人，刘邦再增拨军队给英布，英布又一路招兵买马，跟刘邦北上至成皋，去会战项羽。几年中攻城略地，成为汉初刘邦立国的三大名将之一。

灭了项羽，刘邦称帝，大汉朝先都洛阳，后迁长安。

从公元前201年到公元前196年，英布总算过了几年当王的好日子。淮南王英布占据九江、庐江、衡山、豫章四郡，这时相当于秦代九江郡全部。英布的岳丈吴芮徙为长沙王。

俗话说，富贵起高楼，王侯筑城墙。英布第三次在浔水筑城，是在蔡山不远的武山湖畔的邬家阅。邬家阅也是江口要道，与蔡山一样，是雷池一艘不沉的战舰。

建王城动用了很多人来版筑土城。所谓版筑，就是两板（版）相夹，板外用木柱支撑住，再将从大别山运来的褐色和浅黄色黏土，掺和沙砾，填入两板之间。还有许多人用杵捣实，这就是打夯。筑毕，拆去木板木柱，即成一堵墙。"凸"形武山王城面积有七万五千平方米，雄踞武山，当时宫殿高楼，街市井然。

英布在这里做一国之主，逍遥快活，只需年年进都城朝见一回。

八、反汉

刘邦生怕功臣老将危及他的帝位，公元前196年，先诛杀了韩信，很快又杀了彭越。这两人一死，英布心里就开始打鼓。刘邦的使者将一碗彭越的人肉粥送到淮南国时，英布正在野外打猎。按规矩，这肉粥他必须得吃。刚吃了一口，便恶心得翻江倒海。惊怒之下，他开始暗中集结军队，调兵遣将，部署自保，并随时关注邻郡动静，有否危急情况，以应付不测。本来，这只是戒备，可是同样有人告发。这个人就是他内府的中大夫贲赫。

刘邦的使者很快来了，显然是来搜集他谋反的证据。内心极度恐惧的英布，想到横竖是个死，与其等待别人下手，不如先下手为强。他立马杀掉贲赫全家，索性公开宣布起兵，反了。

消息传到长安，刘邦召集诸将商讨。薛公说："英布本骊山刑徒，目光短浅，奋力做到王侯，只是为了自身富贵，而不为百姓谋福，也非为后代子孙考虑，轻于去就，没有政治头脑，故必采下策，陛下可高枕无忧。"

刘邦思忖：英布与韩信、彭越并列当朝三大名将，如今韩信、彭越已死，朝廷上下恐怕没有英布的对手，不如亲率大军讨伐英布。公元前195年十月，刘邦与英布在蕲县西相遇，双方会战于甄（今安徽宿州）。汉王和英布遥相望见，远远轻蔑地问英布："何苦而反？"

英布心中冷笑：我若不反，你让我异姓王安稳吗？黥脸抽搐了一下，举起铁锚枪，对刘邦喊道："欲为帝耳！"把对面刘邦噎得不行，勃然大骂英布："反贼，莽匹夫，坑杀你大头小儿。"喝令大战。

英布战败，撤退到淮水。汉军乘胜追击，渡淮突进，势不可当。英布最后只剩下一百余人逃往江南。英布在洮水南北，与刘邦的部将又战两次，皆败，几成孤家寡人。正不知逃往何处为好，世袭长沙王的大舅子吴臣派人来，欺骗英布说吴臣愿意背叛汉朝，与姐夫一起逃往南越，再谋大计。原本与番阳令通婚的英布果然上当，想着也只好如此，追随而去。他没想到大舅子长沙王要用他的人头向刘邦表忠心，以保自己最后一个异姓王国。一天夜里，英布来到庐江郡治番阳县，借住于一农家，吴臣派出的杀手尾随而来，将英布杀死。

一代枭雄、天下猛将英布终于被灭掉。

英布一生，三次筑城浔水，是传奇的一生。沧海桑田，如今，王城早已被历史的尘埃埋没于地下。我们看到的，古城墙像堤坝一样，断断续续，王城遗角以及凸现的圆形台地若隐若现。村民们在附近经常挖出陶片、瓦当、汉砖、五铢钱，还挖出大量箭镝、铜器。遗址内剩下一口汉代古井，市、县政府立了重点文物保护的石牌。

英布死后，身葬英山，今英山与岳西交界的王家界，也叫英布崖。部属将他的首级潜送回王城。曾经项羽的五大猛将之一，曾经与韩信、彭越并列的汉初三杰之一，曾经的双王——楚九江王、汉淮南王，如今但见一丘黄土，满眼荒草，几只鹞鹰在天空盘旋几圈，呀呀地叫了几声，复又归于静谧。

原作载于《今古传奇》2020年总第33期，选入本书时有修改

陶渊明隐居黄梅

长江之北，太白湖中，有一座四面环水的小岛。古代岛上隔水难攻，《黄梅县志》载：明邑人黄景恒、胡君孚、吴之栋等避兵于其上。他们聚众安营筑寨，兵农兼行，舒坦自守，遂名舒城寨。

舒城寨独立水中，距黄梅县城十来公里，在今濯港镇胡牌村前不远的湖边。古代这里处寻阳蔡山与破额山之间，那时江湖相连，茫茫九派，涨水季尽成泽国。史家推断，蔡山产大龟，隔江南岸是崇山峻岭，京城在北方时，朝贡大龟必从水路到义丰，再至破额山下双城驿。舒城寨就是水路到驿站必经的码头寨。

舒城寨海拔 31 米，面积 0.2 平方公里。山不在高，有仙则名。这里二岭联袂，中嵌凹地，整体山形如开卷书册，是一个隐居耕读的好去处。东晋时期，中国田园诗鼻祖陶渊明，曾偕同佛教净土宗始祖慧远大师渡江北上。陶渊明在黄梅舒城寨躬耕隐居，慧远则在舒城寨不远的张家湖，卓锡柘林寺。那时太白湖、张家湖、龙感湖一线，尚是北江主航道，二人水路相交极为近便。

陶渊明（约 365—427），字元亮，东晋诗人、辞赋家、散文家。

陶渊明曾祖陶侃，初任寻阳县散吏，举家从鄱阳迁徙到庐江的寻阳（时寻阳县治在江北古兰城）。陶祖在黄梅蔡山入籍居住应有三十余年。公元 315 年陶侃平定杜弢叛乱有功，被朝廷封为柴桑县侯，食邑四千户。当时立寻阳郡在柴桑，寻阳县治即迁江南，于是陶家从江北寻阳迁往封地柴桑。这段家史之所以志书不详，正是因为县治南迁，江北不记"前情"，江南"忽略"不记而致。后陶侃继立平叛功勋，做到荆、江二州刺史，都督八州诸军事，封长沙郡公。

陶渊明祖父陶茂，早年辞去武昌太守之职。众兄弟中只有他回到偏僻的上辈封地——离柴桑城四五里处的上京里隐居。父陶敏曾任安城太守，母亲孟氏是当时大名士孟嘉之女。陶渊明生于东晋与刘宋交替的动乱年代。从小聪明过人，读书过目不忘，且性格沉稳，双亲视为掌上明珠。六岁和母亲、妹妹随父亲任上读书习武，八九岁能熟读诗书，通晓《论语》，童年过着无忧无虑的生活。好景不长，十二岁时父亲过世，母亲孟氏带着陶渊明兄妹回到寻阳柴桑，靠一些田租维持生计。陶渊明以曾祖陶侃的成功自励，对外祖父孟嘉的文采风度也极为倾倒，常自强不息，秉烛夜读。十八岁时，孟氏见爱子长大成人，命陶渊明北上广陵，投奔陶敏生前挚友谢玄。身为兖州刺史的谢玄热忱安顿陶渊明与自己的孩子一起读书，待机军中任职。谁知谢玄因故溘然长逝。陶渊明似感满腔报国壮志、大好前程顿时化作泡影，遂大碗饮酒浇愁，大病一场，从此饮酒成癖，一醉方休。第一次投军未成，陶渊明回柴桑上京里隐居。宅东池塘边有五棵柳树，好友庞遵称他五柳先生，陶渊明也自号五柳先生。此后数次出仕，数次辞归。最后一次是公元405年辞去彭泽县令，留下"不为五斗米折腰"的千古豪言。儒家的"济世"无望，从此远离名利官场。

一个人，除了挣钱吃饭，总得要一点精神的、灵魂的东西。隐居下来的陶渊明，回归自然，琴书自娱，诗酒风流。他笔下的《桃花源记》，比西方乌托邦式空想社会的伊甸园，要早一千多年。他留下诗歌一百二十多首，《归田园居》是其著名的代表作，成为千古绝唱。

舒城寨，舒城寨，虚城以待。魏晋百余年间社会动荡，仕途险恶，隐逸之风颇盛。隐士，均信奉老庄自然无为，摆脱世俗生活的庸俗和烦琐，娴静寡欲。陶渊明淡泊世事，但不入深山、居岩穴，而是安贫乐道，结庐湖边，临水而居。虽然陶渊明因与佛家的出世观不同而未加入莲社，但不妨碍他与佛家诸贤交朋结友。陶渊明在舒城寨结茅隐居，躬耕陇亩，饮酒赋诗。他还在这里与慧远成为莫逆之交，传为美谈，无亚于虎溪三笑。

舒城寨孤峰突起，风光旖旎。望南天，蔡山与匡庐隔江对峙；回眸北望，双峰山紫光透禅，东山旭日，映出漫天云霞。舒城寨上松林滴翠，望云卷云舒；寨下水天一色，正所谓行到水穷处。这里"临长流，望曾城""天际识归舟，云中辨江树"，远离尘世，终年听不到车马喧腾，看不见人世纷争。这里"采菊东篱下，悠然见南山"，幽静高洁，超然物外，把自己活成一株菊。这里"近瞻百里余，延目识南岭"，水泊山寨，视野寥廓，一只只鹭鸟飞环在自然的怀抱，淡泊高远，无身外之忧。谁不想喧闹的都市外有一片心灵的归宿，谁不想拓宽灵魂的宽度与大自然互通彼此？舒城寨就是理想之中的桃花源，心灵的一方净土。

舒城寨北，临水建有陶公寺，是专为祭祀陶渊明先生的。附近陶河一带的陶姓村民，有家谱证明是陶氏后代。陶公寺规模不大，青瓦红墙，门前一对石狮，旁有香炉。进寺正前方，先生着青衫端坐着，像是考问每一个前来祭拜的人：尔可寻得安放灵魂的归宿了吗？先生的身旁置一把无弦琴，"琴虽无弦意有余"。先生好琴而不谙音律，家中备有无弦琴一张，有其形而不能发其声，常独自抚琴自娱。朋友饮酒聚会时，取琴作抚弄状，悠然自得，乐在其中。别人不解，先生却说："但识琴中趣，何劳弦上声？"心境的共鸣，才是真正的天籁之声。可谓超凡脱俗，故为后人所传颂、景仰。

晚年天灾人祸，生计日蹙，先生更多地接触底层社会，归于道教清静无为思想。公元420年，刘裕称帝，东晋消亡，先生改名陶潜，拒绝任何官方来往。之后染上重病，在离世前写下《自祭文》绝笔。忘年交颜延之私下赠其谥号"靖节"。百年之后，南朝梁代文学家、梁太子萧统收录陶渊明诗文编纂成《陶渊明集》并亲自撰序，本不见经传的陶渊明才声名远扬。陶渊明是寂寞的，寂寞在一个"真"字——真性情、真言语、真行为。不随波逐流，守住内心的寂寞，别让心灵蒙尘。守着他的精神家园，将种豆、采菊、饮酒、睡眠、行路、乞食等日常生活和草木、片云、飞鸟、鸡鸣狗吠的日常景物诗化，甚至将死亡也诗化，谁能说这寂寞不是一种美丽，不是诗意地栖居？

不废禅名万古流

　　阳春三月，我们来到黄梅苦竹口，探访黄梅走出的一代文学巨匠——废名。沿山公路去往后山铺，那里有个冯家大墩，山前路旁有十七八棵樟树围成一团，很是显眼。樟树下是一块墓地，这里安葬着先生夫妇和他的父母。

　　望先生墓侧，沿山一带东有五祖寺，中有老祖寺，西有四祖寺。这里是佛教祖庭，世界禅都，佛音远播。正是春暖花开，禅宗发源地紫云腾空，一枝一叶，步步禅机。先生墓周，一望无垠的油菜花盛开，满垄满畈金灿灿的，浮黄溢彩。霞云弥漫中，仿佛看到先生一如当年参禅，盘腿打坐，在佛光里……

一

　　废名（1901—1967），原名冯文炳，字蕴仲，著名文学团体语丝社成员，师从周作人，是现代诗化田园小说重要奠基人，文学史上被视为"京派文学"的鼻祖。

　　废名是先生的笔名，出自杜甫诗句："尔曹身与名俱灭，不废江河万古流。"先生是独特的。人们称先生是中国现代极具个性的小说家、散文家、诗人以外，还是著名的文体学家。先生的小说以"散文化"闻名，将六朝文、唐诗、宋词及现代派观念熔于一炉。

　　"取非常笔名，著独特文章。"结果他成功了，成为20世纪中国文学史上最有影响力的作家之一。不仅仅是文体探索的成功，也不仅仅是语言意境诗化的成功，更内在的，还得益于禅。

二

　　禅都黄梅，养育出文学大师。先生1901年出生在黄梅县城小南门。隋唐以来，黄梅早已是佛教兴盛之地。五祖弘忍本是当地人。佛教禅宗六大祖师中有三位在黄梅建寺和修行。禅宗祖师传说在黄梅家喻户晓。先生六岁入私塾，十二岁进县八角亭高等小学读书，出生和生活在佛教氛围浓烈的禅境之中，经常能到庙里去观法事。《五祖寺》一文里记述："五祖寺是我小时候所想去的地方。在大人从四祖、五祖带了喇叭、木鱼给我们的时候，幼稚的心灵，四祖寺、五祖寺真是心向往之。"事隔四十年后，先生仍清楚地记述，小时候大病一场，病愈，祖母带他上五祖寺敬香还愿时的情景。十七年的家乡生活，让先生产生了对禅宗的鲜活情感，并深深储存在他的禅心之中。

佛学大师启发了先生的禅文化基因。1916年，先生到武昌启黄中学读书，开始接触新文学。1917年，先生进入湖北省第一师范，深受五四青年爱国运动和新文化思潮的影响。毕业后他在武昌完全小学任教，业余学写白话诗，开始与周作人通信。1922年考入北京大学预科英文班。在北大，结识了大名鼎鼎的胡适，在胡适主编的《努力周报》上发表文学作品。胡适当时正在研究中国禅宗史，对来自禅宗发源地的废名自是十分感兴趣，常邀他到家里喝茶聊天儿，谈禅论道。有一次，胡适突然问："你们黄梅五祖寺到底是在冯茂山还是冯墓山？"先生凭儿时记忆作答。在与大师交谈中，他眼界大开，认识到家乡黄梅在历史文化上原来如此重要，开始自觉研读佛禅学问。周作人也有深厚的佛学功底，他不仅在北大国文系讲授佛教文化，还常自诩为"在家和尚"。先生作为周作人的四大得意门生之一，对周作人的庄禅式艺术人生崇尚不已；周作人也为废名多部作品题写序言。大师们对佛禅的兴趣，提醒且激活了从小潜藏在先生心中的禅。

三

禅意入文章。1925年，先生24岁，即以"废名"为笔名，出版了第一本短篇小说集《竹林的故事》，描写乡间一些平凡人、平凡事。《浣衣母》描写一个寡妇做的一些小事，展示的大爱。《阿妹》以自己七岁小妹为原型，写小小心灵的创伤。《竹林的故事》写一个善良可爱的卖菜姑娘。以后陆续出版有《桃园》《枣》《莫须有先生传》《莫须有先生坐飞机以后》等。作品背景多是乡村故乡的田园风光，讲述故乡浓郁乡土气息的风俗民情，在徐缓抒情的文字中展示故乡普通劳动者的平凡故事。乡民村姑、学童老妪，都是心地善良的小人物。先生特别专注于人物内心光明美好的一面。他塑造了一个个天真烂漫、纯洁可爱的儿童，他们在青山秀水间嬉戏玩乐，心无杂念，不染尘俗，浪漫无忧，稚嫩无瑕；他笔下的农村少女，各有各的不幸，但都童心未泯，美丽恬淡，她们纯真的内心可以净化任何不洁的念头；就连长工等更为不幸的人，也都把辛酸压在心底，忠厚勤恳，在平凡人生中展现皎洁的人性光辉。

读先生的小说，没有惊心动魄的争斗，也没有悬念迭起的情节，都是以心平气和的超然观察者的角度，把过滤了的喜怒哀乐轻轻融入风物景致和人物命运之中。人物的不满和怨恨是淡淡的，爱憎和忧虑平静地展示在一组组生活画面里、人物命运里，含蓄而不直露。一切与自然和谐，非常宁静。淡化故事情节，却淡而有味，人物在逆境、苦难中平静、向善，人人顿悟成佛，正是佛教禅宗的宗旨。

这就是禅味。

四

先生的墓很平常，处在山脚下的田塍畈地里。一如先生的作品，是一种清远空蒙的田园牧歌风味。先生的人生理想和艺术追求都是诗意化的。

长篇小说《桥》以造境为主，融禅于境，是先生花十年光阴精心打造的东方理想国。这篇代表作里，写小林、细竹、琴子三人嬉戏游玩、习字读书的情景。以童心观点，随意点染。优美的田园山水，稚气的谈书论画，新颖奇特的思考，故乡的寺庙、驿桥、亭塔，山水风景、自然风光、乡风民俗，都营造出了美丽意境，都与佛教"借境观心""境就是心"相通。实境虚境，虚实相生；动境静境，动静结合；心境物境，"景由心造"。读《桥》要懂废名孤独、内敛、封闭的性格。《桥》大量使用坟、落日、箫、孤雁、风铃、碑、树荫等意象，造成一种神秘、清幽、孤寂的气氛，超脱的意境。文趣、情趣，都赋予了禅理禅趣。小说充满远离尘世的安逸、闲适的情调，蕴含深刻的寂寞伤悲。周作人的艺术趣味，追求平淡中见真意，废名是周作人最忠实的传人和崇拜者。他以简洁质朴的语言，写出悠远深广的意境，真情留恋故乡民间文化、乡民人生中的和谐与善良，微微叹息蕴藏其中的落后与愚昧。《桥》就是去除污染、回复本心、解脱苦难、抵达彼岸的空灵之塔。

《桥》的文章之美，在文坛独树一帜。它是典型的诗化小说，一字一行皆成画。通过乌托邦式的唯美描绘，勾勒了一个美丽、宁静、朦胧、梦幻的仙境、世外桃源、东方伊甸园、东方理想王国。它是一组优美散文，由数十篇可独立成文的山水小品连缀而成，开掘了牧歌式田园小说。用诗歌散文腾挪跳动的笔法写小说，从沈从文到汪曾祺,都受他的影响。先生也坦言自己写小说,很像陶潜、李商隐写诗。小说中找不到一句废话,也找不到可有可无的字或词。从《桥》里读到唐诗的意境、宋词的理趣,更为浓重的是庄禅趣味的玄学色彩,它就是一组禅境,体现为对自然、对人生的直觉与顿悟,多少年也读不尽先生的禅意。

五

先生的外貌——短短的平头,瘦削的脸,深陷的眼,眉棱骨奇高是最特别处。周作人回忆废名"貌奇古,其额如螳螂,声音苍哑,初见者每不知其云何"。装束常是黑皮帽,呢大氅,驼绒袍,像个拘谨的商人。也许是研究佛典的缘故,先生性格内向,不太与人交往。口音很低,好像喉结间腻有许多痰,说话时还不住地摇着他的脚。在北大当教授,与佛学权威熊十力同住二道桥。二人为黄冈同乡,是朋友又是论敌。常于一起辩论佛事,证自己懂佛,说自己无误。先生称自己"禅宗大弟子""佛就是我,我就是佛,谤我就是谤佛",激烈时以至于二人扭打一处。第二天,又照常凑在一处争论。

他把自己变成一个虔诚的佛教徒。生活成了他修行的过程,修行成了他人生的第一要义。每天要像和尚那样打坐两次,每次打坐习静要两小时。跌坐少顷,便两手自动做种种姿态,研佛修禅胜和尚。常人看来显得言行乖张,动作怪异,是怪人、怪杰。1937年,日寇占领北平。废名"跑反"和奔母丧、辗转回到故乡黄梅,直到九年后才回北大任教。他对熊十力的佛学研究专著《新唯识论》不以为然,1938年于黄梅老家写了《阿赖耶识论》。后来执教的县中学,在抗战时就搬到了五祖寺,先生就住在观音堂楼上。再后来学校又搬往南北山,也是在寺庙里。据说有一次,先生正在帐中打坐入定,一股热气往外直喷,被一学生冒失撞见,他悄悄嘱学生别往外说。先生相信人人可成佛,可成圣人。

读废名的书,要读点禅,就不那么"晦涩"难懂了。长篇自传体小说《莫须有先生传》,写先生在1927年至1928年间,为抗议张作霖在北平的倒行逆施,在北京西山一带的隐居生活,如《堂吉诃德》一般,历尽艰难却毫无怨言。独特的文体,几乎没有什么情节,注重人物的意识流动和思维的瞬息变化,语言之间停顿和跳跃(诗的特征),加上漫发议论,人们说像天书般佶屈聱牙,奇僻生辣,深奥难解,未能卒读。先生的"标新立异",远离中国现代文学的主潮,成了文学史上名气大、读者却不多的一个另类，成了孤绝的海岛。再版时，从读者到编者、出版商一致要求废名作序说明。读他的作品终究如倒吃甘蔗，越嚼越有味，还是空蒙淡泊的禅味。

《莫须有先生坐飞机以后》，写抗战时期作者回家乡黄梅的乡居生活。记录了家乡劳动人民的真人真事，展示了家乡的山水景致和乡风民俗。语言变得明快通透，淡化情节则一如既往。看似事事罗列，大段议论令人窒闷，实在人生百态，证悟佛理。平淡的生活画面里，作者超脱的人生态度与禅意隐藏其中，是悟道之作。

六

废名先生的现代诗也独具风格。许多诗可说是我国现代最早的朦胧诗。还是因为晦涩，当时不为人注意。如他的《掐花》一诗："我学一个摘花高处赌身轻／跑到桃花源岸攀手掐一瓣花儿／于是我把它一口饮了／我害怕我将是一个仙人／大概就跳在水里淹死了／明月出来吊我／我欣喜我还是一个凡人／此水不现尸首／一天好月照澈一溪哀意。"在一种梦幻般迷离的意境中用仙境与凡尘的时空交错，表现人对生死命运的感悟，将清静本心的人生旨趣化为清幽空寂、适意淡泊的诗境。先生对新诗的贡献，一是散文化倾向，二是以禅入诗。朱光潜说废名是李商隐之后现代能找到的第一个朦胧派。

1952年，废名远赴东北人民大学（后改为吉林大学），成为中文系主任，以及吉林省文联副主席、政协常委。他写了大量诗作和研究专著，《跟青年谈鲁迅》为胡乔木所肯定的一部好书。"文化大革命"开始，身患多种疾病的废名教授身心交瘁，于1967年悄然走完66岁的人生。

废名先生每遇人生抉择必回家乡，最后一次回家乡黄梅是在病逝之后。按遗嘱，骨灰送回故乡，安葬在黄梅后山铺。经过长达半个多世纪的寂寞，"废名"之名未废，终究占据了文学史上的重要地位。先生的禅意文章，万古流长。

原作载于《东坡文艺》2016年第4期，选入本书时有所修改

清廉第一汪静峰

黄梅挪步园，松杉掩荫，鸟语穿谷，飞泉流响。有一处供奉汪公的可受祠，现在也叫巢云寺（一说巢云庵）。

山坪寺旁，古柏遮天蔽日，顿感清凉。寺内，汪公塑像着朝服端坐，上方高挂皇帝亲书的匾额。

汪可受（1559—1620），字以虚，号静峰，黄梅县下新人。他生于一个书香之家，二十一岁中举，次年中进士；师从石昆玉、李贽。汪可受为官四十年，从县令升至兵部侍郎，是明朝著名的清廉官员，民间几乎传之为神。

一、抬箱石头回故乡

传说，万历四十七年（1619年），汪可受告病辞官，终获恩准。当他谢恩回乡时，有人看到随行脚夫抬着十二口大箱，疑是金银财宝，速报皇上追回。金殿开箱，众人惊呆。原来里面全是书籍和随身衣物，有两箱还是砖石。

皇上也惊奇："汪爱卿一贫如洗，为何装富呢？"

汪公回答："臣为官四十年，如空手而归，百姓会说皇上刻薄，多几只箱子也好为皇上衬个体面。再说臣爱书如命，舍不得丢掉。几块砖石，是修城克敌的纪念。臣御敌未竟，病好仍当为国效力。"一席话说得文武百官个个动容。皇上当即赠给黄金白银，他坚辞不受，只乞一挪步之地养老。

皇上恩准，并亲书"天下清廉第一"，匾额至今挂在挪步园巢云寺汪公塑像上方。

二、报恩典故金华猴

江浙金华，山村有一群顽童虐待猴子，猴子吱吱惨叫。过路一老乞丐于心不忍，拿出仅有的一点钱救下，让猴跟着自己相依为命。猴乖巧异常，老乞丐教它演戏，摆场能赚些钱。另一乞丐羡慕得不得了，把老乞丐灌醉，于一座破窑里将其打死，牵着猴子四处要钱。

一天，汪静峰外出，那猴见来了鸣锣开道的知县，咬断绳子跑到轿前，做出喊冤告状的模样。汪静峰心知有异，跟随猴子径直到废窑里，找到乞丐尸首，一桩凶案大白，凶手得到应有惩罚。让人意想不到的是，知县买棺焚化乞丐尸体时，那猴纵身一跃，跳入火海随主人而去。

这个凄美的故事，与汪公同朝为官的朱国祯最早写进《涌幢小品》，清朝王言写入《圣师录》，里面有许多动物报恩的故事。后来著名的笔记小说专家张潮又编入《虞初新志》，成了中国文化史上一个重要典故。

金华还有另外一个轰动天下的王孝子案，汪静峰参与了会审。杀人抵命，汪静峰不忍判处为父复仇的王孝子死刑。这位孝子以一头碰死在公堂上的方式了结此案。汪静峰大为感动，写了《王孝子传》流布天下。

两桩事迹后，汪静峰便以青年才俊、善断刑狱而闻名朝野。

三、才优干济第一廉

汪静峰爱民重教，以廉能著称，不断得到旌表和擢升。

二十岁出头初任金华县令。时土地兼并剧烈，赋役负担不均。他响应清丈田亩，清浮漏之田逾万计，厘正虚粮，均平赋役。又顺应民意，徙建儒学。在任六年，政声卓著。明神宗颁敕：才优干济，志励清修，兴学有功于誉髦。二十八岁升任礼部主事，授员外郎、郎中。

三十三岁升任吉安知府，力行法治。推行"一条鞭法"，下令行丈量法，田乃得均。修复被洪水冲毁近半个世纪的白鹭洲书院，并为书院制定《馆例》规制，聘名师主讲。自己躬监督课、讲学，寒暑不辍。朝廷旌表他"廉明而有至惠，治状直追古人"。升山西提学副使，迁江西右布政使。在担任山东右参政、霸州兵备道时，不改操守，御史荐举"贤能卓异"。升山东按察使，专事漕河四年，生活艰苦，手头无半点积蓄。

五十岁升陕西右布政使，捐献俸禄，募修著名的关中书院，复为书院置公田，延请名师，"联镳会讲"。当时士子云集，影响巨大，成为当时与江西仁文书院、无锡东林书院并称的"三大书院"，开创了此后三百年陕西讲学的典范。1610年初被奏举"清廉异等",此后快速升迁。三月升顺天府尹,两个月后再迁为都察院右佥都御史,敕遣巡抚大同。在大同,他力排众议许贡市,安少数民族,避免了抢掠和战争危险。又升兵部右侍郎、蓟辽总督。

著名的萨尔浒之战,明朝与后金命运翻转。努尔哈赤崛起,辽东屡战屡败。担任直接军事指挥的辽东经略下狱论死,参与共同制订军事作战计划的地方总督理应负有主要责任,并已遭廷臣多次弹劾,汪静峰本人也几次引罪或引病乞休,但神宗信任如常,令汪公供职如故。直至1619年告病还乡,次年卒,皇谕葬黄梅县张林镇茅栗山,有神道碑,在柘林铺右。朝廷仍赠官加恩,授兵部尚书,旌表天下第一清官。其"幸运"是中国古代史上少见的。

四、《聊斋志异》汪可受

自古百姓拥廉能。汪静峰任职所到之处,百姓都以不同方式纪念他。金华北山的赤松观旁,建有汪公祠堂。吉安士子为他在白鹭洲书院立生祠。吉安庐陵为他立有明德祠。江西青原山五贤祠旁祀明代宦官十八人,其中之一是汪公。江南道教圣地武功山,当地百姓将汪爷称为"王爷",专门安一尊王爷大佛,同如来佛、弥勒佛一起在寺庙大殿里供奉。武功山鹤峰寺后,民众修建祭坛,称为汪仙坛,世代祭祀。清初,大文学家蒲松龄收集民间故事,在他的旷世名著《聊斋志异》第十一卷里,专写"汪可受"一篇,说湖广黄梅县汪可受能记三生的故事。汪公故事愈传愈多,愈传愈神。

五、黄梅乡愁是禅关

挪步园茶场后山,离汪公祠不远,有汪公晚年著书的地方——修书洞。一块大石头立在石洞前,上刻:功名石,旗开得胜,马到成功。想必是汪公卜居时激励子孙而言。

其实,汪公本一读书人。他是当时著名的哲学家李贽的门徒,曾多次面见李贽,聆听教诲。李贽因所谓"异端"思想在狱中自尽后,官方及舆论都对汪公极为不利。在京为官的汪静峰毅然和几位同学一起筹资为老师立碑,并亲笔写了一篇《卓吾老子碑》赞颂李贽,显示了应有的风骨。汪公所到之处重读书,不但徙建、修复、兴建学堂书院，还亲自讲授督学，并为书院建章立制，置田以图长远。及至晚年仍耕读不止，据说对山水道经颇有研究。他是诗人，是学者，著有《道心亭说》《下车草》。

其实，汪公信佛，习禅好静。汪公出生于佛都禅源黄梅县，此处"十里三座庙"。早于汪公千年前，印度千岁宝掌和尚就漂洋过海，寻来挪步园毗邻的紫云山结茅为庐，后称老祖寺。相传，汪静峰幼时读书黄莲咀，丁忧回乡，"于黄莲之洲堤而耕之，创丈室，因号黄莲居士"；1608年洪水决堤，入城居住，以长斋谢客，独掩一室，礼佛求忏悔。可见，汪公在家很早便礼佛修行。在金华期间，他还主持重修了智者寺，方志有载。

黄梅俗话，无官一身轻。汪公曾上疏："臣生不愿封侯，死不乐祭葬，愿老死丘壑，作一带发头陀足矣。"退养后，汪公开山挪步园，果真于老祖寺辟室习静，是佛教的在家弟子，法号"道森"。他请僧灌园，住老祖寺，自己现身说法，并为老祖寺题额。《黄梅老寺中山志》载：汪静峰为老祖寺之龙峻寺题"红岚清境"四字额。这些布施，对老祖寺的传承发展，都是最大的护法。他修建巢云寺，请僧万辉住庵传承；延请华严宗名僧雪浪的弟子石门大师讲法，主巢云，前后七寒暑；还请好朋友、晚明四大师之一的憨山大师来巢云讲法旬日，每日里谈经论道。木鱼清悠，清香缕缕。巢云寺周边有汪公晚年躬耕的茶园。

月印禅心，风生道骨。修禅打坐，讲究一个静字。我常想，汪公的号为何叫静峰，是早就预示静修家乡的山峰之上吗？汪公早有一首《游紫云山》："半醉人扶马镫斜，吟鞭敲落海棠花。螺川刻示匡湖序，偕隐怡怡萼不华。"

国学大师汤用彤

黄梅一中的校园里，有一幢特别建筑——汤用彤纪念馆，是深圳黄梅商会及社会各界筹资兴建的。

汤用彤（1893—1964），字锡予。祖籍湖北省黄梅县，是中国佛学家、哲学家、教育家、著名国学大师。曾任北京大学校务委员会主席、北京大学副校长，首届中国科学院哲学社会科学部学部委员。

学贯中西 熔铸古今

汤用彤从清华学堂（今清华大学）毕业后留学美国，在汉姆森大学、哈佛大学深造，与陈寅恪、吴宓并称"哈佛三杰"，获哲学硕士学位，回国后一直当教授。从1930年起执教于北大哲学系，长达30多年，成为20世纪北大人文学科中最为重要的几位台柱式人物之一。他通晓梵语、巴利语等多种外国语言，熟悉中国哲学、印度哲学、西方哲学，研究佛教和哲学，是现代中国学术史上为数极少的几位学贯中西、接通华梵、熔铸古今的国学大师之一。

汤用彤毕生的学术探索主要集中在中国佛教、印度哲学、魏晋玄学领域，突出致力于佛教史的研究。著名成果是《汉魏两晋南北朝佛教史》，胡适评价是"最有权威之作"。此书详细介绍了中国佛教各个学派、宗派的兴起和衰落过程及其原委，科学阐明了佛教从印度传入中国的历史发展过程及其特点，对佛教史料中关于佛教传入汉族地区的时间、重大事件、佛经传译、重要论著、著名僧人的生平、宗派与学派的关系、佛教与政治的关系等，作了严谨的考证和解释，从而开辟了中国佛教史研究的新纪元。他的学术业绩树立起国学界一个里程碑，学术成就获得中外学者广泛称赞。

汤用彤研究玄学、哲学领域，著有《魏晋玄学论稿》《印度哲学史略》《隋唐佛教史稿》，还对佛教史书《高僧传》进行了校注，广搜精考，系统研究，对中西印文化与哲学思想研究有独到造诣，提出了至今仍熠熠生辉的真知灼见，这些著作出版几十年后仍为学术界公认的权威性著作，为后人研究中国哲学思想开辟了道路。

季羡林评价："太炎先生以后，几位国学大师，比如梁启超、王国维、陈寅恪、陈垣、胡适等，都是既能熔铸今古又能会通中西……我认为，汤用彤（锡予）先生就属于这一些国学大师之列。"

素位而行 随遇而安

黄梅人，受黄梅佛都氛围影响，成功的大师有两个，一个是文学大师废名，一个就是汤用彤。

汤用彤父亲汤霖，光绪十六年（1890年）进士，其后在甘肃多地任知县，所以汤用彤随父任出生于甘肃渭源县。汤霖最喜欢用黄梅乡音吟诵庾信的《哀江南赋》，并教育后代"事不避难，义不逃责，素位而行，随遇而安。毋戚戚于功名，毋孜孜于娱乐"。这成为汤家的家风。

汤用彤既秉承家风，又秉持佛教的五戒十善。

1945年胡适接任北大校长后，有一段时间留美未归，西南联大三校分家、北大复员回北京，事多且杂。代管校政的傅斯年又长期在重庆，委托汤用彤处理复员事务。困难重重，他只得以"事不避难，义不逃责"为北大尽力。后胡适回北大常常有事去南京，又常托汤用彤管管，汤用彤也就帮忙做做而已。多年的北大哲学系主任、文学院院长，处处淡然。及至后来为校务委员会主席、副校长，也都很低调，一心教书做学问。

对金钱全不放在心。1946年中央研究院历史语言研究所在北京成立办事处，傅斯年请汤用彤兼任办事处主任，并每月送薪金若干。汤用彤全数退回，说："我已在北大拿钱，不能再拿另一份。"全部家产就是七万册图书，后来其子汤一介先生全部捐给了北大图书馆。

钱穆在《忆锡予》文中说："锡予之奉长慈幼，家庭雍睦，饮食起居，进退作息，固俨然一纯儒之典型。"治学严谨为公认的少见。不趋时，不守旧，他的著作成为研究中国佛教史的经典性著作。除了做学问外，汤用彤并无其他嗜好。不饮酒、不听戏，琴棋书画全然不通。为人一团和气，聚会不喜欢参与争论什么，寄心弦远，一生遵照古训"素位而行，随遇而安"。

朋友们给汤用彤取了个绰号，叫"汤菩萨"。

汤氏一门 两位大师

汤用彤之子汤一介（1927—2014），著名哲学家、哲学史家、哲学教育家，曾任北京大学哲学社会科学资深教授、博士生导师、中国哲学与文化研究所名誉所长、中央文史研究馆馆员，还曾担任中国文化书院院长、国际儒学联合会顾问《儒藏》编纂中心主任和首席专家，获北京大学哲学系哲学教育终身成就奖、孔子文化奖、吴玉章人文社会科学终身成就奖，足见其学术地位与声誉。

汤一介从北大哲学系毕业，早年即当父亲汤用彤的助手，子承父业，研究补充了汤用彤魏晋玄学，与父亲汤用彤共同构建了魏晋玄学的理论构想。后来将研究领域扩大到儒释道，致力构建中国传统哲学的理论体系。提出中国哲学常以"天人合一""知行合一""情景合一"三个基本命题表达真善美，佛道儒都是以"内在超越"为特征，分析了内圣外王的传统政治哲学。主要著作有《郭象与魏晋玄学》《中国儒学史》《早期道教史》《中国传统文化中的儒释道》等。在国内外哲学界产生很大影响，为哲学研究史上不可不读的著作。与道教之道藏、佛家藏经相应，中国缺乏一套儒家著作的总汇。2003年，教育部批准汤一介先生倡导的《儒藏》工程立项。把儒家典籍收集整理成一大文库。这项工程，中日韩越等国500人参加编纂。汤一介任《儒藏》编纂与研究重大专项首席专家、总编纂。

汤一介的夫人乐黛云，北大毕业，是北大教授、博导，也是文学家。曾任北京大学比较文学与比较文化研究所所长，国际比较文学学会副会长，著有《比较文学原理》等，是公认的中国比较文学拓荒者，曾担任中国比较文学学会会长。与汤一介是"未名湖畔的两只小鸟"，夫妻情深成为燕园佳话。

汤一介反对人们称他为国学大师。他说大师应有一个思想的理论体系，自己只是哲学的一个思考者。2014年9月9日，就在汤用彤纪念馆开馆前一天，汤一介先生在北京逝世，没能回黄梅主持开馆仪式。

人们为黄梅汤氏一门出了父子两代国学泰斗而感慨，而钦佩。

汤用彤纪念馆将激励后人发掘禅文化、弘扬国学，成为永久的教育基地。

原作载于2016年6月10日《楚天声屏报·黄冈周刊》，选入本书时有修改

第四章 人文高地

黄梅东山东坡亭

禅宗天下祖庭五祖寺，在山门通往寺庙的东山古道上，茂林修竹之中，有一处叫作山塔湾的地方。这里墓塔林立，称为东塔林。宋元两代五祖寺的住持和名僧圆寂后，多葬于此处，立碑建塔。

东塔林中有北宋初期的师戒禅师，陕西人，是五祖寺历代名僧之一。据说在他住持五祖寺的20多年间，重振祖庭，僧侣达800多人。师戒禅师是在江西大愚圆寂的，后来僧徒从大愚取来他的舍利建墓塔。奇的是，他的塔前却有一座石亭，是东坡亭。

苏轼，字子瞻，号东坡居士。中国历史上伟大的文学家、书法家、画家。世界十二位千年英雄之一的苏东坡，与五祖寺、与师戒禅师有什么过往吗？

还真有。旧《黄梅县志》载：师戒墓塔前有石亭，为苏子瞻所建，今称东坡亭。

这里有一个东坡前身为五祖戒和尚的典故。《居士分灯录》记载：苏东坡的母亲刚怀他的时候，梦见一位身躯瘦削、一只眼失明的出家人，后来就生下了苏东坡。数年后，在高安为官的弟弟苏辙也与佛教有缘，常与寺庙的法师一起论道参禅，来往非常亲密。有一天夜晚，苏辙与云庵和尚、聪和尚同时梦见三人一起出城迎接五祖寺师戒禅师。翌日三人正在交谈共做一梦时，苏东坡刚巧到来拜访。苏东坡得知后也很惊讶："我八九岁的时候，常梦见自己身为和尚，往来行化于陕右一带。"三人更惊奇："师戒禅师也是陕右人，晚年来游高安，五十年前圆寂于大愚。"细问苏东坡当年刚好四十九岁，又恰合苏东坡母亲所梦一只眼失明的出家人。众人乃悟，苏东坡前身即是师戒禅师。自此，苏东坡常自称戒和尚。

苏东坡与佛教渊源深厚。《子由生日》诗中写道："君少与我师皇坟，旁资老聃释迦文。"少年即读佛书，习禅定。至"乌台诗案"被贬黄州，生计颇成问题，公余带家人开垦于东坡。经此一劫，心灰意冷，觉得自己"道不足以御气，性不足以胜习"，唯有归诚佛僧，才是自新之法。因此常去附近的寺庙打坐，自号东坡居士。打听得邻近的蕲黄有名闻天下的禅宗古刹东山五祖寺，便常来五祖寺礼佛。每次来到东山，五祖寺住持——弘忍大师嫡传、临济宗黄龙派弟子智清禅师奉为上宾。苏东坡在五祖寺焚香默坐，深自省察，良久自觉身心皆空，物我两忘，染污自落，精神怡然。闻听得法泉池那边一丛山溪叮咚有声，流路通透，顿然悟禅，遂挥笔题下"流响"二字。此后写有一系列上乘禅诗。

苏轼文名斐然，每当在黄梅东山小住几日，周边文朋诗友风闻而至。许是怕伤了寺庙的清静，抑或周知苏大学士与师戒禅师的典故，文友们商量着就在东山之东，山门古道旁、师戒墓塔前，搭建了一座茅棚，供苏东坡在这里结社会友。苏东坡的岭外诗描写几次被贬的情形，恰似这个东山茅棚："父老争看乌角巾，应缘曾现宰官身。溪边古路三叉口，独立斜阳数过人。"大家在这东山的佛光禅风中吟诗作赋，相互唱和，好不畅意。一时间，黄梅东山茅棚成为当时文坛响亮的名字。后来明代僧人龙泉在这里建起石亭，就叫东坡亭，清同治中期坍塌。

苏东坡在五祖寺所题"流响"二字，熟悉的苏体，镌刻于东山通天路口的潭石上，遒劲而有韵味。千年之后，黄梅诗词仍绵延东坡之风，诗社的名字就叫"流响"诗社，诗风愈盛。苏东坡成就了黄梅，黄梅县获取全国第一家诗词之乡的桂冠。东山五祖寺禅师给苏东坡指点迷津，黄梅也成就了苏东坡。有苏东坡游五祖寺时的一首《登白莲峰》为证：

登岭势巍巍，莲峰太华齐。
凭栏红日早，回首白云低。
松柏月中老，猿猴物外啼。
禅师吟绝后，千古指人迷。

原作载于《文峰黄州》2019年总第12期，入编中国文史出版社出版的《苏东坡黄州逍遥游》，选入本书时有修改

第四章　人文高地

寻阳屯田
——吕蒙、黄盖、诸葛恪在黄梅

茫茫彭蠡大泽，襟江带湖。浔阳江、大雷水千年冲积，大片大片肥厚无主的洲地。

一群失去城邦的古寻国人，在今天的黄梅县西南、江北向阳的地方，寻找到大片荒芜的泥沙地，安身落户。英山黥面人黥布攻下咸阳有功，被封为九江王，在浔阳江北筑起浔水城，沿太白湖还筑了两个卫星城，叫东黥城、西黥城。

当年的九江，不是今天的九江城，所谓"茫茫九派流中国"，是长江主道、汊道、大河小港、百十道纵横交错的水流，以及大水冲积成的沙洲。两千多年前，西汉于浔阳江两岸设立了一个县，叫寻阳县。寻阳县城就在今天黄梅县境内的蔡山。公元前106年，汉武帝南巡，就是从寻阳过彭蠡渡江。三百年后，东吴孙权部将周瑜攻占寻阳。

吕 蒙

公元208年，孙刘联军破曹，置蕲春郡，辖寻阳。东吴偏将军吕蒙，兼任寻阳令。

吕蒙（178—220），字子明，汝南（今安徽阜南）人，东汉末年名将。少年依附姐夫入伍，为孙策看重，以战功累拜别部司马、平北都尉、横野中郎将。208年随周瑜破曹，夺江陵，为孙吴控制了长江中游地带，以功任南郡太守、偏将军，兼任寻阳县行政长官。

秦汉法令，万户以上的县，长官称县令，秩六百至千石；万户以下的称县长，秩三百至五百石。县令本来直属国君，战国末年才属于郡。汉末中原战乱，东吴攻占的寻阳，又被曹操夺占。曹操恐寻阳又为孙权占领，令江北居民北迁。居民惊恐，十万户渡江南徙，江北寻阳遂成荒废无主土地。随即，周瑜又占寻阳。为解军粮之难，开始在寻阳屯田。

屯田，自西汉始。文帝以罪人、奴婢和招募的农民戍边屯田。汉武帝发大批戍卒屯田边陲。三国时期，政府将荒芜的农田收归国有，以士兵和招募流亡百姓及掳获的劳力耕种，征收田租。屯田制分民屯、军屯。民屯五十人为一屯，屯置司马，其上设典农都尉和典农校尉；屯田农民不服兵役，收成与国家分成。军屯，士兵六十人为一营，且佃且守，边戍守边屯田，有的士卒家属随屯；士卒也纳些地租。

吕蒙从一开始兼任寻阳令，即负屯田使命。寻阳从吕蒙开始屯田，为吴魏激烈交战就近供应军粮，是孙吴淮南江北一大屯垦区。

寻阳居民东渡南移，空出辽阔而又肥沃的土地，成了孙吴屯垦的好地方。可是江东地广人稀，屯田劳力只有靠战争掳掠。214年，吕蒙献计孙权速取皖城，并率兵征战成功，拜为庐江太守。《三国志·吕蒙传》载："所得人马皆分与之，别赐寻阳屯田六百户，官属三十人。"

吕蒙获赏赐后，回寻阳屯田。此时，庐陵贼兵作乱，留守诸将数击不能擒。孙权说：凶猛的蛰鸟，纵使有百只，也不如一只大雕。令吕蒙至，手到擒来。同一年，孙权又派吕蒙都督两万兵马，智取长沙、零陵、桂阳三郡，赐寻阳、阳新为吕蒙食邑。

寻阳成为吕蒙的世禄封地，自然以寻阳为家，建宅入籍，是为地道的黄梅人。

此后，濡须之战，吕蒙为都督再破曹操伐吴。白衣渡江，吕蒙袭取荆州，关羽败走麦城，后被斩杀。吴国巩固了对江南地区的统治，吕蒙被封孱陵候，还获得了巨额的奖赏。可惜突然发病，不治而卒，年仅四十二岁。未亡之际，将毕生所得赏赐金宝，尽交国家，嘱家人丧事简约。孙权哀痛不已。

黄 盖

相传，吕蒙之后，由黄盖接任寻阳令。

黄盖生卒年不详。祖上有黄子廉曾为南阳太守，后家族分离，少时成为孤儿，尝遍了困苦和卑贱。但黄盖自学读书，以铁鞭为兵器，习兵法。起初任郡吏，经考察后被推举为孝廉，被征调到三公官署；跟随孙坚南击草寇、北打董卓，拜为别部司马；后随孙策平定江东，立下汗马功劳。黄盖善训士卒，所部勇猛善战，为江东三代老将。赤壁之战时，献计火攻，系有著名歇后语：周瑜打黄盖——一个愿打，一个愿挨。此公愿受苦肉计往曹营诈降，成赤壁之战破曹的主功臣，官至偏将军。

黄盖以武功晋职，凡有不愿归服孙吴或有寇贼作乱的县份，总是黄盖去那里做地方长官。前后任职过九个县。转任寻阳县令，还是因为屯田。

黄盖兼任寻阳县令，抑豪强、济贫弱，一县平安稳定；又不辱没使命，在寻阳屯田最多。今天的黄梅下乡一带仍称某某营为村名的，如程营、戴营，定然是以三国吴营将领而得名。

黄盖病死于任内，东吴一国，特别是寻阳人，很是思念他。孙权追论他的功劳，赐黄盖儿子为关内侯。

诸葛恪

黄盖之后，来寻阳屯田的有诸葛恪。

诸葛恪，诸葛亮的侄儿，东吴诸葛瑾的长子。自小才思敏捷，善应对。为太子太傅，逐升大将军，代领荆州事。公元252年率军抵挡魏国三路进攻，大胜魏军，升太傅。此后开始轻敌，仿效诸葛亮，率二十万大军伐魏。一国为之劳民伤财，损失惨重。

诸葛恪对屯田情有独钟。还在庐江时，皖口屯田兵达万人，两淮屯田达十万之众，粮食积储足够一年食用。公元253年，合肥新城久攻不下的时日，诸葛恪不忘在寻阳屯田。军中的佃兵，平时耕田种地，疆场有事时参加战斗。

那时寻阳，农官田兵，鸡犬之声，阡陌相属。

作为太傅掌管全国的军政大事，为辅弼天子之任，却念念不忘"图起田于寻阳"，可见寻阳在吴国几十年来屯田中举足轻重。尽管诸葛恪后来独断专行、失去民心，但他最想滞留寻阳。撤退途中仍对寻阳念念不忘，无奈朝廷屡下诏命，才慢慢回军。

孙权多次下令屯田，并率子亲耕。大规模寓兵于农、兵农合一，使江南足以支撑三国鼎立。寻阳屯田，壮哉千秋。

原作载于2017年6月3日《浔阳晚报》，选入本书时有修改

家 风
——探花帅承瀛

时间穿越到清代嘉庆元年（1796年）的秋天，皇帝御花园。三场策论笔试之后，主考官纪晓岚等推荐最优"三鼎甲"面圣。皇上出的面试御题是一上联："半夜二更半。"命人牵来三匹御马，三考生骑马沿御花园绕行思对，对出即奏。

眨眼工夫，三位考生策马飞驰。只一圈，湖北黄梅帅承瀛便第一个交卷。随后是江西抚州的汪守知，绕行两圈第二个交卷。安徽太湖的赵文楷，绕马三圈第三个交卷。内侍呈皇上御览，三人答案相同，均为"中秋八月中"。此为绝对，后来百年无人能出更优的对法。三人文才同列，只分敏捷先后。正值嘉庆元年，皇帝初登龙位，求贤若渴，自然而然将头一个交卷的帅承瀛钦点为头名状元。

第二天早朝，文武百官三呼万岁之后，皇帝宣布三鼎甲。嘉庆皇帝张口就念："第一名状元赵文楷……？"

原来皇太后昨天垂帘观殿试，见帅承瀛才英人俊，有意提携。前夜命主考官将帅承瀛改排到最后。她以为排在前面先念的是第三名。皇帝不知顺序有变，首次钦点状元，此时敞口念出，金口玉言无可更改。本来是状元的帅承瀛，变成了第三探花郎，而太湖赵文楷，由于排名顺序误会，变成状元郎。

这就是民间"倒"点状元的传说。

帅承瀛（1766—1841），字仙舟，湖北黄梅县大河镇广文冲人。1796年中进士一甲第三名。三十岁的帅承瀛高中探花，是黄梅取得科举功名最高的学子，以此步入仕宦生涯。开始授翰林院编修，累迁国子监祭酒、皇帝经筵讲官，广西、山东学政，历任吏、礼、刑、工四部侍郎，所至以公廉称道。道光元年（1821年），出任浙江巡抚，成为清朝一代名臣，个人传略载入《清史稿》。

一、严自律，廉钦差

清人黄钧宰《金壶七墨》记载："承瀛公官京师时，遇有文酒之会，呼召优伶者，必不赴。不知而至，则入座辄遁；同列强之，卒不顾。"当时一些官员热衷于与优伶游宴，喝花酒，朝廷并没有出台禁令，而帅承瀛自律，绝不同流合污。

嘉庆初，下诏求贤。各地举荐出一批名臣良将，其中也不乏趁机巴结权贵、谋权夺位、结党营私之徒。山西雁平道的福海等人，便是合伙欺上蒙下、鱼肉百姓、中饱私囊之徒。但因为团伙大，作奸犯科的案情复杂，朝廷几次调查失败，特派吏部侍郎帅承瀛等，赴山西调查审理。历时近两年，终于揭穿狼狈为奸团伙的罪恶。帅承瀛深感自己作为吏部副帅原来的"失察"，愧请处分。皇帝念其秉公持正，只降三级调用。但严明各部，慎选贤能，如滥保劣员，一经查出，严惩不贷。

帅承瀛在办案中刀断水清，又自揭疮疤，赢得朝野一片赞赏。

山东徐文诰一案，为清朝八大奇案之一。盗贼夜劫富民徐文诰家，杀死了护楼拳师。当时的县官，既畏惧境内有盗贼会降级丢乌纱，又眼红徐家万贯家财，故诬陷拳师为徐文诰所杀，以此勒索。同时县官又指点徐文诰买通佃户冒名顶替，流放了事。结果死者家属告状，徐文诰被屈打成招，关进牢房。就这么一件案，一群糊涂官尔虞我诈，搞得真假难辨，最后龙颜震怒，派帅承瀛等两位钦差三堂会审。

帅公查案，习惯明察暗访，倾听布衣声音。此次照样微服私访，查明真相。一桩沸沸扬扬的徐家楼奇案，终于水落石出。徐文诰得以洗冤，朝野一致称赞。

帅承瀛屡任钦差大臣。在陕西巡视时，当地官员铺红地毯迎接，他喝令拆除，说："我们都是劳苦人出身，不可铺张。"有一随从借他的声望搜集古文物，被发现后责打大板，赶出队伍。

二、干一行，精一行

盐务是三大经济支柱之一，占清政府总收入的三分之一。浙江又是全国盐业的重中之重，但却出现府库亏空，盐工和官吏薪饷拖欠，至盐业受阻，民不聊生，暴动不断，盗窃成风。此时，南方鸦片输入，白银外流，北方陕甘边关频频告急，而内地"钱箱"浙江竟然有十年死结，现偌大亏空，谁也说不清个子丑寅卯来，朝野哗然。帅承瀛被任命为浙江巡抚，整顿盐务。

帅承瀛巡抚浙江，惩贪锄奸，兴利除弊，政绩卓著，在盐政、水利、漕运等方面尤有建树。而林则徐亦先后在其麾下任杭嘉湖道员、浙江盐运使等职，因此可以称得上是帅公治浙的得力助手。相传，帅承瀛不辱使命，用短短十个月时间，就审清十年盐务，向皇帝呈送《清查浙省盐课疏》。原来，清代盐场的成本周转是官吏和盐商垫出，待盐品上缴户部并销完才付，以至巨额亏空如此。帅承瀛建议巡抚兼管盐政，比专门设立盐政大大节约浮费成本，又能减轻商捐负担；同时严缉私煎私贩，暂缓拨解空账银，留得资本金周转。道光帝居然恩准。于是奏请停止加课银五十万两，减少商捐负担二十万两。此举，对豪绅巨富是有力打击，商民称道方便，国家无亏，又调节各方利益至合理程度。载并盐政，大减陋规，浙江"死结"系解，社会治安随之迅速转安，盐政日益充盈。

因盐政等政绩突出，朝廷赐帅承瀛建探花府，御题"探花府"匾额，就在黄梅县城南街，今天的黄梅镇第一小学一带。自从建了探花府，帅公亲属子弟才从老家迁居黄梅县城。抗战时期探花府被日机轰炸成为废墟。

三、做一行，做妥帖

浙江，以境内众多曲折的河流、湖泊及钱塘江大潮等自然地理特征闻名，是全国的财源中心之一。受太平洋热带气旋袭击，潮灾严重，很早就有修海塘抗御潮灾。其中，以"百里鱼鳞大石塘"为代表的海塘工程尤为著名，然土石大坝，不过东风一浪，过不了三年五载，就会被海浪夷为平地。

帅承瀛不顾年迈，亲赴各地巡视考察，饬各属州县绘图立说，历经数年。凡有益国计民生的事，无不尽心竭力，做得妥帖才肯罢休。一边修建石塘，一边编修《浙西水利备考》。全书对浙西水利介绍详细，绘图精确实用，备受推崇。《清史稿》在其本传中称赞："承瀛治浙数年，以廉勤著。"同时，帅承瀛推举人才，曾与两江总督一起保荐林则徐总管江苏、浙江治水事务。林则徐深受帅公奖掖。

那年三郡水灾，帅承瀛斗胆申请留住漕粮赈灾，并奏请免除米贩关税，以招徕远商，救活了无数灾区饥民，浙江无一流亡。

四、念苍生，传家风

帅承瀛贵为封疆大吏，却不贪不占。

道光四年（1824年），帅承瀛因亲丧丁忧回籍。按清朝盐务规矩，朝廷不支付各级官吏和盐工报酬，而是在经营后的盈利中抽出比例作为奖金和补助金。帅承瀛平时在盐务上的积余，有应入他名下的奖金和补助数万两。役吏告诉他，依照以往旧例，可以从库房提取，归帅承瀛个人所有。帅承瀛当即回绝道："我要这些银子何用，把它留下来，一半捐修海盐石塘、疏浚西湖，其余救济贫苦读书人和鳏寡孤独的受苦人。"浙江人非常感动，竞相传播。临行，香案摆列满街，万民伞充塞道路，盛况空前。后来，浙江人自发在西子湖畔捐建"帅公祠"。

帅承瀛学生、著名文学家梁章钜写道："盖师抚浙有遗爱，士大夫感不能忘，故立祠以报之。"帅承瀛为道光年间著名巡抚。林则徐在《帅仙舟中丞七十寿序》文中称："古名臣无以加也。"然而帅承瀛也曾遭受同道诬陷，渐生淡出官场之意。姚亮甫题帅公祠楹柱云："报国有同心，两地风波皆梦幻；还乡传旧德，千秋涕泪满湖山。"

帅承瀛出行，官配是八人抬的绿呢大轿。但回乡省亲，一到黄梅境内即徒步行走，说："家乡父老面前，不能摆官架子。"

帅承瀛守服期满，奉召回朝，但因亲人谢世哀伤过度，导致眼疾，饱受病痛，两度辞归。在家乡十余年，深居简出，布衣蔬食，平时总是一身"竹布"长衫，"翻底"布鞋，地道的布衣打扮；爱吃的是新鲜蔬菜、自制腐乳。他严管子弟，教他们对任何人要礼貌相待，不可恃势欺人；家属儿孙不许穿绸缎，为官不可贪恋钱财。他深知寒门读书艰辛，捐资办"琼林庄"旅社为应试学子免费食宿；又捐办学田，资助贫困的读书人。道光二十一年（1841年），帅承瀛卒于黄梅家中。卒时留下疏章，里面只有治国安民之策，并推荐重用杜受田、林则徐。国事以外无一语谈及家事，人们无不感慨动容。帅公葬于黄梅城西，自撰墓前对联："三十年皇路驰驱，自问与众生何补；七九载凡尘扰攘，回思这本性犹存。"

出身布衣寒门，念念不忘天下苍生。这就是探花帅承瀛，这就是一代名臣帅承瀛。他把清廉操守化为家风让子孙后代传承下来。原湖北省委第一书记赵辛初（原名帅启泰，早年参加革命改名），是帅承瀛六世孙。身居要职，不乏祖上遗风。进餐时落在桌子上的饭粒，他很寻常地捡到嘴里吃了，说："一粒粮食一粒汗，不能浪费。"出国考察配发的西服，回国即交公了，说："不能揩公家的油。"帅公家风代代传扬。

第五章　非遗文化

禅宗祖师传说

大江生明月，东山何绵延。

黄梅两祖庭，中华禅宗传。

——赵朴初先生题

禅宗自南北朝时期传入中国，一千五百多年里，六大祖师有三大祖师均在黄梅修行和继承衣钵。自唐代以来，黄梅就是禅教中心，有四祖寺和五祖寺两大禅宗祖庭，为天下翘楚，是中国化禅宗发源地。四祖、五祖、六祖，在佛教界享有很高地位。千百年来，他们的出生、成长、出家、修禅、传法生涯，产生了百十种传说。成箩成筐的传说从黄梅产生，传至大江南北，文史典籍早有记载，权威史籍《唐·武德传灯录》《续高僧传》和文学名著《红楼梦》都有引用，文选《中国禅寺》等均有收录；传至海外，日本、韩国等古典文献中均有选载，成为具有世界影响力的传说。

2011年，湖北省黄梅县申报的"禅宗祖师传说"，经国务院批准，列入国家级民间文学类非物质文化遗产名录。

这里，撷取传说中的几朵浪花。

一、四祖受赐紫衣

坚辞凤阙紫泥诏，玷辱宗风个古锥。
坐断双峰无寸草，爱松留得碍人枝。

——［宋］释慧开《大医禅师赞》

四祖道信，七岁出家，十三岁跟随三祖修禅，打坐六十年从未睡过床席。四祖承衣钵不久，就卓锡黄梅破额山（亦名黄梅山、双峰山），在半山腰上建起幽居寺。他主张农禅双修，著有《戒法》和《入道安心要方便法门》，践行戒修与禅修相结合，是公认的中国禅宗创始人。道信修禅中早有诸法兼容的思想。恰好山上泰源观（今观音寨）有一位栽松道人常与其交往。

道信觉得他与众不同，问道：听闻泰源观医术高明，道长不知如何？

栽松道人：泰源观为西晋时期罗致福道长所创。因治好晋惠帝瘟疾而敕号"真人"，帝赐匾"泰源观"，意为平安之源。从此泰源观医术代代相传。

道信请栽松道人传医术，好为众生消灾祛病。

道长问：法师愿学，山人可授。有道是大医者医国，中医者医民，小医者医病。不知法师意在何为啊？

道信笑谓：医禅可否？

道人知法器不凡，愿携四祖驻黄梅山学医采药。四祖不但禅力深厚，而且医术也精通独到。在江西吉州大旱、瘟疫流行时，采药治病和"六月求雪"解瘟疫，早已传为佳话。

到唐初，道信大师已是二度卓锡黄梅山，幽居寺已迁至山下"燕窝地"重建，殿堂楼阁一片，僧侣几百，取名正觉寺，亦称双峰寺。这时黄梅各地流行一种皮肤传染病（疥疮）。病人疮口流黄水，全身发痒。道信大师叫众人用芥菜和米粉做成菜粑，治病充饥，一举两得。"芥菜粑"确能消炎灭菌止痒，流行的疥疮传染病就这样被控制住了。人们为纪念道信大师的功德，将"三月三"（道信大师诞生日）定为家家户户吃芥菜粑的传统节日，每年在四祖寺举行盛大庙会。不久，太宗李世民也患了疮疾，疼痒难忍。御医用尽百药千方，竟然无效，满朝惶急不安，只好出示皇榜，召天下贤才进宫医治。医愈皇帝疮疾者，高官厚禄自然不在话下。

双峰寺小沙弥进城看到皇榜，心想：我师父医术精湛，定可治得；让师父前来揭榜，一来医治皇上疾病，二来也为双峰寺增光。小沙弥回寺禀告时加了一句"非师父莫属"。道信依了。师徒二人进城揭了皇榜，赶紧上山采挖草药，将草药和芥菜捣拌在米粉中，做成米粑，叫作"金疮丸"。唐太宗一吃病减，再吃皮肤不瘙痒了，连吃三日，疮疾痊愈。欣然下圣旨，请黄梅道信禅师入宫。

一请，道信大师托病不能进宫。

二请，道信上表婉言辞谢，说出家之人早已抛弃红尘，望乞圣上，愿守佛门。

三请，使者是一武将，见道信仍以年迈推托，唬道：你这和尚不识抬举，三番两次抗旨不遵。再若不去，取你首级带回京城。说罢"唰"的一声亮出宝刀。

道信俨然面不改色，闲眼合掌：阿弥陀佛。竟伸颈就刀。

钦差慌忙收刀：大师饶恕，皇帝并未命取首级。回京启奏一时鲁莽，道出禅师引颈就刀的话，皇帝听了愈加钦慕，非但不责怪屡召不至，反表道德感人，御赐紫衣一件，差人送到双峰寺，遂其隐居山林传法之志。唐代宗敕谥为"大医禅师"。

二、五祖出家因缘

网埠寺旁风物幽，渔人网集乱汀洲。
阿谁识取源头水，破额山前碧玉流。

——［清］王士祯《濯港》

五祖弘忍大师，俗姓周，黄梅人。创立东山寺，著有《东山大法》。宗教界公认是他成就了中国禅。相传，弘忍的前世是破额山（又叫双峰山、黄梅山）中的栽松道人。当时道信大师正驻锡于破额山。释道相融，道信大师从栽松道人学医，栽松道人反欲舍道从释，求道信传衣钵于他。四祖回答他：汝已老，修了禅法又能广化吗？除非转世再来，尚可等汝。

道人大惑：转世？

四祖赐他一偈：遇港而停，遇周而歇。

道人按四祖指点，依黄梅山、黄梅水而行。至三十里港边，见一村姑在洗衣服和饭盂，上前掬了一躬：请问姑娘尊姓，此地什么地方啊？

少女抬头见一老人，笑答：小女姓周，此地濯港。

道人心想：这不正好应验"遇港、遇周"吗。便问：姑娘，能在你家寄居一宿吗？

少女不知借身投胎的用意，回道：借宿的事，得问父兄。

可是道人赖着说：只要你答应，我才敢前往。

少女缠不过，糊里糊涂竟点了点头，答应了。

道人转身策杖走开，并没有往周家去，而是化作一颗仙桃呈现在少女面前。少女吃了仙桃便身怀有孕。那个时代未婚有孕是有辱门庭，被认为伤风败俗的事，家人将她赶出家门。少女没了归宿，生活无依无靠，只好流浪。白天帮佣，夜宿屋檐。隋仁寿元年（601年）十月二十三，在黄连港（一说黄达埠）诞下那个来历不明的孩子。姑娘觉得晦气、不吉祥，便偷偷把孩子扔进一条水沟里。第二天，自己不免又去看。一看大吃一惊，那小孩居然逆沟水向上游漂浮，小身子光嫩明亮，活力充足，做娘的情不自禁抱在怀里。从此暗下决心，不管以后受多大委屈，定将孩子抚养成人。就这样，一个流浪母亲带着孩子四处乞讨度日。孩子无父亲，村人都称这孩子为"无姓儿"。

"无姓儿"因为营养不良，身材瘦弱，七岁还不能开口说话，母亲以为他是个哑巴。收稻季节，母亲带他拾稻。一农汉戏他：哑巴，只要你喊我一声爹，就给你一捆稻。

小孩气急，瞪眼说道：有朝一日，天下人喊我祖师爹呢。

小孩第一次开口讲话，母亲泪水盈眶。这个地方至今还叫"新开（口）"。

小孩随母亲回濯港的路上，恰与云游南方回黄梅的四祖道信大师相逢。四祖观小孩骨相奇异，堪当弘禅，便问小孩姓名。

小孩答：性即有，非常性。

四祖又问：你没有姓吗？

小孩：性空，故无。

道信大师这才惊悟，小孩就是那栽松道人转世，当即请小孩母亲许他出家。他母亲深感行乞不易，想起这孩子的身世，知道这一切的事虽然奇奇怪怪，都是因缘。纵是千般不忍，也只好忍痛舍子。四祖收作弟子，给他起法号"弘忍"。弘忍出家离开母亲的地点在濯港桥东，后人为纪念这地方，称为"离母墩"。从此，弘忍跟随道信为徒，四十年不离左右，直到四祖圆寂三年后才在东山开山建寺。

三、慧能求法东山

直上青霄望八都,白云影里月轮弧。
茫茫宇宙人无数,几个男儿是丈夫。
——[唐]白居易《东山寺》

六祖慧能(亦作:惠能),祖籍河北,其父卢氏谪官于岭南。慧能出生于唐贞观十二年(638年)。其父病逝,家境贫困,靠卖柴养母。有一天卖柴送至客店,听到一客人诵《金刚经》,忽有领悟,便问此经何处得来。人家告诉他,黄梅东山寺,门人一千余,弘忍大师常劝僧俗但持金刚经,即自见性。慧能安顿老母,跋涉去黄梅学禅。经韶州曹溪,村人持《涅槃经》来问字。慧能说:我不识字,但还了解其义。人家问:既不识字,如何解义?慧能说:诸佛妙理,非关文字。众人惊异,称他卢行者。到得黄梅东山,五祖问他从什么地方来,来此何事。

慧能答:从岭南来,唯求成禅。

五祖故意试探说:南蛮未开化,汝何能成禅?

慧能:人即有南北,禅性有何差别?

五祖惊为异人,知非凡器,欲与多谈,但担心慧能初来,遭众人妒忌,故有意磨砺,叫他随僧众劳作。后院一行者着慧能破柴踏碓,于是慧能成为服劳于杵臼之间的伙夫僧。因个子小,便在腰间系上一尺见方的石块增重(五祖寺至今保存,上面刻有"六祖坠腰石")。一天,五祖独自拄杖来对慧能说:汝虽不识字,但见解很合达摩祖师开创的禅学,终有一日会成为高僧。今为杂役,明吾心意吗?

慧能谢过师父,说:在师父身边,砍柴舂米也是修禅。

五祖听后更是满意。过了八个月,五祖认为付衣传法的时机已经成熟,命门徒作偈呈验。谁若悟得禅宗大意,付与衣法,为第六代祖。当时七百僧徒,无一人敢出头。大家公认首座神秀是排定的接班人,一致推崇神秀作偈。神秀苦思一偈,书于庙廊壁上:

身是菩提树,心如明镜台。
时时勤拂拭,莫使惹尘埃。

这首偈的意思,是要时刻照顾自己的心灵和心境,通过不断修行,抗拒外面的诱惑和邪魔。是入世心态,强调修行的作用。与大乘派的顿悟是不太吻合的。大家看了，都知道是神秀所作，都说好。五祖也赞道：后代人依此修行，亦得胜果。但私下告诉神秀，这首偈子还没有明心见性，只到门外。就是说未能认可。

慧能在碓房听人念诵神秀的偈，说：美则美矣，了则未了。思索良久，也作一偈。因不识字，晚间请张别驾书于神秀的偈旁：

菩提本无树，明镜亦非台。

本来无一物，何处惹尘埃。

五祖见这一偈，心生欢喜。担心有人伤害慧能，故意以袖拂去，说：亦未见性。众人见五祖这么说，也不以为意。

第二天，五祖私下到碓房，见慧能腰间挂着石头舂米，说：求道之人，为法忘躯，应当如此。并问：米舂熟了吗？

慧能机敏：熟则熟矣，尤欠筛在。

五祖在碓上敲了三下就走了，慧能当下会意，当晚三更时分，偷偷去方丈室。五祖为他讲解《金刚经》。慧能大彻大悟：何期自性本来清静，何期自性能生万法啊。五祖授予其衣钵，慧能成为禅宗六祖。为防止继位权的争夺，五祖让他连夜远走南方。慧能隐居岭南十五年，于公元676年到广州法性寺升座说法，翌年前往韶州曹溪，住持宝林寺（今南华寺）三十余年，以见性成佛为宗旨弘扬顿悟，创立南宗。禅宗很快在大江南北盛传，影响遍及全国，形成"一花五叶"的繁荣局面。慧能讲法，弟子集录成《六祖坛经》。中土人著述称为"经"的，唯有慧能一人。宗教界公认是慧能弘扬了中国禅。

原作载于《赤壁》2016年第1期，选入本书时有修改

乡野歌舞黄梅戏

舞起台步，跷起兰花指，咚锵咚锵的锣鼓声中，戏唱得正热："郎对花姐对花，一对对到塘埂下。"念的唱的都是人人听得懂的土话："长子打把伞，矮子戴朵花。此花叫作呀哩呀嘟儿喂呀，嘟儿喂呀，叫作莲蓬花。"是民歌小调，却载歌载舞，也像西方歌舞剧。

这便是黄梅戏。

湖北黄梅这一带，红白喜事、比赛聚会，习惯请来戏班，唱起黄梅戏，图个喜庆。正月花灯、四时八节，更是"一去二三里，村村都有戏"。

黄梅戏发源于黄梅县，故名黄梅戏。

起初，黄梅县北多云山一带盛产茶叶，劳动的人们以唱为乐。茶收季节，边采茶边唱歌，叫作采茶歌。采茶歌唱出不同调子，如牧牛曲、打猪草、迎亲调、调情曲等，都叫采茶调。采茶调至少有千年以上历史。采茶调传到沿江沿湖一带，成为黄梅特有的渔歌："太白湖哎水泱泱，风推浪涌过华阳。"史载："渔舟千艇，朝暮歌声不绝。"受元代杂剧影响，距今五百年前的明朝，黄梅采茶调逐渐形成地方民间戏曲——采茶戏。地方玩花灯、赛龙舟、赶庙会、祭神仙，都会唱起采茶戏。大的集镇还搭有专门的戏台，叫万年台。大户人家以建有专业戏楼为荣。在杉木乡安乐村，清代乾隆年间所建的古民居戏楼规模宏大，再现了黄梅戏当年繁荣的盛况，也证明了黄梅戏源头所在。黄梅早有专演采茶戏的戏班，且搬上舞台几百年了。

黄梅戏是中国乡村歌舞剧。

采茶调按黄梅乡音咬字，唱腔也是黄梅话的韵调。唱词是来自民间的茶歌、渔歌，逐步演唱生活小片段、小故事，以浓郁的生活气息和清新的乡土风味感染观众。传统剧目的故事，多发生在湖北黄梅一带。初期演出的形式，多为小旦、小生，或加小丑，叫两小戏、三小戏。逐渐与本地流行的说书文学和民间歌舞融合，生成了以黄梅话说唱、打击乐伴奏、模仿乡村生活的舞蹈动作为显著特色的采茶戏，出现了半职业或职业戏班。"三打七唱"，演出时三人操打击乐器兼帮腔，七人出场演唱。发展到后来，传统剧目号称"大戏三十六本，小戏七十二折"。实际上，远不止这个数目。黄梅乃歌舞之乡，《夫妻观灯》《打猪草》等剧目，说的本乡事，唱的本乡音，更了不起的是大量采用歌舞形式，专家们惊叹：谁说中国没有歌舞剧？原汁原味的黄梅戏就是中国的乡村歌舞剧。

黄梅戏生成于黄梅，唱响于安徽。

采茶戏传至鄂赣皖三省边区一带，人们称为黄梅调。1958年，毛泽东在武汉看黄梅县剧团演出《过界岭》时，问：黄梅戏怎么到安徽去了？一旁的梅白回答：是大水冲去的。听了原委，毛泽东感慨：黄梅戏的娘家是黄梅。黄梅下半县地势低洼，清代发大水时，逃荒的黄梅人以打莲湘、拉二胡伴唱黄梅调乞讨，被同是江西移民、同说江淮官话的安庆视为乡音乡戏，生根开花。从而，大水使黄梅戏冲破地域局限，吸取青阳腔、徽班的剧目；大水冲破剧种的限制，让黄梅戏吸收了京剧的伴奏以及众多姐妹戏曲的艺术精华，从剧目、音乐、伴奏到唱腔、动作，都进行了改革；服装化妆、舞台设计也都有所发展。从而，黄梅戏与京剧同台演出，从农村草台走上城市舞台。特别在新中国成立后，黄梅戏唱成"大戏"。安庆黄梅戏剧院将传统剧目"董永卖身"改编加工成《天仙配》，在严凤英、王少舫的精彩演绎下轰动一时，继而与《女驸马》《牛郎织女》等剧目搬上银幕，使黄梅戏过长江、越黄河，名动天下，唱遍全中国，成为全国五大剧种之一。

湖北人决心把黄梅戏请回娘家来。

湖北在黄冈成立了省立黄梅戏剧院，黄冈旧有的楚剧、汉剧团，纷纷改为黄梅戏剧团。从安徽聘请张辉、杨俊等梅花奖得主，投资三亿多元建起了一流黄梅戏大剧院，还成立了黄梅戏艺术学校，专门培养黄梅戏后备人才。每三年在黄冈举办一次全国性黄梅戏艺术节。黄梅县除了坚守，更是响应。新建了黄梅戏大剧院，在一些职业学校设置了黄梅戏艺术班，常年演出团体有二十多个。近年，湖北娘家的黄梅戏，着力创新，多次赴京演出，多次参加全国、全省艺术节，《未了情》《苏东坡》《双下山》《於老四与张二女》等均获大奖。《传灯》《邢绣娘》《五女拜寿》等，先后拍摄了电影、电视剧，培养出了国家级非物质文化遗产项目黄梅戏代表性传承人周洪年、国家级演员王慧君等黄梅戏新秀。湖北黄梅戏影响渐大，与安徽黄梅戏已成半斤八两，有得一比。

故而，第一批国家级非物质文化遗产名录中有了黄梅戏，申报和传承保护单位为湖北黄梅县和安徽安庆市两个地方。

经千年发展而成的黄梅戏，唱腔委婉清新，如行云流水，以抒情见长。音乐伴奏以民族乐器为主，辅以西洋乐器。表演朴实细腻，边歌边舞，以真实活泼著称。念白是接近普通话的江淮方言，韵味动人，富有浓郁的乡土气息。小戏说白用乡音土语，句句大实话又雅俗共赏，深受各地民众喜爱。演员的佛手拳、荷叶掌等一招一式，吸取民间歌舞形式，讲究手势、身段、眼神与人物融为一体，俱是舞蹈化。

　　家乡的黄梅戏，我爱听也爱看。我爱正本黄梅戏里的平词，曲调庄重，悠扬大方，正生、正旦唱得人荡气回肠，或是催人泪下。相比之下，我更爱小戏里的花腔，光是那"咿呀、嗬啥"的衬词垫词，就听得够情调。花旦、小生表演活泼，曲调欢快。小丑、花脸念白土得够味，幽默戏谑引发观众笑声，有乐天夸张化倾向。连毛泽东主席都说他作为湖南人，对黄梅戏也有亲切感。我想，有乡土气味的戏才更接地气、更民族化，也更艺术、更经久不衰。

　　　　　　　　　　　原作载于 2018 年 5 月 22 日《中国文化报》，选入本书时有修改

第五章 非遗文化

奇幻的黄梅挑花

在黄梅下乡，常见老姐妹、婶子、奶奶围坐村头，一人手里捏一块水染的土布，一针一线，说说笑笑间，件件古朴而又奇幻的女红作品便制作出来。这手艺是各人按灵性即兴创作的。有人即兴创作出花鸟虫鱼，有人即兴创作出神话故事、戏曲人物，有人即兴创作出春秋风景。道道祈福、纤纤心愿，都跃然指间。这就是黄梅挑花。

你别看黄梅挑花是粗布针线缝制，它可是被列入第一批国家级非物质文化遗产名录的；别看它土，拿到万国博览会上是拿了金奖的。

《黄梅县志》载：黄梅挑花产生于唐代以前，宋代日臻成熟。1958年，黄梅蔡山脚下发掘的明朝嘉靖墓室中，女者头上搭有彩线挑织的"福寿双桃"方巾，证明黄梅挑花工艺至少有五百年以上的历史。俗谚说"黄梅有女皆挑花"。黄梅挑花发源于下乡百里棉区，以蔡山、新开、孔垄等地最为兴盛。不会挑花的女孩被叫作"整巴掌"。伙伴们如果讥讽谁是"整巴掌"，那人准被气得势不两立。

黄梅挑花以土布作底料，当地称大布（音"代布"）——黄梅话，是相对细纱"洋布"而言，抑或代替之意，不得而知。反正千百年来直到20世纪中叶，黄梅这一带人们的衣被鞋帽、毛巾包袱用料都是这土布。小时候一觉醒来，常见妈妈在灯下纺纱的身影。妈妈一手摇着纺车，一手牵引棉条，旧式木质纺车吱扭吱扭地响到深更半夜。络成纱卷，拿到织布人家换回大布，一家人穿的用的布料也就有了。

最初的黄梅挑花，源于生活中的"缝穷补破"。磨破的衣物，刮破的帘子，穷人家"缝缝补补又三年"，容易磨损的地方就得补结实。聪慧的村姑们发明了特别的针法，它能加固布料经纬。这与绣花制品不同，绣品搓洗之间磨损处可能整块掉下来；而挑花，就是其他地方洗破了，挑花部位还是好好的，就这样神奇。为了美观好看，有些心灵手巧的女人又创造出边花、角花、团花。各式花样图案翻新，再用彩线填上，绮丽无比。这便产生了黄梅挑花——中国民间工艺奇葩。2018年，文化和旅游部、工业和信息化部联合发布，黄梅挑花被列入第一批国家传统工艺振兴目录。

黄梅挑花，是在藏青或宝蓝色土布上，按照代代相传的图样加幻想，以白色棉线为纹样骨架，配以多彩丝线，用特有"X"形针法挑成各种有趣图案的一种手工艺品。欣赏黄梅挑花，你会看到主花、边花、角花，或填心，或团花。深色坯布衬托五彩缤纷的图案，对比效果夸张强烈。内行人看挑法，正面一斜针反挑一平针，返回一样，形成若干"X"，也称"架子花"（与十字绣搭十字相区别），还用到直针、牵针。针走两边，线带一面，是为挑；手到两面带线，是为绣。再大的布料，挑花也是拿在手里数纱而挑，不像绣花用"绷子"。而且一根线挑到头，从哪儿下针又回到哪儿完工，接线不见结。有单面挑、双面挑。与绣花反面的乱针乱线不同，双面挑采用特技针法，挑花的图案，两面一模一样，出神入化。人们把湖北的黄梅挑花视为民间艺术的瑰宝。

黄梅女伢自小就从姆妈奶奶、姑姑婶娘那儿学女红，下乡棉产区巧手众多。如同画家以深色大布作纸，全凭灵心对美的理解即兴构图，一双巧手循着经纬点交叉挑织。每一件作品都是纯手工，都是世间唯一的。奇特的针法还决定它与刺绣追求的逼真不同。黄梅挑花追求的是神似，几何化而又高度变形，符号简练而又高度抽象夸张。配线只用少量的桃红、朱红、鹅黄、粉绿、湖蓝等绚丽彩线，故而色彩明快，立体感强而富于变化，凸现出浓郁的地方风格和奇幻的艺术特色。

黄梅挑花的图样有百十种。神话、戏曲、生活人物和故事，动物植物和山水风光，全都用在了挑花上。挑出了艺术，挑出了文化。居家过日子，挑花的用处宽泛。就说小孩出世吧，从孩子妈有喜就和娘家人一起做"祝米"。孩子诞生洗礼，娘家"送祝米"，斗篷、抱裙、涎裙、鞋帽上，都有成龙成凤、避瘟镇邪的挑花。少男少女定情物，也会选个龙追凤、凤求凰、对鸳鸯的方巾，打个结儿试探，如黄梅民歌唱道："挑花手巾四四方，绾个结儿丢过墙；千年不见结儿散，万年不见姐丢郎。"

最有看头的是姑娘嫁妆。出嫁和迎亲两边的姑嫂婶姨，照例要对嫁妆欣赏品评一番，挑花手艺就见了高低。床单被面、帐沿冬瓜枕上，各色图案琳琅满目。身上穿戴，从帽到鞋、从里到外都有挑花。动植物类的有火凤凰、凤穿莲、鲤鱼穿莲、双喜石榴、跃马扬鞭、二龙戏珠、双虎爬球、莲生贵子。神话戏剧类的有舞狮子、迎亲图、女驸马、打马游街、八女游春、桃园三结义、五祖传六祖、七仙女下凡。风物类的有宫灯、花瓶、黄鹤楼、湖滩风光。件件呈现农家女的豪放与活泼。文艺理论家王朝闻先生看黄梅挑花，感慨"仿佛是在读富于幻象的楚辞"。

最能当饭的是灾荒年景。地处吴头楚尾，鸡鸣三省之地，黄梅下乡曾为古浔阳江段，茫茫九派，水沼一片。随着长江水道南移，成了冲积洲，百里平原宜种棉，小农经济，手工纺车，土机织布，土淀染色。凭一根针、几缕线，口传心授。在这吴楚文化交融的地域，产生了奇艺挑花。可这里沿江，地势低洼，十年九淹，是出了名的水袋子。正像黄梅戏是逃荒传唱出去的一样，黄梅人不空手乞讨。县志载有挑花艺人王春香，1926年逃荒到江西鄱阳湖一带，四年里以挑花糊口。省级黄梅挑花非物质文化遗产传承人的梅意清，四岁起跟妈妈和外婆学挑花，日军侵华时，母女俩逃难到湖南，靠挑花手艺生存下来，抗战胜利后返回家乡。

最为实用的还在寻常穿戴。除了方巾最为普遍，还有围巾、围裙、披肩、围腰、腰带、褡裢、坎肩、木屐。常见喜鹊、蝴蝶、寿桃、八角莲、天女散花、丹凤朝阳的挑花图案。男女衣服的对襟上挑个莲蓬花、菊花，衣袋口挑个瓜子米，裤脚边挑个草头尖，背褡挑个花篮，连衣领也要挑个单凤、对凤。常用的，大到门帘窗帘，小到钱袋、鞋垫，都要有龙凤图腾、吉"鲤"丰"鱼"的挑花。即便是晚年，也要为寿终正寝时准备精美的陪葬品。入棺须放上生前挑织的方巾，男人则放上挑花的烟袋、荷包。

黄梅挑花不但能换饭吃，还能漂洋过海。曾经，黄梅挑花艺人的作品就在巴拿马万国博览会上获金奖。而今，黄梅挑花不断推陈出新。用到舞美设计上，大型黄梅戏《於老四与张二女》采用黄梅挑花作为舞台背景，获湖北省首届戏剧节舞美设计金奖。推广到自动化电脑上，黄梅羽绒厂的电脑挑花获第二届北京国际博览会金奖。使用到装饰上，1959年人民大会堂湖北厅的内饰品，选用的就是黄梅挑花，让黄梅挑花从乡村走进京城，登上大雅之堂。几十年后，湖北厅的装饰更新，选的仍然是黄梅挑花，再次让黄梅挑花在人民大会堂盛开。正如神话小说大师周濯街所言，黄梅挑花就是"无声的抒情诗，立体的中国画"。

如今，生活环境变了，黄梅挑花从底布、用线，到设计、应用，也得变。老辈艺人古朴抽象的精品手艺不能失传，时髦的大众化"DIY"自己动手模式、自动化模式也要兼行。愿黄梅挑花能代代传承，让中国民间工艺之花开得更加奇幻光艳。

原作载于《赤壁》2016年第1期，选入本书时有修改

精忠报国岳家拳

电视剧《精忠岳飞》正在热播，中央电视台《走遍中国》栏目组多次来湖北黄梅，他们拍摄武林传奇，寻访《武穆遗书》。金庸武侠小说里的那本得到它就能得到江山的盖世奇书，在现实中真的存在吗？

从黄梅县城驱车十公里，前往苦竹乡聂家湾。湾北杨梅岭下老树坡，曾经挖出一座大古墓。石板下光大缸就有十九口，据说用来装油点灯，可以点到一千年，叫千年灯。黄梅怎么挖出这等古侯爷规模的大墓呢？考证得知，这里就是抗金将领岳飞的四子、五子合墓。山坡上，两排高耸的松柏尽头，就是与黄梅戏和五祖寺齐名的黄梅三宝之一——"岳坟"。墓上石碑宽九米、高一点五米，碑名为"大宋敕封朝奉大夫岳震、朝散大夫岳霆之墓"。经过历代修整，二岳古墓已具有宋代园林风格，雄伟壮观。这里揭开了《武穆遗书》的起源。

史载，岳飞多次到黄梅平叛和抗金。金人感叹"撼山易，撼岳家军难"。正当岳飞大败金兵，壮怀激烈，重收旧山河之际，朝廷连下十二道金牌撤军求和。传说，岳飞只能仰天长啸，回朝前留下四子岳震五子岳霆。

绵延鄂豫皖三省的大别山，在黄梅县杨梅岭北，远望有一道"V"形豁口，就是五郎关。这里扼长江门户，是进出大别山的咽喉，有岳家军镇守这个战略要地，金兵只能望风而逃。今上五郎关，仍感雄险豪壮。当年的官道、驿站，操练兵马的养马岭、伏马槽等遗迹一一可见，证明了这里的不平常。

《黄梅县志》《岳氏宗谱》载，岳飞被秦桧诬陷下狱，以莫须有罪名被害于杭州风波亭。当时岳飞四子岳震和五子岳霆年幼，与其母居江州。为避灭门之祸，也为保全岳飞毕生整理的岳家拳谱，其母遣家人密送二人及拳谱过江，潜藏于黄梅大河之滨，改姓鄂。后来岳震、岳霆二人辗转隐居在黄梅县五郎关下的聂家湾，在这里隐居二十余年。如今，聂家湾的岳家居室、岳家学堂、岳家古庙，以及教拳习武的演武场，依然保存完好，昔日风貌清晰可见。岳飞平反后，被孝宗追谥武穆，被宁宗追封为鄂王。朝廷封敕岳飞之子，岳震、岳霆均封侯加官，据说二人从未到职，一直在聂家湾终老。当年为报国恨家仇，岳震、岳霆日夜研习岳飞遗留的拳法和器械图谱，数年后，整理出《武穆王武艺要论》，这就是那传说中举世无双的武功秘籍——武穆遗书。

八百多年云和月，原始的武穆遗书，因虫蛀风化或无从可得，但黄梅一带岳家子孙和拳师后代那不同时代的印本和手抄本，内容却相当一致，均集锤、铜、镰等十八般武艺，里面介绍了数十种拳术、兵器、法诀和图释，汇聚了岳飞麾下大将的各种武功秘传，是岳家军集体智慧的结晶。通过岳震、岳霆后代及岳家军将士流传下来的拳术套路，有一字拳、二梅花、三门桩、四门架、五法、六合、七星、八法、九连环、十字桩等。十套拳法由易到难，循序渐进，遵循中国传统文化"五行八卦九宫太极无极"原理，被誉为中国武术源流的活化石。1987年，经湖北省武术挖掘小组在黄梅一带调查考证，在众多岳家拳师傅的共同努力下，出版发行了《岳家拳》一书。

岳家拳经久不衰。黄梅因是岳家拳的发源地，较早被国家命名为武术之乡。三千岳家子孙、岳家军将士后代，家家挂有岳飞像，会打岳家拳。岳家子孙迁徙到哪里，岳家拳就流传到哪里。如今，岳家拳从黄梅流传到九江、武穴、宿松沿江以至全国各地。黄梅传承岳家拳，兴办岳飞武校、岳飞小学，给全县中小学生传授岳家拳。岳家拳传承人雷杰，多次获全国武术比赛金奖。黄梅岳家拳已被列入国家级和湖北省级非物质文化遗产名录，黄梅县为非遗保护单位。人们传承岳家拳，更会崇敬民族英雄。岳飞精忠报国的精神，将世世代代传承下去。

原载《文旅湖北》2019年第3期，选入本书时有修改

禅　源

破额山前碧玉流，骚人遥驻木兰舟。

春风无限潇湘意，欲采蘋花不自由。

唐代柳宗元诗中的破额山，在湖北黄梅四祖寺所在地，也叫双峰山，古称西山。诗中"碧玉流"，是大书法家柳公权所书的三个大字，镌刻于双峰山四祖寺前灵润桥下的泉流石上，保存至今。《黄梅县志》载："县西有黄梅山，黄梅水。"县西黄梅山，就在破额山，地方以黄梅为县名。想那时，漫山黄梅花树，满溪漂梅清泉。灵润桥下碧玉般的瀑布伴四祖寺钟声淙淙流淌，天下唯此水流禅。柳宗元以黄梅破额山、碧玉流为意象，写的是禅诗，道的是禅意。

诗人骚客纵有无限想象，尚遥遥驻足于木兰舟上，望潇湘而难入禅门。足见禅是一枝花，欲采蘋花，先生敬畏。同样，禅来中国生根开花结果，本身也是艰难的。

禅宗自释迦牟尼拈花一笑，传金缕袈裟和钵盂与摩诃迦叶，到西天第二十八代祖师达摩东来以前，中国即有天台宗、华严宗、净土宗、密宗等。多宗各具特色，达摩只是众多来华传教的古印度僧人之一。且局限于师徒之间的传授，达摩传慧可，慧可传僧璨，影响尚小。各门派纷争加上周武毁禁，僧徒颠沛南下，隐于皖公山一带。禅宗非但没有形成宗派，反倒门庭冷落，非变革不可了。

时代造就了道信。

道信大师，俗姓司马，自幼慕禅，七岁出家。隋开皇十年（590年），十三岁的道信往司空山参谒僧璨"求解脱法门"。璨问："谁缚了你？"道信大彻大悟，自心本来无缚啊。苦修九年，僧璨让道信到吉州附籍受戒。相传，道信在吉州教众人念《般若经》解了围城，受吉州百姓敬仰，声名大振。时江南及长江流域，在庐山形成多宗共进的繁荣局面。道信二十四岁得僧璨衣钵，为中国禅宗第四祖。他没再择居深山，也没有脚蹬芒鞋，身披袈裟，手托钵盂去云游弘法，而是以普通僧人身份，入住庐山大林寺，普修七年，酝酿将大乘般若经义与三论宗、天台宗、净土宗及本土老庄哲学引入达摩禅法之中，使达摩"二入四行"禅法适应东土国情民风。

参学不忘故里。其间,道信访黄梅破额山,见洞生紫气如盖,遂于洞边结茅,称幽居寺。往返江北途经黄梅时,收七岁弘忍为徒,携其住大林寺。此后弘忍四十年不离道信左右,成为禅宗第五代祖师。

唐武德七年(624年),黄梅僧俗不远千里迎请四祖归里,为他"造寺,依然山行"。大师择定破额山,因为这里"有好泉石,即住终志"。好泉石就是破额山前柳公所题"碧玉流"之处,石上清泉常年灵润。遥看破额山周围,九座山峰环抱一窝凹地,仙气空明,即是信徒所赠的九龙抱燕窝。道信大师将幽居寺从紫云洞下迁,建起了中国第一座丛林禅寺——四祖寺,又名正觉寺、双峰寺,距今有一千四百年历史。明正德、万历及清同治年间,多次毁于兵燹。寺庙和芦花庵已经复建和修葺一新。原存的毗卢塔、众生塔、衣钵塔,灵润桥、明月桥及摩崖古石刻群等,已经成为国家级文物保护单位。

四祖在中国禅文化史上占有重要地位,即使在国际上,特别是禅教盛行的日本、印度、韩国及东南亚等国家和地区,也享有盛誉。

道信之前,头陀行者承古印度传统,僧侣托钵乞食,随缘而住,不事劳作,居无定所,衣食无着的修行方式,早已不合中国社会变迁。加之受北周法难余悸,三祖隐于深山老林十余年。四祖大师以非凡胆识和智慧,甚至不怕违犯佛门戒律,创建了禅宗第一个道场,四方游僧有了聚居的场所,大敞禅门,时纳五百余众。同时坐禅与劳作相并,农禅双修,躬耕陇亩、打柴扫地都是修禅,再也无须游化乞食和依附权贵供养,禅宗史上,这是破天荒的创举。自此,形成自信自立、自求解脱为特点的新的禅学思想。融合诸宗所长,道信著成《入道安心要方便法门》,以其教授门徒,主张一行三昧,禅戒合一,通过念佛达到安心,最后入道,使禅修和戒修都受欢迎,从而习禅修禅蔚然成风。典籍中所列举的五种方便,都与心有关,重视大乘经典"即心即佛"的思想,体现道信禅门"观心"的特色。道信奠定了中国禅的思想理论基石。

道信成为中国禅的实际缔造者。

以天下之大,当年禅宗这只燕子,何以选择在黄梅开山,栖于黄梅这个"金窝"呢?

首选是地利。黄梅背靠大别崇山,面临茫茫九派大江,水陆交通便捷,农桑发达,是湖广鱼米之乡。选择黄梅山建寺,既远离集镇喧嚣,又便利僧俗往来参禅,恰合幽居、修禅、以农养禅的理想之地。隋大业十二年(616年),四祖在庐山东林寺修学，望见蕲州黄梅山中常生紫气，访得有洞生紫云如盖，遂于洞旁结茅，称幽居寺。

禅修讲气脉。黄梅地处吴头楚尾，楚文化与吴越文化交融。最早有千岁宝掌和尚在黄梅紫云山开山，建有老祖道场。晋朝名僧支遁在黄梅蔡山建有江心寺。隔江相望的庐山，又是当时般若学的中心。东晋著名高僧、净土宗创始人慧远大师，曾与大诗人陶渊明结伴渡江北上黄梅。慧远大师在黄梅张家湖建有柘林寺。陶公栖居于太白湖舒城寨。南北朝，印度菩提流支秘离魏都，来黄梅广福山董家城创建菩提寺，后卓锡多云山广福寺。南北山有南山古洞。黄梅境内"十里三座庙，无处不逢僧"。这样的氛围，为四祖践行以般若融入楞伽及多种禅法，提供了极有利的环境。

禅居要人和。四祖道信生于南朝时期的蕲州的梅川。西晋南北朝时期，江南及长江流域禅法盛行。陈末隋初，道信大师承三祖衣钵后，不忘蕲黄故里。当时黄梅人就懂得"筑巢引凤"，本地信徒於琏将祖业"九龙燕窝地"捐献予四祖建寺。四祖遂将幽居寺从紫云洞下迁至燕窝地，重建伽蓝，广聚众徒，过着躬耕陇亩，坐作并重的农禅生活。

弘禅得天时。隋大业三年（607年），炀帝颁诏："国访贤良，许度出家。"四祖尽管已获三祖衣钵，但还不是国家承认的合法僧人。这时附籍吉州寺受戒，方获度牒。到隋唐之交，流向佛门的人大增。但战乱频繁，北方大小寺院均遭毁损，僧尼随流亡难民南下，"四方游僧，寄食无地"。唐王朝兴起后，为安国基，争取民心，实行开荒自给。僧人开荒，还可以减免税赋。四祖大师顺应时势，大敞禅门，接引游僧流民，垦荒耕作，实行农禅并举。白日耕作营建，夜间听法坐禅。有了资粮，集体定居，聚众弘禅才可以不依赖布施。山中聚徒达五百余人。

禅宗四祖选黄梅开山建寺，标志中国禅开始创立。从此禅宗一枝独秀，枝叶繁茂，逐渐形成寺庙无不为禅。黄梅县因此成为中国禅宗发源地。

原作载于《赤壁》2016年第2期，入编团结出版社出版的《穿越时空赏黄梅》，选入本书时有修改

晨钟暮鼓　千载紫云

幽蓝幽蓝的天际，大朵大朵的云球，一团团像棉堆，一片片似雪浪，天地间一会儿蹿出雄狮奔马，一时又化成冰山波谷，变状万千。阳光正好，给云块镶上金色的边，紫气蒸腾。风，静静地吹拂着，泛着金光的紫色云彩宛如仙女飞舞的轻纱，朦胧、神秘，悠然飘荡。

"紫云！"一个头陀，望着大团云彩惊呼，"我终于寻到紫云升处。"古印度宝掌和尚，东游震旦，行前请教师父，何处弘法。师父只说了一句偈语："日照中土四百州，紫云升处是归途。"公元212年前后，宝掌入蜀，礼峨眉普贤大士，游五台山，行脚十余载策锡而东。望见黄梅双峰山峰峦秀异，大团紫气缭绕，或聚簇成群，或越岫而出，宛若云瀑，如何不喜极而泣，长跪叩拜。自此卓锡紫云升处，那山便叫紫云山。

咚——咚咚——

一千八百多年后，我夜宿老寺，细细聆听老寺的晨钟暮鼓。

咚咚震响的是鼓声。寺院鼓师的鼓点，如风雨雷电一样逼真。像风，时轻时重。轻时如绸缎，柔和、酥软，轻抚丛林；重时如旌旗猎猎于峰顶，似号角呼啸于山谷。像雨，时疏时密。疏时细雨黄梅，滴滴答答，穿林打叶；密时青草池塘，淅淅沥沥，蛙鸣鱼喋。像雷，时大时小。小雷似远山轻哼，沉沉轰鸣；大雷像天街滚石，震撼大地。还像雷电，霹雷炸响，闪电如龙舞半空，穿云破雾，地动山摇。

鼓声中，我听到了老寺风雨的厚重和悠远。大别山是远古从海底升起的，群峰如大海波浪，波推浪涌，巍峨壮丽。大别山南缘，黄梅北部有五丛山系、四条河流，紫云山在小溪河与考田河之间，属黄梅第四高峰双峰尖山系。附近有黄梅第一高峰云丹山，第三高峰火焰山，第六高峰一尖山。高峰迭起之地，黄梅双峰尖神秘地引得紫气东来，紫云盘旋。宝掌和尚苦苦寻觅，自会看出这紫云禅境气象。宝掌开山，剪荆棘，创堂宇，筚路蓝缕。宝掌卓锡的紫云山，因靠近双峰山系，东晋奕帝敕建"双峰老寺"。从此后六朝古刹，气象庄严，老寺钟鼓悠扬，一千八百年不曾停息。

鼓声中，我听到老寺风雨的断响和清绝。宝掌和尚常出山云游，当他复返双峰老寺时，紫云霁雪，仪态绝世。紫云霁雪因此而成黄梅十景之一。因为宝掌来黄梅卓锡最早，南北山的高僧、四祖、五祖均在宝掌之后，大家尊称为老祖。宝掌没有传衣钵，是一部"断代史"，在中国佛教史上意义独特。后来者少了衣钵之争，让老寺得以成为无有门派纷扰的一块净地。千载过往，老寺多次毁建，住持却有禅宗、律宗、净宗多个门派的高僧大德，薪火相继，这在全国也是尚为罕见的。

鼓声中，我听到老寺风雨的积聚和绵延。黄梅禅宗甲天下，均因宝掌和尚开风气之先，引来众多儒释道人。相中黄梅这片紫云盘踞、奇异瑰丽之地的，渐渐多了起来。黄梅有九祖十三仙之说，西晋道人罗致福，来黄梅建泰源观。东晋名僧支遁挂锡黄梅蔡山江心寺。净土宗创始人慧远，募建黄梅张家湖柘林寺。东晋道人宋益，依黄龙潭建黄龄洞。连在帝都译经的菩提流支也来黄梅觅"静心"之所。之后禅宗四祖、五祖、六祖，使得黄梅成为佛教禅宗发祥地、禅宗中国化的发源地。我想，得因老祖开风气之先，如学者所言，是老祖的影响深远。

当——，当当当——

当当轰响的是钟声。清晨先钟后鼓，夜晚先鼓后钟，钟鼓相续，群山回应。老寺的钟声洪亮、庄严，有一种神圣感。它给人召唤，召唤星闪月移，召唤紫云东来；它让人敬畏，敬畏苍天，敬畏大地，让人想到一切永恒的东西，心里总会一阵阵激越。

钟声里，我听到古风雅韵。禅心慈悲，对自然界万物敬重，憧憬天人合一的自然乐土。宝掌在紫云山上，向山民学种茶、制茶，可算是禅茶之祖。禅茶一味，寺院种茶自宝掌始。传说紫云名茶后来成为贡茶。雅韵悠悠，香林和尚初上火焰山，传说老虎为之引路，大有宝掌和尚"白犬衔书至，青猿洗钵回"之风。传至今日，老寺有茶园几百亩，崇延师秉承农禅双修的传统，非但率众出坡种茶，尚且筹创东方大药谷，让丛林更绿色，让紫云山更生态。

钟声里，我听到警觉醒悟。千百年来，钟声震撼神鬼魂。钟声弘扬清规戒律，丛林秩序井然。魏晋间，宝掌来华卓锡黄梅紫云山，并未故步自封，而是不停地行走，中国很多寺院都留有宝掌求法问道的痕迹。宝掌闻听得达摩来华，专抵建业求教心要，达摩示以正旨。传说达摩见到宝掌，高声唤他"老阇黎"，然后哈哈大笑，让宝掌如钟杵撞顶，当即警醒开悟，心中疙瘩如坚冰一下融化开了。宝掌遂为达摩旁出法嗣。明代兵部尚书汪静峰，隐退故里时，但求挪步之地，在紫云山那边开园种茶，到老寺辟室习静，题有"红岚清境"匾额。不远处的挪步园，有天然形成的汪静峰读书洞，还有人工建成的巢云寺。蒲松龄《聊斋志异》里，神传汪公能够记三生的故事。今人无须记着"天下清廉第一"的皇匾，但须记住挑担石头回故乡的清醒。

钟声里，我听到祝福祈祷。老寺不远处有一处大瀑布，叫喷雪岩。近观瀑布，巨洞喷珠，水声哗哗轰鸣，人却入定，渐渐清静，酣畅洗心。我常常想，养心该要到如何程度，方能唱出那样清寂而又洪亮的韵味。钟偈里，祝福众生平等、海众安康、免遭饥馑、干戈永息；飞禽走兽，罗网不逢，听来充满慈爱。超度历代先亡的话，亦是充满关怀的悲戚。听到更多的，是祈祷人们生活幸福，吉祥平安，世界和平，地久天长。

当——

夜半，最后一杵钟声，音域宏远。我自问听懂了吗？钟鸣之声，直指人心。

山露如雨，法雨清凉，夜色正浓。钟鼓声里的老寺，在静谧的夜色中显得更安详，更幽静。寺院的周边，青山如黛，就像观音的眉；连绵的千米高峰，簇如菡萏，老寺恰如莲芯吐蕊，天心正圆。寺前的碧云湖，亦如观音的眸，至清、至纯，照见老寺上空的亮月，紫气缭绕，照见银河里，紫光奔泻。

本文获首届"紫云山杯"全国散文征文大赛三等奖，入编《西部散文选刊》征文集，入选本书时有所修改

慧远在黄梅

桃梨落英时节，正值杜鹃初开。清明的风伴我寻访一位追求清净的大师慧远。

慧远大师卓锡最久、最著名的是在庐山东林寺，但早期弘法，曾经卓锡黄梅的经历，却鲜为人知。

从黄梅至小池、九江方向，出县城七八公里，路南是徐密村，村里有个柘林寺。寺不算高，却曾住过高僧；庙不为大，和尚却大。

《黄梅县志》载：柘林寺，远公所建。初建寺于港北，属张家湖。明永乐年间，敕赐护国寺。后迁港南，属黄连镇，改称柘林寺。

远公何人？《高僧传》载：慧远大师（334—416），俗姓贾，法名释慧远，雁门人，是历史上的著名高僧之一，净土宗的开山祖师、创始人之一，庐山白莲社的创立者。

穿越湖面一样平坦的大片田垄，柘林寺就在古代叫黄连镇的张家湖边。汉代，张家湖应属寻阳县。这里有一条宽阔的大港，东晋时属大雷池范围，连接太白湖、张家湖、龙感湖的，是长江主汊道的"北江"，也叫大雷水。帆船时代，南来北往的船只，就航行在这条大河上。柘林寺就坐落在"北江"边。

东晋慧远为何建寺于此？

慧远大师出生于书香之家，少年时为儒生，勤思敏学，精通儒道，旁通老庄。二十一岁出家，师从高僧道安，立志高远，卓尔不群。二十四岁讲经，采取格义方法，令听众清楚领悟。道安称赞："使道流东国，其在远乎？"在襄阳协助道安建檀溪寺、甘泉寺。东晋太元四年（379年），前秦攻襄阳，道安被带往长安，弟子星散。道安遣慧远南下。慧远先住荆州上明寺，后南行，在鄂州建寒溪寺、古灵泉寺，清名远播。之前，慧远与师兄慧永相约共往罗浮山。慧远为道安所留，慧永只身先往，至寻阳为刺史陶范所留，居庐山西林寺。当慧远及慧持、弟子昙邕等循扬子江南下，到达寻阳张家湖，见后河"北江"汩汩东流，古雷池一望无际，地阔天高，赞叹不已："若在此开辟道场，实属难得。"于是慧远四方募化。远近百姓早闻远公德高望重，尽力布施，建成柘林禅寺。是年慧远年逾五旬，气度端庄，举止落落大方，在柘林寺任方丈，弟子昙邕为监院。

大雷水滔滔不绝，日夜东流。当时的柘林寺，朝拜香客络绎不绝。每逢法会讲经说法，更是人山人海。五月端阳，僧人参加划龙船，当两只龙船满载僧人时，三栋四十八间殿堂庙宇里还有一半和尚未上船，足见柘林寺兴盛。

古老的岁月，让港北柘林寺无迹可寻。港南重修的大雄宝殿、祖师殿，用今日的眼光看，规模不甚宏大，加之后来慧远大师住庐山日久，江南东林寺声名渐涨，江北柘林寺渐弱，以至正史竟然无载。遥想当年，柘林寺在先，大师德隆足下这方凤凰灵地，背靠芭茅紫荆山，面向北江古雷池，心意高远，是否更合出家人脱离尘俗、遁世修行的志向呢？大师写得一手好文章，辞气清雅，言谈简明扼要。其著名代表作《法性论》，是否为在此临水而居、收尽江天之美中构思出来的呢？

慧远大师离开黄梅柘林寺后，前往庐山访慧永师兄。见庐山清泉潺潺，西林清香满谷，感慨"庐山闲旷，足以息心"，便在西林寺旁筑龙泉精舍。江州刺史桓伊为其募修东林寺。从此，大师在庐山修身弘法，著书立说。《庐山记》载："远师居庐山，三十年影不出山，迹不入俗。"送客过虎溪，虎辄鸣号。当时大儒陶渊明、道界领袖陆修静与慧远，堪称儒释道三家高人，常聚虎溪。慧远常送此二人，与语相契，不觉过之，因相与大笑，世传《三笑图》。慧远弘扬出世清静，因而与外界隔绝，以保持自身的清静。便是皇帝经过，也称疾不肯出山迎见。学戒持戒，培养僧格，绝不犯戒，直至生命最后，形成独立品格与博大胸襟。

相传，慧远住庐山东林寺时，与陶渊明为友，曾相偕渡江到黄梅。慧远与名士刘遗民、雷次宗等十八高贤结为莲社，共期理想，开结社念佛之宗风，吸引了当时的知识精英弃世遗荣，"依远游止"，后发展为一百二十三人。温庭筠有诗："白莲社里如相问，为说游人是姓雷。"名士谢灵运要求加入莲社，远公认为灵运心杂，不同意他加入，但却亲自写信诚邀陶渊明加入。陶渊明嗜酒，慧远特许他入社后可以不戒酒。然生死观念不同，陶公从莲社"攒眉而去"，终未入社，但不排斥与慧远及莲社诸贤朋友往来，吟诗互和。相传，慧远与陶渊明偕行江北，慧远住柘林寺，陶公在黄梅太白湖舒城寨建茅舍，二人一为法师，一为"寻阳三隐"名士，释玄互证，法音玄韵游荡于太白湖畔。至今太白湖舒城寨有陶公庙，即是昔日陶渊明挂印辞官后的隐居之地。

塔院森森，今日水乡田园阡陌，池塘成片，湖区村庄错落有致，感一代宗师当年威严博学、大德高风，一生卓有建树。莲社僧团制度，成为南北僧尼的楷模，普遍尊崇。慧远遣弟子西方取经，又组织高僧译释多宗经典，得以在江南广泛流传。在般若学上，慧远提出"法性论"，禅定见佛，教化社会，纯洁人心。慧远的"三报论"，是因果理论的基石，劝人们自觉进行道德修养，起到化世导俗及精神慰藉作用。慧远的《沙门不敬王者论》，求同存异，得到当时王者的遵循。中外僧俗，可谓望风遥仰。

东晋义熙十二年（416年），慧远卒于庐山东林寺，遗言将尸体"放于松林，同于草木"。四众弟子奉葬西岭，寻阳太守修建坟墓，著名文士谢灵运为其作碑文，以铭其德。慧远大师德业广被，自晋至宋，历代帝王谥号追荐多达五次。唐代谥"辩觉大师"，宋代谥"圆悟大师"。

玉阶莲台，寺院清幽，无闻远公昔日妙音。柘林寺至今存有"犀牛望月"石刻。清代皇帝御笔"柘林禅寺"匾额，是重要文物见证。

原作载于2017年2月11日《浔阳晚报》，选入本书时有修改

第五章　非遗文化

地藏王与蔡山

　　浩荡长江，日夜奔流。浔阳江段，有一座孤峰突兀，插向江天。这里在古代是五阜湖中的一个小岛，海拔不到六十米，却因五阜湖襟江达海，涨水季节，江湖融合，蔡山就位于大江中心。沧浪之中，一山飞峙大江边，山在水中，寺在山上，名叫江心寺（也称蔡山寺）。

　　长江改道南移之后，蔡山在冲积平原上，与雄伟壮丽的庐山隔江相望。农历七月底，纤巧秀丽的蔡山上下人山人海，四面八方的人们涌向蔡山庙会，奔向地藏节。

　　中国佛教有四大菩萨。五台山文殊菩萨代表智慧，峨眉山普贤菩萨代表行践，普陀山观音菩萨代表慈悲（爱心），九华山地藏菩萨（也称地藏王菩萨）代表大愿（孝道）。地藏菩萨多次为救母难，累劫报恩，并发下宏愿："众生度尽，方证菩提，地狱未空，誓不成佛。"《地藏经》是孝经，地藏菩萨更是"孝敬"的代名词。这么一位地藏菩萨，与蔡山有什么关联呢？

　　原来，地藏菩萨实有其人。

　　一千三百多年前，朝鲜半岛有新罗、高句丽、百济三国。相传，半岛东南部新罗国国王金氏近族，有王子金乔觉（696—794），少时随父王出访中华时，慕名到访蔡山。蔡山出神龟，江峰绮丽，东晋高僧支遁的古寺辉煌，国王爱慕不已，就在此留宿了一夜。民间传说，那天是农历七月三十，刚好是金乔觉生日。国王对王子金乔觉说："蔡山是个好地方，以后每年来这里过生日好吗？"金乔觉王子无限向往地回答："好，我一定来。"不久，金乔觉来大唐留学。他身材魁梧，相貌奇特，顶骨耸出高凸，力大无穷，且汉学修养颇深。他的诗作《送童子下山》收录于《全唐诗》。那时中国正处于盛唐时期，长安城内寺院林立，社会风尚礼僧敬佛，不但延请印度高僧来华讲经布道，还向朝鲜三国、日本等国传播佛教，众多的异国僧伽来华修行求法。金乔觉王子对中国佛教产生浓厚兴趣，回国后毅然抛却王族生活，削发为僧。

　　唐开元七年（719年），金乔觉带着神犬"谛听"（又称独角兽）航海来华，于各地游化。相传，金乔觉铭记父王的嘱咐，就在农历七月三十这天至蔡山，纵览蔡山风光，参访江心古寺、支公晋梅、摘星楼，叹为奇妙佛地。后来，几经辗转到九华山开辟地藏道场。当时九华山荆棘遍布，虎狼出没，金乔觉常被毒虫伤螫，过着岩栖涧汲、饥食白土（观音土）的生活。若干年后，山主布施整个九华山给金乔觉募修寺庙。寺院建成，各地前来参学者众多，新罗国王还派人请他回国，家人也来找过他，他都不为所动。几十年如一日，苦行禅修七十五载，趺跏圆寂，世寿九十九岁。遗体安置于石函，三年后出现奇迹，开函肉身不腐，颜面如生。徒众迎入神光岭宝塔，一路闻骨节摇动，有如金锁撼鸣般响声。弟子们视其为地藏转世，因金乔觉出身新罗王族，被尊称为地藏王，是地藏菩萨的化身。在中韩两国影响极广，成为中韩两国佛教和人民友谊的象征。

传说地藏王每年七月三十必来蔡山，因为民间认为这一天是地藏王诞辰日（实际为地藏王涅槃之日），九华山为地藏王举行例祭日的同一天，蔡山江心寺却是为地藏王举行诞辰庙会。蔡山有地藏王对父亲的承诺，是对地藏王有特别意义的纪念地，所以黄梅有地藏王菩萨"年年月月在九华，七月三十到蔡山"一说。地藏，因其"安忍不动，犹如大地；静虑深密，犹如秘藏"而得名。地为大地，大地忍辱负重、养育万物、无私奉献，一切万物依赖大地而生存。地有能持、能育、能载、能生的意思，能为众生担当一切难行苦行，含藏种种功能。地藏菩萨度尽众生的宏愿，"大愿""大孝"，德如大地，故被尊为"大愿地藏菩萨"。黄梅蔡山与九华供奉同一个菩萨，为地藏王菩萨第二道场，可与九华并美，故蔡山有"小九华"之称。江心古寺声震古今，名传中外，成为佛教圣地。

人们为纪念地藏王菩萨，每年七月三十要举行盛大的蔡山庙会。

庙会说是月底，地藏节是七月晦日，但每年七月从月初起，烧香膜拜者就络绎不绝。寺内僧侣早将庙宇打扫得干干净净，迎接各地的禅师僧众和游客。到了七月二十八至三十，尤为兴旺。附近鄂赣皖三省七县参加庙会的、赶集的、许愿的、看戏的，可谓人流如潮。沿路各种香纸爆竹、儿童玩具、手工制品以及挑花等铺满街道。道场有做地藏菩萨生日法会的，有唱黄梅戏的，有演欢庆锣鼓的，甚至还有传统的打莲湘的、踩高跷的，可谓繁荣开寺景，盛会引游人。庙会开始，江心古寺要举行盛大的法事活动。地藏菩萨身披袈裟，头戴僧帽，手执锡杖，端坐于莲花之上。大法师率领僧众，一色的赤黄色袈裟肃立在地藏王佛像前。住持一经发香，殿内钟鼓齐奏，殿外鞭炮齐鸣，全体僧众虔诚地向地藏菩萨顶礼膜拜，齐声祈祷国泰民安、百姓幸福。

  地藏节是黄梅蔡山的大节日。那几日灶门不断火，路上不断人；夜晚通宵达旦、灯火通明。赶庙会的香客、旅游观光的游客，川流不息。从县城到蔡山，百里长廊车流、人流，潮水般漫山遍野，盛况空前。周边三省七县的人们朝山进香，忏悔还愿，无不笑脸常开。江心古寺山门，有地藏王菩萨的大愿书，九华山殿门上也有黎元洪所书的这一地藏菩萨的宏愿：地狱未空，誓不成佛；众生度尽，方证菩提。我相信，进香朝拜的善男信女也好，前来观光旅游的游客也好，每位看到大愿书的人，都能够有所禅悟；每个来到蔡山的人，心中定都怀有最美好的愿景。

黄龄洞，黄龙潭

相传，西汉时期的司马迁登上现今横跨鄂皖豫三省，且为长江和淮河分水岭的大别山，感叹山南山北气象浑然不同，"山之南山花烂漫，山之北白雪皑皑，此山大别于他山也"。据说大别山由此得名。然而，大别山更有一道大别于他山的景致，在大别山南缘，就是鄂东黄梅考田山，有天造地设的"有山皆北向，无水不西流"。

黄河西来，大江东去。自古九州江河均东流入海，西流水罕见。且一众山系千泉万溪皆向西流，堪称奇观。水向西流的地方主贵，适宜道场，故考田山周边成为儒释道三教汇流的圣山宝地。禅宗在此发起，破额山有道信的双峰禅寺，妙高山有静慧祖师的高山普照寺，挪步园有千岁宝掌的老祖寺，观音寨有鄂东最早的道教泰源观，考田山有著名的黄龄洞。释道和谐相融，成就黄梅双都瑞象。

原来，黄梅也是修道圣地，素有"福地仙乡"之美誉。来黄梅修建道场、弘法演教的祖师很多，著名的有"九祖十三仙"。考田山，在南北朝就是著名的道教圣地。

出县城三十五里，考田山有座大洋庙，取洞水洋洋之意，是唐代所修，后人专门祭祀梅山福主。大洋庙香火长盛不衰，至乾隆时重修，殿堂高大宏伟。围绕庙堂集居乡民，成了大庙街。梅山是指黄梅县得名而来的黄梅山。古时黄梅县西山多梅，漫山遍野的梅树。旧时考田镇不但有黄梅山，还有黄梅村、黄梅寺。道教三十六洞天、七十二福地，传说福主是得道成仙的道人，福主菩萨不是上天星宿，便是人间精灵，有超自然力量，能保佑生灵，也就是黄梅山的神仙。

相传，梅山福主俗姓宋，名益，字儒上，号飞仙，福建汀州人。于晋孝武帝太元七年壬五月初二诞生，世寿一百零八岁（382—489）。曾因孝廉征为番禺令，升睦州刺史；治事之余喜读道学经文。后因不满刘裕篡晋，挂印归隐，至葛洪炼丹著述的罗浮山拜师修道。

道教是产生于中国本土的宗教，尊老子为道祖，奉《道德经》为主要经典。葛洪，东晋道教理论家，道教的代表人物。他自号抱朴子，世称小仙翁；曾受封关内侯，后隐居罗浮山炼丹，成为著名炼丹家、医药学家；著有《肘后备急方》《抱朴子内篇》等医书和丹书。

名师出名道。据说，宋益得罗浮山抱朴子真传，获道教三宝后，急寻修炼之所，于是遍游名山大川。宋益仙风道骨，肩背黄包，乌发盘成太极髻，两根黄丝带飘于脑后，美髯飘于胸前。他上穿一件紫色道袍，前后绣有阴阳八卦图案，足蹬黑缎粉底道靴，手执拂尘云游而来。光绪版《黄梅县志》载：宋益涉彭蠡（雷池）、渡长江，登黄连咀，过舒城寨，进古长安驿，曾收黄梅的施文锦、张文通为徒。太白湖庙儿咀上的水府寺，便是宋益初至黄梅驻锡之地。后来宋益至考田冲，见一凹地，群山环抱，潭洞寂静，惊为仙境，安顿母亲于大洋庙前身的财神庙，便栖居黄龄洞，采药炼丹，济民修仙。

黄龄古洞，是梅山福主的修炼之所。到黄龄古洞，必由大洋庙经盘山公路，至团山顶，陡下"十八盘"，沿人字形楼梯样的山道盘旋十八弯，黄龄洞就在高山中的一条峡谷里。一路曲曲折折，怪石嵯峨，花草遍地，鸟兽啼鸣，唐朝诗人留有"独上云梯入翠微"的佳句。置身古树参天、竹海掩映之中，确实是幽静修道的世外桃源。跨过龙潭河，有一座拱形"一肩桥"，黄龙洞门就在绝壁悬崖旁。过桥后影壁有一楹联：十八盘下望仙境；第一潭中濯凡尘。横批：景致圣地。人到峡谷地带，山险岩陡，恍若井底，四周高岩入云，树木翁翳，不见天日。抬头仰望才见一线天空，顿悟道士选择如此"洞天"仙境，无不"别有天地非人间"之想。

幽谷深深，绿荫满地。翠竹林旁，黄龄古洞依山而建，一进三重，乃后人立祠供奉梅山福主宋益。每日香烟缭绕、溪流叮咚，四周高山斧削状崎峭。这里就是一千六百年前东晋名人宋益结庐潜修的古道场。修炼期间，广施善举，普济众生。

传说，刘宋元嘉末年大旱不雨，县尹刘弼梦神人告之求雨。第二天六乡老人同请，说黄龄洞有隐士，能知过去未来，有神异之术，请往祈祷。县令斋戒素服，偕六乡老人步行来到大河之北，宋益早已迎候于谷口。县尹诧问何由得知。宋益笑答："是空山早报先声矣。"旋即引县令进洞对弈吟联。宋益举棋口吟一韵："强学龚生未夭年，首阳不觉兴飘然。漫敲一局山中午，赢得人间半日闲。"县令求雨心切，勉为和之："欲挽乾坤大有年，桑麻无露尚茫然。一朝借得回天力，四海人同此日闲。"吟罢，二人哈哈大笑。宋益感叹："尚茫然，自回天。"举手一挥，顿时乌云聚起，电闪雷鸣，风雨大作，田禾泽润。雨后县令一行出洞，但见村舍路径与来时不同，县令惊讶，宋飞仙笑示来路。归来后市朝已变，无人相识，始知"洞中一日，世上千年"不为虚撰。一行人只得返洞与宋公修道。后传，宋飞仙坐石腾空直上，县令及六乡老人同升。地方将此事上奏于朝，传遍天下。此后乡民常来求雨治病，因有求必应，人们尊宋益为神。至今遗迹有升天石、聚仙台、花果园、石棋盘、石棋子。

大唐武德九年（626年），皇帝下诏淘汰平庸寺庙，并令地方具文上报对天下生灵有德者。宋飞仙修真得道，祈祷屡应，"事有可稽"，褒封为"显应侯"。

黄龄古洞背倚龙潭，又称黄龙潭。洞门对联是"有福能观山裹寺；无缘怎识洞合潭"。相传，宋益得道成仙后，便飞上天庭。其修道所坐巨石突陷地下，化为龙潭，就在黄龄古洞右侧山谷内。潭中巨石经日久天长的瀑练冲刷，蚀成褐黄色，故称黄龙潭。传说黄龙潭可通东海藏龙之地，常年不涸。

溯水而上，飞瀑流经的峭壁有三级，溪水分三叠泉，飞泻而下，极为壮观。一叠直垂，水从十多米的簸箕背上一倾而下，抛雪撒花，像极了孙悟空花果山的珠帘瀑布。百幅冰绡，抖腾十丈长空；万斛明珠，九天飞洒。二叠斜旋，如碎玉摧冰，浪涛拍石，转入潭中。三叠抛珠溅玉，如白鹭千片，上下争飞。如遇春夏多雨季节，飞瀑如发怒的黄龙，冲破青天，水雾飞溅，声如雷鸣，令人叹为观止。更为奇特的是，游人只能看到三叠，三叠上源还有隐藏在石屏叠翠后的飞泉，在龙门仙洞看不见的那一边。洞外有天，那里是黄梅山花烂漫的桃花源，是大自然神奇奥妙的仙苑。因为龙口在十丈落差的悬崖绝壁之上，非专业瀑降人，很少能攀登上去。石屏龙门后，有两级飞花溅玉的瀑布，每道瀑布都有一潭，每潭都有典故，黄龙潭实际共有五潭。人们赞誉：一潭骑马，二潭坐轿，之后才是一般人看到的三潭花果园，四潭龙吟笑，五潭到大庙。直到晋代世外高人宋益，才发现长期隐藏于荒山深壑的黄龄古洞，立为道教修炼圣地。史上不少文人墨客到此并留有墨宝："曾闻此地神明宰，尚得仙人一著棋""但愿龙潭流碧玉，洗净人间万里尘"。

庐山瀑布有三叠泉，称"不到三叠泉，不算庐山客"。比较起来，我认为不如黄梅龙潭那样气势磅礴，撼人心魄。黄龙潭是未被开发的奇葩，是溯溪、降瀑的天然景点，又是道教的洞天福地，应该叫响"不到黄龙潭，枉称黄梅客；不到黄龙潭，何谈世外仙"。

虎背山巅，一块临岩突兀的巨石擎天触空，传说宋益在此升天，遗有飞天时的脚印。明代黄梅知县在石上刻有"飞仙石"及"振衣千仞"等字样，并筑六角石亭纪念。亭盖如伞，叫清咏亭。相传宋公着红衣、骑白马，抖落一切世俗灰尘，一步千仞，直上九天。许久以后，黄梅人思念宋益恩泽，每见云影之中有朱衣跃马而行,夜半或闻棋子叮叮之声,皆以为宋益,传为佳话。

神仙本也是凡人,不过能识上天垂象,知道过去未来,是能力非凡、能消灾除患的人。他们超凡脱俗、超越生死的方法是修炼,理想是长生不老。这样的人,道家叫得道。神仙菩萨灵异,多是人们创造出来的化身。福主菩萨宋益,有史可考。黄梅历代县志均有诸多记载。1921年商务印书馆的《中国人名大辞典》记有宋飞仙,并提到后人为他立祠。这祠即大洋庙。正宗继成堂所编的历书、中国代代相传并持续畅销的《苏立团通书》(俗称黄历),列入各大菩萨诞生日一栏,五月初二正是大洋庙志书所载宋公飞仙生日,所诞菩萨正是梅山福主。足见宋飞仙在中国传统文化中有一席之地。

据传,后来唐僧去西天取经曾途经此处,是特地绕道来瞻仰仙山还是表达对一方仙人的敬意,不得而知。至今走上十八盘,从团山远望前山,一行石人中能清楚辨认出大师兄在前,唐僧在中间,猪八戒在一边。吴承恩先生到此触发灵感,安排唐僧师徒西游过此清凉洞。

黄梅,梅山有这么一个道教圣地,出了这么一位著名道士宋飞仙,黄龄洞祀之至今,黄龙潭流传久远。

原作载于《赤壁》2017年第1期,选入本书时有修改

鄂东第一泰源观

大别山南，黄梅大河镇袁山村、四祖村、门槛山村三村交界处，这里以群峰为屏，有两山突起伸向前方。东有狮子山、西有瑶凤山对峙，如同青龙白虎伏守两旁。双峰尖耸入云霄，狮头山正像一头雄狮，孤峰兀眺长江如带、匡山横亘，昂首嘶叫着，欲出关口。

狮头山上，是著名的鄂东道教圣地。《黄梅县志》载：罗致福，江西广昌人，好元术。晋武帝时入阳明山洞，遍历名山大川，至黄梅，悦凤台庐沟之胜，栖于此处。公元277年，罗致福在黄梅县凤台山（今观音岩）建道场，是鄂东第一家出现的道观，比同一地方出现的佛教四祖寺要早三百余年。当时前有瑶凤山，后有桑树林，故名凤桑观。

相传，晋惠帝病重几绝，遍索天下名医。"福被召，投以剂立愈"，惠帝"赐金帛官爵不受"，便敕号"真人"，敕匾额为"泰源观"，意即平安吉祥之源。从此，凤桑观改名为泰源观。翌年，惠帝遣使前来召罗真人入宫。罗致福为避而不见，逃至县城东门隐居，在县城集结教徒，传道炼丹。后在县城建立道观，亦名泰源观（古塔东，今仍有观）。

罗公后来羽化升天，在县城泰源观修炼处，观旁有炼丹池。一日濯足于池塘，升高阜，四顾观者骈集，罗真人由龙负之，冉冉飞升而去。后来人们把罗致福升天的地方取名飞升台。

中国名道陶弘景，在南朝齐武帝永明年间来狮头山扩建道观，增设了三清殿。陶弘景（456—536），字通明，南北朝齐梁时道士，卒谥贞白先生，丹阳秣陵（今南京）人，开创了道教中有深远影响的茅山宗。他主张儒释道三教合流，释道双修，所著《真诰》是道家重要典籍之一。这样一位著名的道教思想家、医学家、炼丹家、文学家，真的来黄梅修道过？考证一下还真有可能。陶弘景出身江东名门，二十岁被引为诸王侍读，后迁左卫殿中将军。三十六岁辞官赴镇江句容（茅山）隐居华阳洞，自号华阳居士。拜庐山洞陆修静弟子孙游岳为师并受符图经法，遍游名山大川。为寻仙访药，选中黄梅紫云山一带的狮头山修道。陶弘景善琴棋，工草隶，尤其喜欢听山上的松涛，听松涛如闻仙乐，看白云山幽水静。梁武帝与他是早年好友，屡请出山辅佐朝政而不至。皇帝问他山中有什么让他如此留恋，陶弘景写了一首诗以回答："山中何所有，岭上多白云。只可自怡悦，不堪持寄君。"二次再请出山，他干脆画了一幅《二牛图》，一头自在吃草，一头戴金笼，被人牵着鼻子。皇帝知其志，却每每通信咨询朝廷大事，时人称为"山中宰相"。

禅宗传说中，泰源观栽松道人与四祖相逢，成为五祖弘忍前世。我不知道，陶弘景酷爱松涛与这个百年之后的传说有何关联，但我知道，黄梅紫云山一带有奇珍药材是真。陶弘景曾经在泰源观炼丹采药，对他《本草经集注》的撰成及对后世本草学发展影响很大。千年后李时珍的《本草纲目》中就记载了黄梅紫云山一带生长的药。

道观紧倚山顶，在一块馒头形巨石上。从芦花庵步行上山，有三重殿。山门前有一小殿——古金城，佛龛里供奉的是观音塑像。山腰有一中殿，现在叫财神殿，供香客求拜财神。财神殿旁边的塑像是大型观音菩萨，供香客请观音赐福。道观在山顶，观门朝南，门楣凿有"观音岩"三字。正殿朝东，崖壁上凿有观音像。一个道观，为什么三重殿宇都有观音呢？相传，唐代有一位日本僧人慧萼来华取经，从五台山恭请了一尊观音菩萨金像，带回日本去供奉。他沿长江下行，顺路朝拜四祖寺。古时黄梅下半县均为泽国，大水一直淹到泰源观巨石脚下。恰遇大风，慧萼将金像于泰源观洞中护藏。数日后风息启航，金像竟嵌入石壁，无论如何也搬不动。请泰源观老道念经几日方取下来，仍留下观音的影迹在岩壁上。因这岩上有观音像，从此，泰源观又称观音砦。这里有一段另外的插曲。当年日本僧人慧萼先将小船拖上狮头山（至今狮头山上仍覆卧"观音船"），再乘大船入长江，过宁波，经普陀山海面遇触礁搁船，无法航行。几番受阻之后，僧人认定观音菩萨不愿东渡日本，便留佛像于普陀岛潮音洞。当地张姓居民供奉，世称"不肯去观音"，为普陀山供佛之始。

狮头山还是兵家看重的地方。狮子口可谓一夫当关，万夫莫开。唐朝末年，农民起义军王仙芝，曾在狮头山筑城建寨，因而观音砦又称观音寨。至今城门依旧，人称前寨门。观音寨南北两面有深谷峭壁阻隔，东面一条山路陡峭难攻，西南只有一鸟道通上门槛山。后来当地百姓为避战乱逃上狮头山自保，立有南北城门，南叫长春（亦像青或寿字）门，北门叫拱震门，至今完好。当时乱军围困山寨，村民粮草用尽。正在危难之际，观音菩萨显神。只见一美妇人提着木桶，像是洗衣归来，从天上飘然飞过山涧回寨。围寨乱军惊异于寨内妇人都有飞天本领，败阵而去。走了老远还恨恨地说："远望观音寨，犹如牛卵袋。人力攻不破，只等天来败。"观音菩萨解救百姓，留下"观音跳涧"的故事，至今观音跳涧的脚印和桶印清晰可辨，人们称为观音石。

观音寨上的道观屡有毁建。公元965年，有九殿、七亭、一楼、一阁、三洞，发展到全盛时期，道众云聚。到南宋高宗绍兴年间毁于兵火。1454年，陕西终南山冯翊真人来狮头山重建道观，他传度十八弟子分布全国各地建立道场，黄梅观音寨遂扬名天下。明中叶渐衰。清代咸丰年间宫观被毁，道人隐匿。如今观音寨道观共有六间，上下两层，有道人修行。

遥望观音寨，孤峰独耸，如巨人挺立，向有"湖海大观唯此最"的美誉。从山顶观天文，紫气东来，仙雾缭绕；有腾云驾雾欲飞升空之感。俯瞰远处，四祖寺、传法洞、毗卢塔近在咫尺，周边乡村原野秀丽，太白湖像一口大池塘近在咫尺，足信古时水漫狮头山下不虚。观音寨与四祖寺同脉，源于一尖山。道观多建于山顶，观音寨建于"啸天狮子"顶上，四祖寺建于"九龙抱燕窝"四面环山之中，风水先生说，两个都是风水宝地。释道合流，阴阳共处，历千年而不衰。

原作载于2016年10月28日《楚天声屏报·黄冈周刊》，选入本书时有修改

第六章　乡土风情

家乡的味道

大别山横亘千里，绵延江淮；大雷水蜿蜒曲折，注入大雷池。从小在大别山南、雷池岸边长大的我，走遍天南海北，总是浮现少年时家乡的记忆；吃遍山珍海味，总也吃不出妈妈做的饭菜的味道。

黄梅人，乡愁的味道，是那一道道家乡特色菜。我推崇的，有这么十道。

黄梅鱼面。水乡盛产鱼虾，时令进九，打鱼面，是黄梅女子必须掌握的生活技艺。相传，很早以前，雷水岸边一户人家来了贵客，穷渔户，面条都没有，更拿不出酒肉招待。主妇急中生智，从自家水池里捞起几条鱼，去皮去刺，用刀背锤细，将苕粉和拌，蒸熟切丝，一碗上好的鱼味面条上桌了。没承想，一碗自制的鱼味面，客人夸奖了不得，味道特别鲜美。这一传开，成了黄梅鱼面的来历，据说明朝曾为贡品，上奉朝廷。黄梅人打鱼面的"打"字颇有讲究。鲜鱼除皮去刺后，用木槌或铁锤，反复锤碎成泥，说是打出的鱼面味美，更有嚼劲。鱼泥拌上本地苕粉，和进鸡蛋麻油，擀成薄饼，蒸、凉、卷、切，晒干易贮耐存。烹制起来，图个方便快捷，煮熟即食。如果辅以蔬菜、肉食，则主食增色，成多种风味。煨汤、烧炒、火锅，都极具特色，是待客佳品。水，越煮越清；面，愈煮愈透明。入口细细咀嚼，满口鱼香。天然、绿色，低脂肪、低胆固醇，补蛋白质、补钙、健脑、降血压、还能预防冠心病，深受各年龄层喜爱。黄梅人喜庆宴席，馈赠亲朋，鱼面是佳品，是黄梅人最拿得出手的土特产，湖北特产中的精品，还是国家地理标志保护产品。鱼面上桌，色白如银，条细如丝，柔韧鲜香的口感，就是黄梅人家乡的味道。

下新青虾。黄梅境内的源感湖特产青虾，品系纯正，种质优良，微量元素丰富多样，为全国罕见。黄梅青虾，以及虾仁、虾球、虾面等运往苏沪浙，受到消费者热捧。鲜活的青虾，淡青色，光泽鲜亮；煮熟后通红油亮，口感鲜嫩，肉质松软，易消化，富含镁磷钙，保护心血管，减少胆固醇，补益且有通乳功效，是国家地理标志保护产品。那青蓝透明的青虾啊，每一只都能勾起游子浓浓的思乡之情。

黄梅搥肉。百善孝为先，搥肉是孝子行孝的创意。古时候，穷苦人家一年难得吃上一回肉，好不容易年节换回一点肉，孝子想到八十岁的母亲，牙掉光了吃不动啊。孝子和媳妇一起，把肉搥细，和苕粉，加水，边煮边搅拌，再加葱花姜末。熟的搥肉呈微黑澄亮的糊状，极易下咽，适合牙口不好的老人。搥肉，是黄梅特色菜，也成为黄梅文化的传承。

太白湖藕。相传，明代皇帝朱元璋当年大战陈友谅，有一次兵败，至太白湖，吃藕充饥，终生难忘。登基后，命将太白湖藕年年进贡京城御用。清代慈禧太后菜谱，据说清楚明白地列入了太白湖藕。太白湖藕与众不同，折断可见"九孔十三丝"，吃法花样众多。生吃，脆爽香甜，常吃不厌。制成藕粉，内含钙磷铁，多种元素固精气、强筋骨、补虚损、养血生津。待客上选有莲藕排骨汤，汤中佳品，味道清淡软糯不油腻，是黄梅特色，还是湖北名吃。

老祖参汤。传说李时珍做御医时，将黄梅紫云山的老祖参带进宫中，嫔妃们食用后，个个风姿靓丽，皇帝钦定老祖参为贡品。老祖参是紫云山天然药宝。因生长缓慢，加之人们争相采挖，历史上几度绝迹，很少人知道黄梅还有个药食美三用的珍宝。食用老祖参，配鸡汤肉汤，质地鲜嫩，是上等滋补佳品。

大河荸荠。又叫马蹄、地栗。黄梅大河、濯港、停前、杉木等地，水田泥沼之中产荸荠。别看它个子小，与南昌马蹄、桂林马蹄、苏州地栗，合称"华夏四荠"。古时，北方游客独爱黄梅荸荠，称为江南人参。因为它清甜可口，果蔬兼用，生吃熟食皆宜，且作配菜绝佳。如果黄梅搥肉放些荸荠片或荸荠丁，就会更加清脆爽口。

孔垅豆油皮春卷。打豆腐，有一层油皮。将花生米、五香酱干、鲜地菜、葱末炒拌成馅，包在豆油皮里（不少人用青菜包馅，叫菜卷），炸成金黄，吃起来松脆爽口，味香十足且不油腻。史料有载，唐明皇下江南时品尝过这道菜。宋代大诗人苏东坡，来黄梅朝拜五祖寺时，夸奖黄梅豆油皮春卷是一道下酒好菜。鄂东黄梅一带，春节家家户户都要做上几钵豆油皮春卷，待客时，青花瓷碗里堆成金字塔状的春卷，端上桌的是浓浓的乡土文化。

三元及第。是吉庆话，指接连在科举考试中的乡试、会试和殿试中获得第一名。黄梅美味说的"三元"，指的是蓑衣圆、芋头圆、萝卜圆，也称"三圆"。蓑衣圆子是以芝麻仁、核桃仁、桂花糖、猪油等为馅，以煮熟的毛芋和苕粉揉匀为包皮，粘上糯米粒，像蓑衣，所以叫蓑衣圆。黄梅蓑衣圆呈黑棕色，香甜油润，柔软光滑有弹性，为黄梅风味名菜。蓑衣圆蒸熟，要趁热食用。吃的时候不能急，咬开一个小口，轻轻地吸，慢慢地品。那溏心馅儿，又烫又甜又香，让人久久回味。芋头圆子由熟芋和苕粉制作，搓成粒，一般配蛋皮，好吃，特滑糯，是乡土美味，也图个吉利。芋圆芋圆，寓意好缘分，出门在外总遇有缘人，左右逢"缘"，遇事则圆。萝卜圆子是将萝卜丁与苕粉、肉末和姜葱等搅匀，搓成丸子，油炸至金黄，装坛密封，能吃上一个月。黄梅人过节、办喜事都做三圆，取三元及第、团团圆圆之意。舀圆子吃，不管勺子舀到多少粒，总有吉庆：一生平安，好事成双，三元及第，四季平安……

豆渣焖青菜。"霉"过的豆渣，切成小方块，烹饪时加进青菜，佐以生姜大蒜，据说比豆腐的营养价值还高。豆渣焖青菜，那股豆味儿拌和着菜香，黄梅人人爱。简单美味的家常菜，蕴含黄梅人的平实质朴和处世之道。

酸菜炒野鸭。在黄梅，制作酸菜是将白菜整颗晒蔫，捆放在缸水里浸泡，用石头压住，叫压菜。野鸭现在列为国家二级保护动物，这道菜就改为家鸭替代。人们将家养的鸭子尽量野外放养，以保黄梅品牌菜的天然绿色和结实的"野味"。

如果加上大河石鸡，黄梅可算十个名菜。石鸡就是石蛙，因为石蛙是国家二级保护动物，不宜再列入黄梅名菜，我想就列九个半。大河荸荠生熟均能吃，配菜为主，只算半个。当然，黄梅菜有很多。黄梅人的乡愁，有时是家乡的洋芋饼、萝卜丝、豇豆角；有时是家乡的蛋皮肉卷、苕粉坨炒肉、大蒜炒腊肉、螺蛳肉；还有时是家乡那银鱼泡蛋、青豆炒鳝片、炒泥鳅、酸菜鱼、乌鱼烹（崩）子、南北山土猪肉。

也许，黄梅人魂牵梦系着家乡许多式样的粑制品：米粑、麦粑、糍粑、羹粑，还有烫豆粑、独山印子粑，三月三的芥菜粑。隐藏在多样特色粑背后的，是黄梅人多样的生活。

黄梅人，岁月中时时记起的，还有家乡的瓜果点心：独山的苕粉丝、苕果，大河的葡萄，停前的蓝莓，渡河的雪梨，苦竹的桃，龙感湖的西瓜，小池的莲蓬，孔垅的糖粑、云片糕。

　　黄梅人，乡愁的味道是家乡的茶和酒：挪园青峰、叶宕毛尖、紫云团黄。山有禅茶，水有荷叶茶，地有元宵茶；难忘家乡的菱角酒、糯米堆花酒，将黄梅人的日子堆得步步升高，节节生花。

第六章 乡土风情

黄梅禁忌

入境而问禁，入乡而问俗。每走一个地方，你可以什么都不知道，却不可不知道那地方的禁忌。

禁忌，禁止、顾忌，源于原始文化。弗洛伊德说过，禁忌具有传导神秘力量的作用。各国各民族、各地民俗，无不浸透世代传承的禁忌文化。禁忌，虽然往往带有片面、神秘，甚至迷信和愚昧，却有很深的约束力，在人们生活中潜移默化，成了传统习惯。

到黄梅，你一定很想知道黄梅的禁忌。

先说称呼。称呼忌"嗨"叫。像英语那样"嗨"一声算作招呼，在黄梅称作"嗨"叫，被认为不懂礼貌，是称呼的最大禁忌。称呼忌充大。招呼人家时，错把自己的辈分摆得很高，把对方称作晚辈、小辈，这是错了称谓，会让人恼火。人家说你没大没小，撞到家公叫老表。黄梅习惯，称呼人家时"搭老一点头，撞上叔呐叫爹嗯，以示尊重没错的"。见面不爱叫人的被称为"瘟猪头"。爱叫人，又满面春风，热情礼貌的，被称为有"春风"、"春风"好。

过大年，黄梅禁忌颇多。一禁说不吉利的话。过年要说"恭喜发财，阖家欢乐"等祝福、喜庆、吉利话，不得说鬼、病、杀、死人、上吊等不吉之言。为防小孩口吐不吉之语，小年开始，"打伢呐过年"，提醒孩子过年不能乱讲话、信口开河。贴对联时，门墙上需贴"百无禁忌""童言无忌""不禁童年"等。二禁泼水倒垃圾。年前打扬尘、扫庭院，吃年饭到大年初一，向外泼水、倒垃圾，被认为是泼财。三禁发丧。过年期间"老"了人，一般秘不发丧。亲朋好友就是知道也不前往吊唁，等过完大年再发丧。四禁贴春联后上门讨债。贴上春联，表示过年，再大的债也等人过完年。旧时有欠债者提前贴春联，以避讨债的麻烦。五禁打罚。因为年前办年，该办的办了：二十五打豆腐，二十六剁年肉，二十七剸年鸡，二十八办年鸭，二十九行行有。正月就不再打罚。民间流传从初一到初十，有十种生日：一鸡二狗，三猫四鼠，五牛六马，七人八谷，九油十麦。与之对应就有禁：对动物禁打杀，对人禁刑罚，对食物禁丢弃，对植物禁踩踏。

社交禁忌。比如通电话，有的态度强横爱教训人，有的催促"说完否，我还有别的事"，有的不打招呼就挂断，有的对着话筒打哈欠、吃东西，与第三方闲聊，这些都是禁忌。在黄梅，社交有特别禁忌：一忌摸头捞腰。黄梅俗语曰："男人的头，女人的腰，只许看，不许捞（摸）。"随意摸成年男子的头，被认为是轻侮或蔑视；随意触摸女子的腰包括身体其他部位，被视为亵渎、羞辱。二忌打脸揭短。黄梅俗语曰："骂人不揭短，打人不打脸。"头面是人的尊严所在，打头打脸是最损人的举动。三忌送礼送钟表。钟与终同音。

待客禁忌。通常规矩：客人落座不抹桌扫地，客人面前不打骂孩子，不随意走动；客人长辈面前不跷二郎腿，客人谈话不随意打断或打喷嚏、打哈欠。热情待客，不可显驱客之意。除此以外，黄梅待客，一忌单手给客人长辈盛饭端茶。双手接送东西才显尊重。二忌给客人夹两个蛋——扯卵蛋是本地骂人的话，延伸为给人家两粒花生、两颗豆。

黄梅是中国禅发源地，中外朝觐的信徒、禅修的居士和慕名而来的游客络绎不绝，你得知道一点主要的寺院礼仪禁忌：一忌不讲规矩。进寺应从旁门入，实际上也只有禅门重大事项和特别情况时才开中门。进门女客迈右脚，男客迈左脚。不要踩踏庙宇门槛，那好比肩膀，踩踏为大不敬。二忌衣冠不整。寺院参观礼拜，应衣冠整齐，不能着背心、打赤膊、趿拖鞋，女士进寺院要穿长裤，不可穿裙子或袒胸露背的衣服，有失礼仪。三忌礼节失当。与僧人见面，应双手合十，合掌空心，十指并拢朝天，不可倾斜指。也可单手竖掌于胸前，微微低头。在道观与道人打招呼是两手抱拳，行拱手礼。忌用握手、拥抱、摸僧人头等不当礼节。僧人不饮酒、不抽烟，也不吃零食，忌向僧人敬烟酒和零食。四忌谈吐举止不当。与僧人打招呼，应称"师父""法师""大师"，住持僧称"长老""方丈""禅师"。与僧人交谈，不应提及杀戮、婚配、腥荤之语。清静之地不可大声喧哗，不可乱动寺院之物，不可拍照菩萨像及和菩萨像合影，尤忌乱摸乱刻。五忌不敬。

黄梅是禅宗发祥地，禅茶，自然是黄梅为正宗。禅茶文化有许多茶俗茶礼，也有禁忌：忌酒后嗜茶，喝空心茶。茶能提神清心，解腻去肥，但饮多伤身。所谓"嗜茶成癖者，久而伤精。清晨吸茗，每伤肾气"。酒后嗜茶成癖伤精血，空腹喝茶令人心慌。忌茶梗直立茶水中，认为是不祥之水。忌"关门坐""乌龟坐"。坐茶馆，三人一桌，空位叫关门坐，最为老板禁忌。六人一桌，忌讳相对的两边各坐两人，另两边各坐一人，状如乌龟。黄梅话，乌龟王八是骂人的。

十里不同俗，一处一个乡风。生老病死有禁忌：黄梅妇女怀孕期间，不吃兔子肉和狗肉；看望病人须在上午，不能是日暮西山。丧葬也有禁忌：《礼记》中早有"望柩不歌""临丧不笑"，丧葬期间，禁止娱乐，当年禁办庆典，禁建重大工程；男性亲属在出"五七"之前，不得理发剃须，以示追思和孝心。吃穿住行有禁忌：吃饭忌敲碗敲盘，认为那会变成乞丐，变穷；筷子忌插在饭上，那是祭鬼神的方式；穿衣忌艳色，鲜艳过分则是轻浮浪荡；穿衣的款式，"男不露脐，女不露皮"，身体各部，捂得严实；数字忌讳4，没有带4的门牌号、带4的病房，也没有4路车、4号楼，即便是礼尚往来，也尽量不送带4的礼物。

生活中许多禁忌，列举不完。许多禁忌，现代都被冲破，不再具有约束力。当然，还会产生一些新的禁忌。但愿，所有地方的风俗习惯越来越文明；禁忌，会越来越少。

土 地 会

拜年拜到土地会，越拜越有味。

这是黄梅的一句俗语，说的是欢欢喜喜过大年。正月里家家拜年，走走亲、访访友，不觉年已过，正月也已过，已然到了土地会。县志载：土地会，农历二月初一，农民祭祀土地神。

土地神，又称土地爷、土地公，黄梅叫土地佬呐，是传说中掌管一方土地的神仙。土地佬呐在神仙中级别最低，亦如俗话说的："别拿土地佬不当神仙。"旧时乡村凡是有人群居住的地方，就祀奉土地神。

土地神的前身是社神。源于远古时期人们对土地的崇拜。《风俗通义·祀典》引《孝经》说："社者，土地之主。土地广博，不可遍敬，故封土以为社而祀之，报功也。"土地载万物，又生养万物，长五谷，以养育百姓，所以亲土地，奉祀土地神。

《礼记·祭法》载："王为群姓立社，曰大社；王自为立社，曰王社；诸侯为百姓立社，曰国社；诸侯自为立社，曰侯社；大夫以下成群立社，曰置社。"可见远古祭祀社神有等级之分，失却民众参与。逐渐地，人们将土地神人格化，多以名人善举敬奉为地方土地公。流传较多的，有说土地公本名张福德，自小聪颖，做朝廷总税官清廉正直，体恤百姓，做了许许多多的善事，寿至一百零二岁。一贫户用四块石头围成石屋奉祀土地公，不久即由贫转富，人们信以神恩保佑，募捐建庙，塑金身膜拜。据说接任税官横征暴敛，民不堪命。百姓对张福德念念不忘，建庙祭祀，尊名为"福德正神"，寄托劳动人民祛邪、避灾、祈福的美好愿望。

土地公，在民间视为财神与福神。"有土斯有财"，土地公被商家奉为守护神，常祭之。土地公还作为小社神充任地方保护神，香火颇旺。唐代城隍庙信仰盛行，土地神成为城隍的下属，辖区更加缩小。至明代，土地神已遍及各地乡村。一去二三里，村村都有庙，多是土地庙。甚至桥头有土地神、灶头有土地神、田头有土地神、山上有土地神。

土地神，土地神，土地本是天上人。传说土地神地位卑微，供品要求不高，但毕竟是独霸一方的"神",不可怠慢。有一副妙联:"莫笑我老朽无能,许个愿试试;哪怕你多财善贾,不烧香瞧瞧。"有这神威,汉族民间凡举行祈福禳灾的重要祭祀活动,供桌上都要设土地神。民众在春社、秋社都要聚会,欢宴娱乐,表演竞技。春社祭祀土地,祈祷五谷丰登,六畜兴旺,家丁平安。秋社祭祀土地,是收获已毕,酬谢土神。唐代王驾(一作张演)有一首诗《社日》曰:"鹅湖山下稻粱肥,豚栅鸡栖对掩扉。桑柘影斜春社散,家家扶得醉人归。"

敬土地神的习俗,黄梅也与外地一样。老辈人观念认为,人出生都有所属的土地庙。土地神官虽不大,管的事却不少。在土地神的辖区,凡婚丧喜庆、天灾人祸、鸡鸣狗盗之事,土地神都得插一手。阴历每月初一、十五,是敬奉神明的日子。一般家庭除在家里对"天地君亲师"和列祖列宗牌位焚香秉烛之外,还要到土地庙祭拜。腊月过年吃团圆饭前,也要上土地庙敬香鸣鞭;添丁进口,要到土地庙"报户口";老人过世,第一件事到土地庙鸣鞭报丧;人间婚配大事,土地神也管,黄梅戏名剧《天仙配》就是土地神促成董永与七仙女的姻缘。

与外地不同的是,黄梅有土地会。县志载,农民祭祀土地神,有的三五户农民共同供奉一尊土地神像。相传二月初一是土地佬生日,此日做会祭祀,所以叫土地会。无会的农民也拿香烛到田头祭祀,以祈丰收。

土地会是黄梅独有的节日。

土地会为黄梅农民自发组织,具有经济互助性质。每会三五户、七八户参与,章程自议,出入自由。每年凑份钱,或凑上等额实物,集拢给会内成员轮流使用。或投入生产,或作本钱做生意,有的用于家庭办一件大事。救急是雪里送炭,扶强是锦上添花。使用土地会的份钱也有利息,也有将本金投到会外的,可能收入更高。利息就用在筹办一年一度的土地会,余额再放入会里积累。

土地庙,是供奉土地神的地方。旧时大多简陋,两块石头为壁,一块为顶,即为土地庙。至今,凡有人群居住的乡村,还兴土地庙。或路旁,或村头树下,微型小屋,小则几平方米,大则十几平方米,上下两层。上层龛中端坐土地公,下层烧化纸钱。氤氲的神龛里,土地神塑像鹤颜白发,慈眉善目的形象。外地土地爷生日是二月初二,黄梅相传是二月初一,全体会员到土地庙做会。那是土地庙真正红火的日子,通常是备上酒菜,萝卜青菜豆腐之类,加上谷酒便好。正会那天,土地庙贴上新写的红纸楹联,供上香案,进香呈疏(在神像前焚烧写着会员姓名和田地方位的黄表),叩拜土地菩萨,祝念保佑疏上田地无灾无害、丰产丰收,祈祷家宅平安、六畜兴旺。祭毕，会首（利息付出者）办酒，全体会员吃酒庆贺。余下的钱，或扩大会里基金，或分红，公开算账，民主定盘子。

　　黄梅有唱社戏酬神的习俗，土地会里会员多且还殷实的要唱社戏。社戏是一种酬神祭鬼的民俗活动。社、祭、戏三合一，或在庙台，或在祠堂戏台，或在旷野广场搭草台，也叫草台戏。唱腔是黄梅采茶调，念白是土话乡音，诙谐幽默，热闹非常。黄梅草台社戏，促进了黄梅戏的普及和成长。清代黄梅学者别霁林在《问花水榭诗集》中，吟咏黄梅社戏："多云山下稻菽多，太白湖中鱼出波。相约今年酬社主，村村齐唱采茶歌。"

三月三，菜粑香

阳春三月，草长莺飞，河边春柳勃发，花事正浓。河对岸，一年一度的消灾除邪的祓禊仪式正在举行。人们濯于水滨，修洁净身。有少年男女各执兰花在河边嬉戏。女孩大胆地邀约男孩到洧津之外，男孩心领神会，赠给女孩芍药花，二人携手在洧水岸边游春嬉戏……这是两千多年前，《诗经·郑风·溱洧》篇记载中国周朝男女，在三月三这春情盎然的时节，在河边踏青幽会、互赠定情信物的情景。

中国周朝，礼仪中严格规定婚嫁六礼，但顺应自然节令，规定上巳"会男女"。《周礼详解》中说："中春之月，令会男女，于是时也，奔者不禁。"古代官方给了"三月三"情人节的法定地位，让男女相会于水边，自由地挑选意中人，是中国自古便有的定情节。

古时以三月第一个巳日为"上巳"，汉代定三月三为上巳节。《后汉书·礼仪》载："是月上巳，官民皆絜于东流之上，曰洗濯祓除，去宿垢疢，为大絜。"魏晋以后沿袭成水边饮宴、郊外踏青游春的节日。男男女女出游，探春踏青，众多民族举办歌会，被称为中国的情人节、女儿节。

相传，三月初三是黄帝诞辰。中国自古有"二月二，龙抬头，三月三，生轩辕"的说法。不少专家倡议，将轩辕黄帝诞辰的三月三设立为中华圣诞节。三月三还是道教神仙真武大帝的寿诞，神话中王母娘娘蟠桃会也是三月三。在一些民间传说中，伏羲和女娲在农历三月三这一天创造了人类。三月三还是中国多个民族的传统节日。这一天，畲族是"乌饭节"，土家族为"鸡蛋会"，壮族为"歌圩节"，布依族为"祭地蚕"，侗族为"花炮节"，瑶族为"干巴节"。汉族有的地方说三月三是"鬼节"，类似于祓禊的习俗，清除不祥，保佑平安。吃蒿子粑，"巴"住魂魄不离开身体，还有吃地菜（即荠菜）煮鸡蛋，吃了头不昏。

吃菜粑，是黄梅人独有的习俗。

三月三，黄梅家家户户吃菜粑。乡下主妇们从初一忙起，洗灿米，舂米粉，切芥菜，蒸菜粑。勤快的，还到田畈挖地菜，和芥菜掺一起。野菜香，吃了不生疮。近些年，日子好了，菜粑里面加入腊肉，什么美味加什么，既好吃，又能预防疗疮。

黄梅吃菜粑的风俗，缘于四祖寺大医禅师道信。唐初，县内疥疮流行，乡人求医无果，上庙里求治。精于医道的道信大师赐一药方：用籼米粉、芥菜，和成菜粑食之，果然效验。芥菜粑治疥疮的消息传开，十里八乡患疮的百姓络绎到四祖寺求治，正逢三月初三，是道信大师的诞辰庙会。大师在斋堂做了很多菜粑布施，百姓疥疮很快控制住了。碰巧唐皇李世民也生了疥疮，道信只做了几个草药芥菜粑捎到京城，唐太宗便痊愈，御赐"大医禅师"金匾。这一来，道信大师医名远播，邻近三省问药者纷至，庙会愈做愈大。从此，三月三吃菜粑，便成了黄梅人独有的习俗。

想起唐代钱起写芥菜的一首诗："渊明遗爱处，山芥绿芳初。玩此春阴色，犹滋夜雨馀。"宋朝词人辛弃疾也有写荠菜的名句："城中桃李愁风雨，春在溪头荠菜花。"芥菜长在地里，墨绿发亮；地菜在田野上，装点春色。城中那些娇艳美丽的桃花李花，在风雨的侵袭之下，已纷纷凋落；而黄梅到处可见的这些不起眼的芥菜花、荠菜花，却迎着风雨，展现出盎然的春之气息，让人不由得感叹它们顽强的生命力。

端 午

轻汗微微透碧纨，明朝端午浴芳兰。流香涨腻满晴川。

彩线轻缠红玉臂，小符斜挂绿云鬟。佳人相见一千年。

苏轼一曲浣溪沙，描写欢度端午的情景。妇女们在节前淋浴兰芳，梳洗的兰水流香满川。节日里，女子按照风俗，五彩丝线缠玉臂，发髻上斜挂着祛邪驱鬼的灵符，保佑平安。小闺女打扮得花红柳绿，佳人相见；定亲的女婿要送初节，喜事临门；出嫁女亦纷纷回娘家，佳节省亲，是一年中重要的女儿节。

农历五月初五，端午节。端有开头、初始的意思。"仲夏端午，端初也。"每月三个五日，头一个五日，就是端午。古人纪年通用天干地支，按地支"子丑寅卯辰巳午未申酉戌亥"的顺序推算，农历正月开始为寅月，第五个月是"午月"，所以渐渐演变叫"端午"，亦称重午。

五月，是仲夏，夏天的节日，也叫夏节。仲夏登高，正是顺阳在上好天气，是太阳的节日。午时又为阳辰，端午又称端阳节。

端午节起源，最初是古代百越地区（长江中下游及以南）崇拜龙的部落，举行龙图腾祭祀的节日。"浴兰汤兮沐芳，华采衣兮若英。"古人祭祀前斋戒，用兰馨之水、白芷之香沐浴，端午节又叫浴兰节。汉代《大戴礼记》云："蓄兰，为沐浴也。"端午时值仲夏，是皮肤病多发季节，古人以兰草汤沐浴去污辟邪，成为习俗。后来，爱国诗人屈原在此日抱石跳汨罗江殉国明志，演变成人民祭奠屈原以及缅怀中华民族高洁情怀的节日，所以端午又称屈原日、诗人节。

端午节与春节、清明节、中秋节并称为中国汉族的四大传统节日。2006年5月，国务院将端午节列入首批国家级非物质文化遗产名录；自2008年起，端午节被列为国家法定节假日。2009年9月，联合国教科文组织批准中国端午节列入世界非物质文化遗产，成为中国首个入选世界"非遗"的节日。

黄梅端午习俗有：插艾叶，挂菖蒲，喝新酒，包粽子，吃新麦粑、红鸡蛋，赛龙舟。

民谚：清明插柳，端午插艾。旧历说法，五月毒月，五毒（蝎子、蛇、蜈蚣、壁虎、癞蛤蟆）并出，邪恶当道。家家户户洒扫庭院，插艾蒿于门楣，挂菖蒲于中堂，饮雄黄酒，杀菌防病，辟邪驱毒。艾叶有异香，熏烟能驱蚊、清瘴气。冻脚着凉的，以艾叶蒸脚、泡脚，很是有效。年轻人婚前沐浴熏香，即用艾叶煎水洗浴。婴儿"洗九朝"，也用艾叶煎水洗头、洗脐带。菖蒲，叶片如剑，引申为"蒲剑"，象征把门守户，驱魔消灾。清代顾铁卿在《清嘉录》中载："截蒲为剑，割蓬作鞭，副以桃梗、蒜头，悬于床户，皆以却鬼。"雄黄驱毒，喝雄黄酒，或洒于庭院。小孩额头画王字，虎头纹如王，借兽中之王保佑小孩子顺利成长。

粽子，古称"角黍"，糯米饭为主，肉、枣、酱干、香菇等作馅，用艾叶包成牛角状。竹筒装的叫"筒粽"。最初楚人为祭屈原，五月五日将粽子投入水中，以饲蛟龙。相传，东汉长沙有位叫区曲的人，有一天看到江中突然冒出"三闾大夫"，说："我常被蛟龙伤害，请用苦楝树叶塞竹筒，再用彩丝缠绕投江，蛟龙惧怕。"于是苦楝树叶和五彩丝粽子投江，以解屈原痛苦，遂成传统。端午包粽子、送粽子、吃粽子，早先是黄梅沿江一带水乡人习俗，现在县境全域传开。

端午吃蛋也是习俗。水煮的蛋，染成红色，装在彩线织成的网袋里，小伢吊在胸前摆来摆去，好玩又美味，有的几天舍不得吃呢。黄梅上乡人习惯新麦出来吃麦粑。端午前正好夏收，割麦打麦，磨面发粑，家家冒烟，蒸腾一片。"出门便见麦儿黄。这也端阳，那也端阳，处处端阳。"邻里麦粑相送，亲朋好友相聚，是尝新，也是庆贺丰收。

黄梅多半是沿江沿湖地区，赛龙舟是端午节的一项重要活动。端午节多半也就成了龙舟节，在黄梅水乡历史悠久，已流传千年。民间节日里，举行多人集体划桨竞赛，最有节日氛围，也最有地方风味。中国赛龙舟传到国外后，深受各国人民的喜爱，已经形成了国际比赛。

划 龙 船

江南呐五月哎好风呃光哎

嗨着——

大河哎小江呃赛龙呃船啰

嗨着——

  舵手引吭高歌，桡手号子相应。正是艳阳端照，两岸杨柳轻拂，龙船浪里穿行。黄梅水乡，自古以来作兴划龙船、赛龙舟。近江的，到长江里赛；近湖的，湖上赛；近大河大港的，河港里赛；便是上乡丘陵，百亩塘里也要比试一番。

  划龙船的习俗，来源于楚国大夫屈原。因楚怀王不听苦谏，屈原不忍看国土沦亡，于汨罗江悲壮一跳。楚国人听说三闾大夫投江报国，纷纷划船追出长江，竞相打捞。人们追至洞庭湖不见踪迹，之后每年五月初五划龙船，用竞渡纪念屈原，喻以驱散江中之鱼，保全忠魂遗躯。于是，纪念屈原、庆祝丰收、祈求平安的竞渡渐成习俗，流传已有两千多年。

  竞渡，用的是龙舟。舟造龙形，窄而长，头尾高，转身灵，所以称作划龙船。

  黄梅划龙船有四个程式。

  "撬"船，是在农历四月二十八。一个村湾打一条船很不容易。需要集资，尚需若干会造木船的工匠，经过若干道程序，耗时大半年方能完工。平时龙船存放在干爽的公房里，端午前抬到水边，大概还要连推带撬才能下水，所以叫撬船。极少数是把常用的渔船改成龙船。配桨挂锣，饰龙头，装龙尾，让龙船清爽美观，惟妙惟肖。

  试船，是五月初一。每条龙舟都设有龙坛，披红挂彩，摆香案，敬龙神。在锣鼓鞭炮声中，主事的喊个起头："天地初张哎，日月玄黄。"众水手大声和："好哇！"主事："龙舟竞渡哎，开启新航。"众水手和："好哇！"……遍遍唱和，众船夫向龙坛顶礼叩拜。如此龙舟有了生命灵气。人们祷告龙王，保佑一方平安，并顺利夺魁。如是龙船下水，试划演练。

  划船，是端午。划桨手一般是十四对，另有舵手、锣鼓手。

竞渡结束，大约五月十八送船。桡手们像接力棒赛跑，一拿到桡就拼命往家跑，不许扭头后望。旧时风俗说是扭头后望会背时。"撬"船、送船的日子，都要落雨才好，落雨预示风调雨顺。

端午是龙的节日，划龙船、赛龙舟。

赛龙舟这天，十里八乡的人们，扶老携幼，潮水般涌向江河湖港，水岸边人头攒动，挤得满满当当。有小孩子坐在大人肩头玩竹哨，半大小子上河边楼顶，或爬到柳树杈上，到处人流涌动。时或下雨，各色花伞张开，汇成伞的海洋，没有一人退缩。桥头高处搭着戏台，赛前表演黄梅戏。花旦小生丑角即兴客串，引来阵阵喝彩。亲朋好友或地方知名人士前来祝贺，一般是放一挂鞭炮，向龙船献上一段红布，披在龙头或结在舵把上，祝愿风调雨顺，安康吉祥。船头有人打歌，对前来行礼者，张口一串唱谢，顺口一溜祝词，唱得献礼人高兴、体面。到处欢声笑语，一派节日气象。参加竞渡的龙舟在水面悠闲地游弋，人们翘望着开始比赛的激动时刻。

一声号令，十多条龙舟鱼贯进入赛区。顿时，岸边沸腾起来。锣鼓声、鞭炮声、欢呼声，汇成一曲动人的交响乐前奏。但见水上，龙舟颜色各异，高昂的龙头顶着犄角，睁着双眼，龙须飘拂，首尾高翘，栩栩如生，真的是活龙戏水。龙舟上，桡手着红黄青白等一色服装，个个如出征前的壮士，膀阔臂圆，跃跃欲试。不停地有人挥舞健壮结实的臂膀，与岸上人们打着招呼。

"叭"的一声响，开赛了。龙舟像离弦的利箭，立刻疾驶出起划线，你追我赶，奋力划向前方。每条舟上，锣鼓手不停地挥槌，弓腰猛击。鼓缓则悠，鼓急则快。"咚咚锵，咚咚锵"，是加速。鼓点激越，锣声铿锵。水手们听鼓下桡，猫腰划桨。一边拼力划桨，一边呼号"嗨着、嗨着"，把桨划得飞快。

每条龙舟都牵动着千万观众的心。岸上的人们欢呼雀跃，都为本队呼号助阵：

"加油！加油！加油！"

声声喝彩，震天动地。有人用力挥动胳膊，就像自己操桨在划动。有的脱下上衣舞动，有的摇晃彩伞彩帽，最后谁也分不清是在为哪条船加油了。

水上，一会儿这条船出尖，一忽儿那条船冒头，一会儿又齐头并进，赛事激烈得叫人捏把汗。孩子们跟在人群中，尾随龙舟在岸上奔跑。船过沿河村庄，出嫁的姑娘家，隔前几日便下了请柬，划龙船当天就有人上门探望，叫"吃塞"。姑娘为了感谢娘家人对自己的看重，特意要表示重谢，习俗流传至今。

"咚锵咚锵咚锵！"

只听舟上锣鼓急骤，竞渡进入高潮。龙头喷珠吐玉，真如浪里蛟龙。船上两排划手飞快发力，每倾斜身子划一桨，划手整齐地向船舷两边一闪，龙船就像戏台上表演开花，摇摇晃晃，却是有节奏地起伏着飞越前进。他们心往一处想，劲往一处使，龙腾虎跃，激情冲刺。只见短桨挥舞，桨桨有力，浪花在龙尾铺成一条白链。

整个水在沸腾。浪水扑岸，到处是水。船上，翻飞的桨叶搅得浪花喷溅，水雾漫天，划船的人几乎浑身是水。岸上，人们跷着脚，伸着脖子，疯狂呐喊，也是满身汗水。有人鞋子打湿了，也无暇顾及，一心呼喊助威。

棹如飞，声如雷，这是力的较量，是智慧技巧的比拼。这是美的展示，是中华龙马精神的展现。《清嘉录》中记录了一首诗，道出了划龙船的热闹氛围：

　　　　锣挟鸣涛鼓骇雷，红旗斜插剪波来。
　　　　锦标夺到轩腾处，风卷龙髯雪作堆。

最后的冲刺到了。人声鼎沸，锣鼓喧天，功力终见分晓。一舟遥遥领先，成了群龙之首，夺魁在望，岸上响起震耳的欢呼声。最先冲向终点的，选手丢了桨，翻跳水中，欣喜若狂。鞭炮齐鸣，又是呐喊声，喝彩声。

各队人们送上新麦粑、糕点、饮品，祝贺团队凯旋。有小伙唱起现代《龙船调》：

　　　　艄公你把舵扳哪，
　　　　妹娃（儿）请上船，
　　　　哪个喂呀着，哪个喂呀着，
　　　　把妹娃（儿）推过河哟喂……

原作载于 2017 年 5 月 31 日《鄂东晚报》，选入本书时有修改

鄂东黄梅风情

南北山的涅槃

沿古角水库北上，微风轻轻拨弄着湖水清亮的面庞。山，有默契地苏醒了，一脸的新绿。立春不久，户外活跃起来。"乡野"的情愫呼唤去南北山，去看生态园。鸟雀跟在车周，比赛似的在枝头喳喳地嬉闹，交春时候的叫声，在山谷格外响亮。

先有南北山，后有四五祖。传说幽德、幽仁祖师，隋朝时便来南北山开山建寺，早于四五祖。我们去看的，正是一位先立潮头、重新归山的人。

车过柳林河，绕行狮子山，歪歪扭扭进入大别山南缘深处。古老的跑马岭上，似乎隐隐传来鼓角之声。盘旋至北岭之北，有一个七八户人家的小村，叫牛角垅。这里人迹罕至，祖辈据说是为避战乱从安徽迁来。如果把南北山比作一条牛，牛角垅不过是牛身上的一只角，还或许只能算牛角上的小尖尖。实在是小垅、小畈、小土屋，小塘、小潭、小毛竹，一切都那么小气，小得沉闷。终于有一天，打工潮卷走了不甘受穷的后生和女伢。过去一片一片垒起的田地撂荒了，长满杂草；一砖一瓦攒盖的土屋，雨淋壁斜，连同犁耙箩筐、伢窠凉床，倒在杂木丛生的土堆里，再也无人拣拾。他们头也不回，发誓走出牛角垅，走出南北山。只有村头那棵大丹桂倒是有些气象，两人合抱那么粗，四季常青，默默守望着，不知修行了几百年，抑或千年。

牛角垅有一个何小营，也曾经外出沿海打工，进过本地乡镇企业，甚至踩过三轮，后来贩运水果蔬菜，还养过牛。牛角垅的牛也有牛脾气，牛角绝不低弯于地。何小营像牛一样拼起命来奋斗，像凤凰涅槃一样燃烧自己，为的就是远离挨饿受穷的日子。慢慢地，打工鼓涨了腰包，何小营有了点小本，经营起了小超市，取个名字也与牛角垅的牛角相关，叫作金三角。开始几年可能过年回一趟牛角垅，渐渐地，城镇化敞开大门，他在城里安了家。学校先是合并，渐渐地，没一个孩子在山里读书，老人都要去城里照顾孙子上学，牛角垅没一户人家居住了。北岭百多户的大墩，也没几户回家贴对联过年的。他们远离了山村，融入到城市文明中去。后来，何小营与村里兄弟何亚汶联合，金三角冒出两只角、三只角，就有了金三角连锁。

第六章　乡土风情

早春的风吹开了早熟的菜花，一丛一丛的嫩黄。早起的蜜蜂在菜花间飞舞，开始新的发现、新的忙碌。走出大山的何小营，心里总是有个牛角结，梦里常有南北山在呼唤。城里的金三角超市呼唤绿色食品，呼唤生态环保，让何小营重新发现南北山的价值，重新回归南北山。

回来了，回归山里，是重新涂抹一幅绿色放养的山水画。岭上成排成排的屋舍俨然，那是金三角的生态养猪场。何小营养猪，不再是一家一圪一头猪，而是成规模的土猪场。不喂饲料，全然喂的原生稻麦、红苕芋头、豆渣禾藤，没有添加这剂那素。还专修一条放猪通道，猪往后山野外放养，自个儿晓得来回。自然放养的猪，肉带野味，土得地道，能唤醒儿时土猪肉的记忆，且鲜美无渣，吃不腻。尽管价格翻倍，金三角连锁超市、城里几大商场都供不应求，正在向武汉、广州大城市发展。

回来了，再回山里，是绿色无公害种植的艰苦创业。北山盆地那成片成片葱茏的菜田，是金三角的原生态蔬菜基地。何小营种菜，不再是一小块一小块的自留地，而是将一家一户的田地流转起来，整坨整畈、几十上百亩地开发，是山里闲置地的重生。他请天津农学院教授长年把脉，在现代科技指导下种生态菜。教授指导种养结合，猪粪化成沼气发电供热。沼气池安放几里长的管子直达蔬菜基地，"自来肥"或烧"火粪"，有机肥用不完，从来不施化肥。因为禁用农药，也从不施除草剂，草总是长得很快，经常盖过菜苗，人工拔草不划算也拔不过来。教授指导大苗移栽，菜苗就盖过草势。高山低温，病虫害少，生长周期长，又长年在泉水云雾间滋润，这些都是山里蔬菜油光水嫩、汁甜、味道足的秘密。南北山的无公害土菜，成了远近餐馆的招牌菜。超市里一眼便认得，那青菜比畈下棵小，萝卜玉白溜圆，无不抢手，打造了市民的绿色餐桌。

回来了，再回山里，是新时代绿色旅游在重生中升华。何小营盖房，不是收拾自家牛角圪那几间土屋的残垣断壁，他建农家乐、亲子园、度假村。他要让城里人回归自然，来南北山农禅双修，来南北山玩开心农场，亲历种菜、摘菜的愉悦，享受避暑休闲的快乐。人到南北山，有古道、古寺、古村落旅游观光，又能在青山绿水、世外桃源里品味尝鲜：红烧土猪肉、土香菇、土竹笋、土菜薹、土萝卜丝、土洋芋饼、苕粉坨、土干鱼以及荸荠拌捶肉，一大桌土菜连同柴火锅巴粥，没有任何添加剂和色素，全部来自大山，全部原生态，全部原汁原味，让你鲜个够。

站在南北山上，听古寺钟声，幽然飘荡。环绕水库的座座山峦被钟声唤醒，似乎在湖水中轻轻晃动。牛角垅，整垅雨花菜的枝头开始萌动，村头那株深情守候的大丹桂，树冠又着一层新芽，树姿如黄山迎客松，浓荫掩映，染绿了一山松竹，有可能是鄂东第一桂。

原作载于 2017 年 3 月 11 日《黄冈日报》，选入本书时有修改

七 夕

万籁俱寂的夜晚，我仰观七月的静空，数不清的星星闪烁。天际银河，最亮的是西北边的织女星，呈青白色，升上一年的最高点。

啊，七夕，七夕到了。

织女星的下方，有四颗稍暗些的星，呈平行四边形，神话传说是织女编织美丽云霞的彩梭。

银河东南，有一颗微黄色亮星，那是牛郎星（也叫牵牛星）。两边的两颗小星叫扁担星。传说是牛郎挑着一双儿女忠贞不渝地相守，"盈盈一水间，脉脉不得语"。每年七月初七，成千上万只喜鹊飞来，架起鹊桥，让牛郎织女一家再度团聚。中国民间四大传说之首，便是牛郎织女的故事，已经列入国家级非物质文化遗产代表性项目名录。

七夕节，发源于中国牛郎织女的传说。《诗经》（毛诗）中有"跂彼织女，终日七襄；睆彼牵牛，不以服箱"，描写女子"纤纤擢素手，札札弄机杼"，托言天体，借牵牛、织女的想象，追求幸福的心声。"楚怀王初置七夕。"不过那时候的七夕，是祭祀牵牛星、织女星。后来，牛郎织女的故事有了细节："织女七夕当渡河，使鹊为桥。"南朝梁时宗懔撰《荆楚岁时记》说，织女是天帝的外孙女，七七在银河相会。这些为牛郎织女的故事勾勒了鲜明的轮廓。

两千多年来，七夕节已成为华人地区及东亚各国的传统节日。《西京杂记》载："汉彩女常以七月七日穿七孔针于开襟楼，俱以习之。"五代王仁裕《开元天宝遗事》记："宫中以锦结成楼殿，高百尺，上可以胜数十人，陈以瓜果酒炙，设坐具以祀牛、女二星。嫔妃各以九孔针、五色线向月穿之，过者为得巧之候，动清商之曲，宴乐达旦，士民之家皆效之。"

七夕节是中国传统的节日，又叫乞巧节、女儿节，因为和女性关系密切，可以称得上是中国传统的妇女节。各种节日活动也与女性相关。每年农历七月初七，女子盛装出门，与姐妹聚会、玩耍。水乡摆上油炸的巧果、莲蓬、白藕和红菱，举行穿针乞巧、浮针试巧、种生求子等"闺中秘戏"。各地都有拜织女、拜魁星、拜月老、吃巧果等乞巧斗巧、应巧接巧活动，各有趣味，热闹非凡。

中国挑花之乡——黄梅，正应女子穿针引线、挑花乞巧。七夕黄梅，应该有独特习俗和景致。

挑花展。七月初七，各家挑花公司门前张灯结彩，广场上早已摆开黄梅挑花新品展。各色挑花制品琳琅满目，大的有壁挂、床单被面、门帘窗帘，小的有方巾、鞋垫、围裙、披肩、书包、手袋。经典的五祖传灯、龙凤呈祥、七仙女下凡、鲤鱼穿莲等花样图案，随处可见。各式主花、边花、角花、填心花、团花，眼花缭乱，在这里聚集，成了展示女子挑花手艺的盛会。广场北面正中，搭起宽大的舞台，七夕节民俗系列文化活动热闹举行。

拜织女。旧时，乡邻朋友相约五七人，月光下摆张桌子，置上祭品，礼拜织女星。少女们默默祈祷，希望长得漂亮或嫁个如意郎；少妇们希望早生贵子。而今大型广场，高高的舞台，背景幕墙上织女神像、香案、供桌、茶酒、鲜花、五子（花生、瓜子、桂圆、红枣、榛子）贡果，气派地复原古时人们拜织女的陈列。古琴悠扬，织女们古服盛装，焚香祷告，虔诚跪拜，祈求神仙今夜降临，赐巧赐美、赐子赐福，表达人们对美好姻缘和幸福生活的企盼。

乞巧。七夕节又名乞巧节。一群女子穿针引线，现场展演黄梅挑花绝活，看谁心灵手巧，是七夕的主要节俗活动。在最短的时间内，用一根线穿起七根针的"绝技"，叫赛巧。观众游客在欣赏黄梅挑花的巧妙与神奇中，也可以参与手工挑花和穿针活动，体验传统女红针黹。打一盆水放在场上，水面有张力，或者过一会儿浮尘生膜，将挑花针巧放水面上，针不下沉，叫"丢巧针"。太阳光照下，观看针在水中的投影，如果是漂亮的象形曲线，女孩就认为求得了"巧"。游客也可以即兴"投针验巧"。

唱黄梅戏。黄梅戏故乡的《於老四与张二女》，是县剧团的传统保留节目。剧情恰似牛郎织女的故事。农家姑娘张二女，与憨厚青年农民於老四，在共同劳动生活中产生爱情，执着追求婚姻自主。在族长强逼拆散情形下逃出虎口，有情人终成眷属。剧目背景、道具、服装，都是黄梅挑花。大型黄梅戏《天仙配》，更是牛郎织女传说的改版。唱一曲乡土恋歌，展一台本土织女挑花，极合现代七夕中国情人节的格调。

诗诵晚会。入夜，广场张灯结彩，举行黄梅挑花评奖颁奖晚会，中国传统最浪漫的节日进入高潮。"阑珊星斗缀珠光，七夕宫嫔乞巧忙。"云衣霞裳的仙女蹁跹起舞中，一年一度选出的挑花巧女上台领奖。全国第一个诗词之乡——黄梅，诗人们同台举行七夕诗词朗诵大会，传诵七夕诗词的千古经典，赞颂黄梅挑花和黄梅织女，传承中华文化的魅力。

"纤云弄巧，飞星传恨，银汉迢迢暗度。"仰望星空，天河云气飘扬。银河畔两颗星隔河相对，遥遥伫望。在月光照耀下，幻想牛郎织女鹊桥相会，奇妙瑰丽，"金风玉露一相逢，便胜却人间无数。"

中 秋

云淡淡，秋叶黄。八月十五，正到三秋一半，为"中秋"。

中秋是自然界最有色彩、最丰满的季节。黄梅，稻谷金黄一片，村头丹桂飘香，田野菊花灿烂地铺满山坡路边。十里八乡驰名的独山红苕、富源葡萄熟了。当柳林的玫瑰花开得正浓的时候，江边刘佐的花生早已摆上了案头，挪步园的秋茶比春天的毛尖来得更浓烈。东山古道上，禅意挂满枝头，松针、枫叶，红黄一地。偶有蝉鸣，吱吱唱着，深深眷恋五祖寺的秋。

中国传统风俗，中秋赏月，吃月饼，黄梅亦如此。《黄梅县志·风俗篇》记载着七夕乞巧，中秋赏月；人们在家聚餐后，便在院中喝茶吃饼，谈古论今，谓之赏月。

黄梅吃月饼习俗的来历，说法却有不同。

第一种传说，是来自慰问岳家军。南宋时，岳飞率领岳家军驻黄梅一带，抗击金兵。岳家军屡打胜仗，收复大片河山。正逢八月十五，鄂东百姓用小麦粉配红糖烙成圆饼，慰问岳家军。这饼内镶红枣，叫同心饼。黄梅民谣道："吃了同心饼，大家一条心。不投岳家军，今生不为人。"后来就演变成八月十五吃月饼。

第二种传说，是来自"八月十五杀鞑子"。元朝时，朝廷生怕汉人起来造反，全面收缴老百姓的铁器，连菜刀都要十家一把传着用，晚上官府还要收管。中原百姓不堪压迫，纷纷起来抗元。朱元璋联合各路英雄，准备起义，但官兵搜查严密，消息传递困难。军师刘伯温计谋，把约定"八月十五杀鞑子"的字条，包在芝麻饼里。此饼厚实如鼓，重有一斤，叫"麻鼓"。把麻鼓像传送节日礼品一样，分头传信。到了八月十五夜里，各路义军一齐响应，起义很快成功。朱元璋传令，中秋节以麻鼓奖赏士兵。此后，中秋吃月饼的习俗，便在民间流传开来。

20世纪末，黄梅一带月饼仍是麻鼓，不过做工更细。两面密布白芝麻，内馅是黑芝麻屑以及冰糖掺桂花，香甜可口。还有麻鼓一般大小的发面饼，一面布上白芝麻，叫"发饼"，都是馈赠佳品。如今，月饼制作越发精细，多以果仁为馅，个头小，湿软爽口，包装也精美。

中秋之夜，当明月升起，一家人团聚于庭院或阳台，摆上小香案，供上月饼水果。旧时先燃点香烛，朝月宫跪拜之后，于月下细细品茗，食用果饼，到深夜方休。新时代也讲究传统佳节，一家人团聚，赏圆月，吃圆饼。有人到公园或郊外风景处，于野地铺上小台布，摆出月饼水果和饮品，望月赏景，更是别有风味。

月儿圆圆，大而明亮，象征美好团圆，中秋又叫团圆节。

原作载于 2017 年 9 月 29 日《浔阳晚报》，选入本书时有修改

九九重阳

农历九月初九，重阳节。

《易经》把"六"定为阴数，把"九"定为阳数。九月九日，日月并阳，两九相重，称为重九、重阳。古人认为，这是个值得庆贺的吉利日子。早在春秋战国时期，人们便重视重阳；汉代，过重阳节渐成习俗；唐代将重阳节定为正式节日。从起源、发展、沿袭至今，已两千多年。

黄梅重阳节，积成三大习俗。

祭祀，敬老人。

重阳节与除夕、清明、中元节（也叫盂兰盆节），是中国传统祭祖的四大节日。《吕氏春秋》载："是月也，大飨帝，尝牺牲，告备于天子。"农耕社会，九月农事基本完毕，先民将丰年庆典和祭神祭祖等活动安排在九月。先秦之前，已经有秋收九月飨天帝、祭祖的岁时活动。

黄梅人重阳一般是祭远祖。以姓氏合族出动，祠堂集合。抬上牲畜、酒果祭品，有的打彩旗、着彩衣，伴有龙灯、舞狮队，锤锣棒鼓，播放音乐，一般郊游至本地一世祖。外地迁徙而来的，也有组织各支德高望重者为代表，去外地祭祀初祖、远祖。至祖坟，烧香化纸，行三叩九拜之礼，诵祝词，再回祠堂分配祭品，各自回家祭本家祖先，举办家宴，分享祭品。

九在个位数中最大，古人以九为最高，九九重阳，谐音久久，有长久之意。人们庆贺丰收，自然感恩祖上，感恩老人。做重阳菊花糕孝敬老人，向老人祝贺"糕（高）寿"，愿老人长命百岁，长长久久。

中华自古就有尊老敬老传统。20世纪80年代起，更推重老人。政府各级设立有老龄委，全社会推崇尊老、敬老、爱老、助老的风气。1989年，我国政府将农历九月初九定为老人节、敬老节。2012年，全国人大常委会表决通过新修订的《中华人民共和国老年人权益保障法》，以法律明确每年农历九月初九为老年节。

黄梅县办起了全省一流的老年大学，县、乡、大村都办起了敬老院，集中赡养老人。各级政府慰问高寿老人，看望敬老院老人。平时设立各种老年人活动场所，举办丰富多彩的老年人文化体育活动,老年人老有所养、老有所乐、老有所为。

登高,佩茱萸。

古人有山岳崇拜。

《礼记·祭法》载:"山林、川谷、丘陵,能出云,为风雨,见怪物,皆曰神。"认为山上云雾缭绕,为呼风唤雨雷电之神龙所居。山上各种植物和飞禽走兽供人类生存繁衍。高温干旱,林间可避炙烤;洪涝,高山可躲灭顶之灾。故对山敬畏又崇拜。古人还有天地互通的信仰。天地互通的途径或是登高山,如昆仑、灵山;或以树为天梯,为通天升仙而登高。楚人每年重阳前后,登高祭祀火神祝融。屈原《远游》描述自己到九嶷山游天的时间、行程:"集重阳入帝宫兮,造旬始而观清都。朝发轫于太仪兮,夕始临乎于微闾。"这里既从文字上呈现了重阳的概念,也呈现了登高的习俗。

《渊鉴类函》载:"九月重阳,士女游戏,就此被禊登高。"是象征性避邪、消厄。《续齐谐记》载:"桓景随费长房游学累年,长房谓曰:'九月九日,汝家中当有灾,宜急去,令家人各作绛囊,盛茱萸以系臂,登高饮菊花酒,此祸可除。'景如言,齐家登山。夕还,见鸡犬牛羊一时暴死。长房闻之曰:'此可代也。'今世人九日登高饮酒,妇人带茱萸囊,盖始于此。"茱萸香味浓,驱虫去湿,逐风祛病,消积食、治寒热。民间认为九月九是逢凶之日,多灾多难,所以重阳节人们喜欢佩戴茱萸,以辟邪求吉。茱萸又称辟邪翁。屈原《离骚》提到,茱萸还用于配饰:"椒专佞以慢慆兮,樧又欲充夫佩帏。""樧"就是指茱萸,因其气味强烈而用来装饰。重阳节又称茱萸节。

黄梅人登高,相对于阳春三月的春游、踏青,形成踏秋、辞青习俗。重阳为秋节,节后天气渐凉,草木开始凋零。"(重阳)有治肴携酌,于各门郊外痛饮终日,谓之辞青。"登高吃重阳糕,取步步登高的吉祥之意。正值仲秋时节,秋高气爽,三五文友登高远望,"登泰山而小天下",吟咏骋怀。或成群驴友活动筋骨,健身娱乐,采野菊插于帽檐,祈吉避灾,重阳登高便再合适不过。

赏菊,品重阳糕,饮菊花酒。

菊,独立寒秋。霜降之时,唯此草茂盛,是生命力的象征,自古有不同寻常的文化含义。在道家眼里,菊是延寿客,不老草。

相传,赏菊与饮菊花酒的习俗,起源于东晋大诗人陶渊明。"采菊东篱下,悠然见南山。"陶公以诗酒和爱菊出名,后人效之,重阳赏菊与饮菊花酒,遂成主要习俗。所以重阳节又称菊花节，倾城人潮赴菊会。重阳聚会饮酒、赏菊赋诗，三国、魏晋以来便已成时尚。

《西京杂记》载："菊花舒时，并采茎叶，杂黍米酿之，至来年九月九日始熟，就饮焉，故谓之菊花酒。"梁简文帝《采菊篇》曰："相唤提筐采菊珠，朝起露湿沾罗襦。"亦采菊酿酒。到明清时代，菊花酒中加入多种草药，甘菊花煎汁，曲米酿酒，加地黄、当归、枸杞诸药，有了菊花白酒、花糕菊花酒、枸杞菊花酒。

菊花酒是长寿酒，味道清凉甜美，有养肝、明目、健脑、消炎解毒、延缓衰老的功效。明代大医学家李时珍指出：菊花具有"治头风、明耳目、去痿痹，消百病"的功效。陶渊明爱菊，除了称赞菊花高洁，还称赞菊花酒祛病延年，菊花为延寿客："往燕无遗影，来雁有余声。酒能祛百虑，菊解制颓龄。"

重阳佳节，汉族民间有饮菊花酒的习俗。汉高祖时，宫中"九月九日佩茱萸，食蓬饵，饮菊花酒，云令人长寿"。葛洪《抱朴子》记河南南阳山中人家，因饮了遍生菊花的甘谷水而延年益寿的事。

菊，不但可做酒，还可以吃，可以泡茶，可以表达情意。以菊入馔，最早文字记载是《离骚》："朝饮木兰之坠露兮，夕餐秋菊之落英。"王维《九月九日忆山东兄弟》："独在异乡为异客，每逢佳节倍思亲。遥知兄弟登高处，遍插茱萸少一人。"孟浩然《过故人庄》有"待到重阳日，还来就菊花"。毛泽东《采桑子》别有一番意境："岁岁重阳，今又重阳，战地黄花分外香。"

原作载于《印象黄梅》，选入本书时有修改

第六章　乡土风情

黄梅年味

　　瘦枝丛丛，漫山金黄。蜡梅花次第开放的时节，鄂东黄梅的年味儿，便像冬至的梅香，愈寒愈浓了。

　　进九，黄梅春节便早早拉开了序幕。人们开始烫豆粑、蒸糍粑、打鱼面。年味儿伸展在大张大张的豆粑上，氤氲在糍粑的蒸汽中，卷包在清香爽口的鱼面里。

　　腊八，相传是佛祖在菩提树下悟道成佛的日子。黄梅是佛教禅宗发源地，各寺院自然更是当作盛大节日，作浴佛会、诵经，仿效传说中的释迦牟尼成佛前牧女献乳糜，煮粥供佛，称"佛粥"。原料有八样，有米、豆、萝卜、花生、莲子、红枣、荸荠、桂圆，多则十几种。佛粥赠送给门徒、善男信女们，称"施粥"。大寺庙还在城镇闹市设立施粥点。民间相沿成俗，黄梅不少地方沿袭吃腊八粥。古时人们在这一天举行祭祀祖先的隆重典礼，将供品杂烩成粥，供家人分享。爽义好善之人，腊八尚有施粥救济穷人的习俗。进庙吃佛粥或自制腊八粥，成了黄梅大年一景。

　　腊月天天好日子。外出的人们陆陆续续回家过年，天天都有婚嫁喜庆。大街上常遇忙嫁妆、忙新房、忙婚礼的景象。着装的新人，扎彩的婚车，和着办年的人流，满街是过年的喜气。二十三，打扬尘；二十四，送灶神。小年一过，乡下办年的脚步更是密骤。二十五，打豆腐；二十六，剁年肉。人们见面打招呼总是"办年呐"。黄梅年味儿，看得见干塘蹦跳的鱼，摸得着糖粑的脆，闻得到炒花生苕果的香。新春大于年，立春多在腊月，年味儿听得见接春的迎鞭声。无论身在何地，哪怕是在城里过年，也要抢在除夕团年饭前祭祖，感恩福泽，表示孝道。

　　大年三十，家家户户贴春联。古代挂于门旁驱鬼避邪的桃符，自从演变成纸质春联以后，明清时即在黄梅盛行，黄梅也成了全国楹联之乡。别地春联可能是批量印制、商店购买的，黄梅作兴用毛笔实写。每到过年，楹联学会、书法协会的先生们当街或下乡摆一溜桌子，无偿写对联。书法幅式、挂贴楹柱的花样翻新，联文讲究平仄韵律，对偶工整，是别处所不能比的。楹联，也是黄梅过年特有的景致。

　　除夕，黄梅长街上，家家大红灯笼高挂，屋檐齐刷刷的亮堂。还年的鞭炮声此起彼伏，像阵阵春雨普洒人间。团年饭前，洗手净面，在祖宗牌位前摆好香案，点

189

上红烛，供上公鸡猪头鲤鱼等，燃放鞭炮，一家人向祖先叩拜，叫"还年"。之后关上大门吃年饭。团年的时间，按乡风和各家实际各有不同，但菜谱一般讲究有寓意团团圆圆的三圆：鱼圆、肉圆、芋圆；有寓意圆满的三全：全鸡、全鸭、全鱼。吃罢团年饭，看春晚，一家人围炉守岁，长辈要给晚辈压岁钱，镇岁、除邪、祈福，寓长命百岁，其乐融融。过了十二点，新年的钟声敲响，燃放鞭炮"出天方"，新的一年开始。

黄梅除夕又有特别的景致。因为是禅都，整车整车的外地信众和游客，专程来黄梅寺庙参加祈福法会。寺庙里高香袅袅，禅音绕梁。院场上大型莲花灯阵排成"欢度春节""祖国万岁"等字样，组团来的人们齐声祈祷祖国繁荣昌盛、人民幸福安康！寺庙，成了黄梅除夕最热闹的地方。山门前车流早已爆满，都自觉靠右摆成一字长阵，据说年年摆到十里开外。本地的、远来的善男信女或商企老总，排队等待子时烧香。不少人年夜饭是在庙里吃的斋饭。人们相信大年初一敬香，能保一年兴旺安康。有的还为头炷香而来，说是能得到最好的保佑和祝福。

正月拜年。大年初一，社区或村里拜长辈；初二拜岳舅……亲戚朋友相聚，黄梅说法是"拜年拜到土地会，越拜越有味"。拜年大军的车辆，爆满了不算宽敞的乡间水泥路。拜年的人们，初五以前听得到鞭炮声，看得到玩龙灯、划旱龙船、舞狮子，还有岳家拳。更热闹、更特别的景象，是黄梅戏故乡，大年唱大戏。大剧院里至少从初一唱到十五，更多的是乡间草台班子、民办剧团，村头空场地搭台，挂上帷幕，成百上千人围坐看戏。老远就听得敲锣打鼓、唱腔悠扬，望得见红男绿女、水袖飞舞。一去二三里，村村都有戏，把黄梅年味儿唱到河边的柳梢上，唱到艳阳高照的春天里。

南街风情

一串音符，短短长长，南街的石板路啊，述说陈年记忆，一年又一年；一段岁月，深深浅浅，小巷的柴米油盐，温暖了居家的日子，今夜，谁在慨叹？

废名的书卷里，挑菜的三姑娘一声声吆喝，摇动我的心旌；昨夜，浣衣母还在梦里浆洗；胡琴艺人，拉开了黄梅调，唤醒了江北浓重的稻花。

我知道，这里是长江之北，大别山南。啊，合安九高铁、沪蓉高速，闹醒了黄梅门户——新南街。

高楼幢幢，望得见黄梅山，疏影佛云；江南园林，看得见黄梅水，暗香清澈。现代幕墙之下，幻现黛檐、飞垛；禅茶美食，雅聚一方特色。雕花窗里，淘得国际名品；画廊门内，体验挑花、武术和数码游乐。长街串起名校，探花走马黄梅府，鲍照读书俊逸亭；废名上学堂，蹚过南门河……

本文获黄梅县作家协会 2016 新南街征文佳作奖

士别三日　语出黄梅

大雷池悠悠荡荡，东吴一条帆船从都城溯江向西而行。体魄魁伟的战略家、外交家鲁肃站立船头，扫视茫茫水国、大片江洲。远方的天幕下，云团翻涌，江水滔滔，似千军万马在胸，摇旗呐喊于前。

"大都督，船至寻阳了。"寻阳县治所在今湖北黄梅西南，东吴大将吕蒙任寻阳令、驻军屯田的地方。鲁肃新近接周瑜之职领兵，前往陆口，正是志得意满。手下人知道，鲁肃曾与周瑜力排众议主战，又为东吴献出联刘抗曹、鼎足江东的战略，结果大败曹操，孙权甚是倚重。士族出身的鲁肃以为吕蒙只是一介武夫，向来轻视，并未打算停船。手下有人提醒："吕蒙将军功名日显，您应该登岸礼见啊。"

鲁肃这才停船。于是，吕蒙设宴款待，有了鲁肃过蒙屯下的故事，有了"士别三日，当刮目相看"的典故。

《资治通鉴》卷六十六载：三国孙权手下大将吕蒙，小时候没有机会读书，初不习文。一天，吴王孙权开导吕蒙和另一位将领说："卿等如今身当要职，掌管国事，不可不学习啊。"吕蒙推说军中事务繁多，恐怕不容再读书了。孙权耐心指出："孤不是想要你钻研经书做博士啊！不过叫你多浏览些书，了解历史，增加些见识。卿言军务繁多，谁多于孤呢？孤尚读书，自以为大有所益。孔子说过，'吾尝终日不食，终夜不寝，以思，无益，不如学也'。学习一定会有收益。东汉光武帝担任指挥战争的重担，仍是手不释卷。曹操也说自己老而好学。偏偏你们为什么不能勉励自己呢？"吕蒙听后很惭愧，自此发狠学习，终日不倦。他涉猎过的书，连老儒生也赶不上。逐渐地，蝶变成一位有战略眼光、智勇双全的将领。

此时席上，两人酒过三巡，纵论天下大事。吕蒙问鲁肃既然接受重任，与关羽为邻，准备如何抵挡关羽。鲁肃仓促之间回答："临时处置即可。"吕蒙则分析说当前东西双方，虽然看上去很和睦，但关羽实际如熊如虎。怎能不预先定好应对的策略呢？于是为鲁肃筹划了五条计策。吕蒙谈吐不凡，知识渊博，很有真知灼见。鲁肃非常震惊，起身离席，挨近吕蒙，轻轻拍着他的背，感叹道：我一向以为老弟只有勇力，如今你的才干谋略，再也不是以前的"吴下阿蒙"了。

吕蒙笑道:"士别三日,即更刮目相待,大兄何见事之晚乎。"

鲁肃非常感激,郑重接受,诚恳要求拜见吕蒙的母亲,与吕蒙结为好友,拜别寻阳而去。

孙权常常感叹说:"如吕蒙、蒋钦这样随着年龄的增长而学识日益精进的人很少。他们身处富贵显赫的地位,却能够放下身段,虚心好学,沉醉于研读经史典籍,轻视钱财而崇尚道义,如此德行兼备的人,才可以成为楷模!"

这个故事中"孙权劝学"的部分主要出自《资治通鉴》,"鲁肃过蒙屯下"的部分主要记载于《三国志》。

"士别三日,当刮目相看",指的有志之士。对于有志气的人,分别数日后,就不能以老眼光去看,当擦亮眼睛,重新看待。别人已经有进步,应该用发展的眼光看待别人。成语后来形容对人重视,另眼相看。故事告诉人们不要以一成不变的态度看待他人,要以发展的眼光看待。事物是发展变化的,不能用老眼光、老观点看待同一事物。

这个故事发生在寻阳。当年寻阳县令吕蒙的县衙在今天的湖北黄梅西南的蔡山。吕蒙在寻阳驻军屯田。"士别三日,当刮目相看",出自黄梅。

后 记

鄂东黄梅，是禅宗发祥地，全国五大剧种之一黄梅戏的发源地。挑花手艺让黄梅成为中国民间艺术之乡，岳家拳让黄梅成为全国武术之乡，以一县之地，拥有四个国家级"非遗"，海内所罕见。黄梅又是楹联之乡、诗词之乡，还因为爱护绿水青山，成为中国白头鹤之乡。

显然，这是一块文化高地。

有幸站在鄂东黄梅这块文化高地上，我深深热爱生我养我的这片土地。父老乡亲、祖祖辈辈创造了一座又一座文化高峰，可谓群峰迭起。每一丛文化山系都足够洋洋洒洒著长书、立厚卷。我想到文化地理写作、方志写作，或者文化散文这些概念，关注人与自然、人与社会、人与文化之间多重复杂的联系，找出黄梅特征，呈现社会历史的发掘和以往文化记忆的保存，试图承担家乡文化与外地、与世界对话的责任与使命。

这是一种尝试。以散文的各种形式写家乡、写黄梅文化。表现黄梅地域文化的艺术形式很多，不少已搬上银幕，拍成了电视剧，排演了黄梅戏，摄影、美术包括民间工艺也作了长期不懈的努力。文学以小说、诗歌、散文等形式写黄梅的也有很多，仅诗词就出了"百景百诗""诗咏百台黄梅戏""菩提树下百家吟"等系列诗词集。但以散文集中系统地表现黄梅文化、品味黄梅人文景观的尚未多见。尽管这种尝试自觉还很不系统，很不完善，权当抛砖引玉，期待以后做得更好一些。

这是对家乡认知过程的记录。我们生在黄梅，长在黄梅，生活在黄梅，却原来有许多黄梅的人文历史我们不熟悉，许多家乡本地的风景名胜和古迹我们没到过，许多熟视目睹的风土人情我们说不清楚、道不明白，更别说讲给别人听，向外地、向世界推介黄梅。这本小集子的每一篇文章，我尽量广泛涉猎，所作笔记远远超过作品的若干倍。每一个风景名胜和古迹，我都实地观察体验，甚至不止一次地分不同季节、不同角度地去认知，尽量严谨、合理。

　　这是黄梅名片之一。外地人问，黄梅有什么？可以把这张不算精致的名片呈上，他对黄梅就知道个大概。外地人来，到黄梅看什么？可以把这张名片当作见面礼，他略加浏览，便知向何处。游子在外，问起家乡怎么样或者向朋友谈起自己的家乡，有了这张名片，就能告诉别人一些鲜为人知的黄梅史料，就会论道一些黄梅的文化传承，就可以讲解一些黄梅风景名胜和人文故事。生活在黄梅的成年人，有了这本集子，可以细读慢品黄梅味，唤起过往的记忆；青少年学生，有了这本集子，可以认知黄梅及其周边的人文历史。黄梅人杰地灵，黄梅文化博大精深，以一本小集子，难免挂一漏万，以偏概全，期望有更多的作家、更好的文集，把黄梅这块文化高地宣传好、推介好。

　　感谢黄冈艺术基金文学精品创作项目扶持，感谢默默支持我写作的爱人，感谢所有给予支持和帮助的人。